公元787年，唐封疆大吏马总集诸子精华，编著成《意林》一书6卷，流传至今
意林：始于公元787年，距今1200余年

一则故事　改变一生

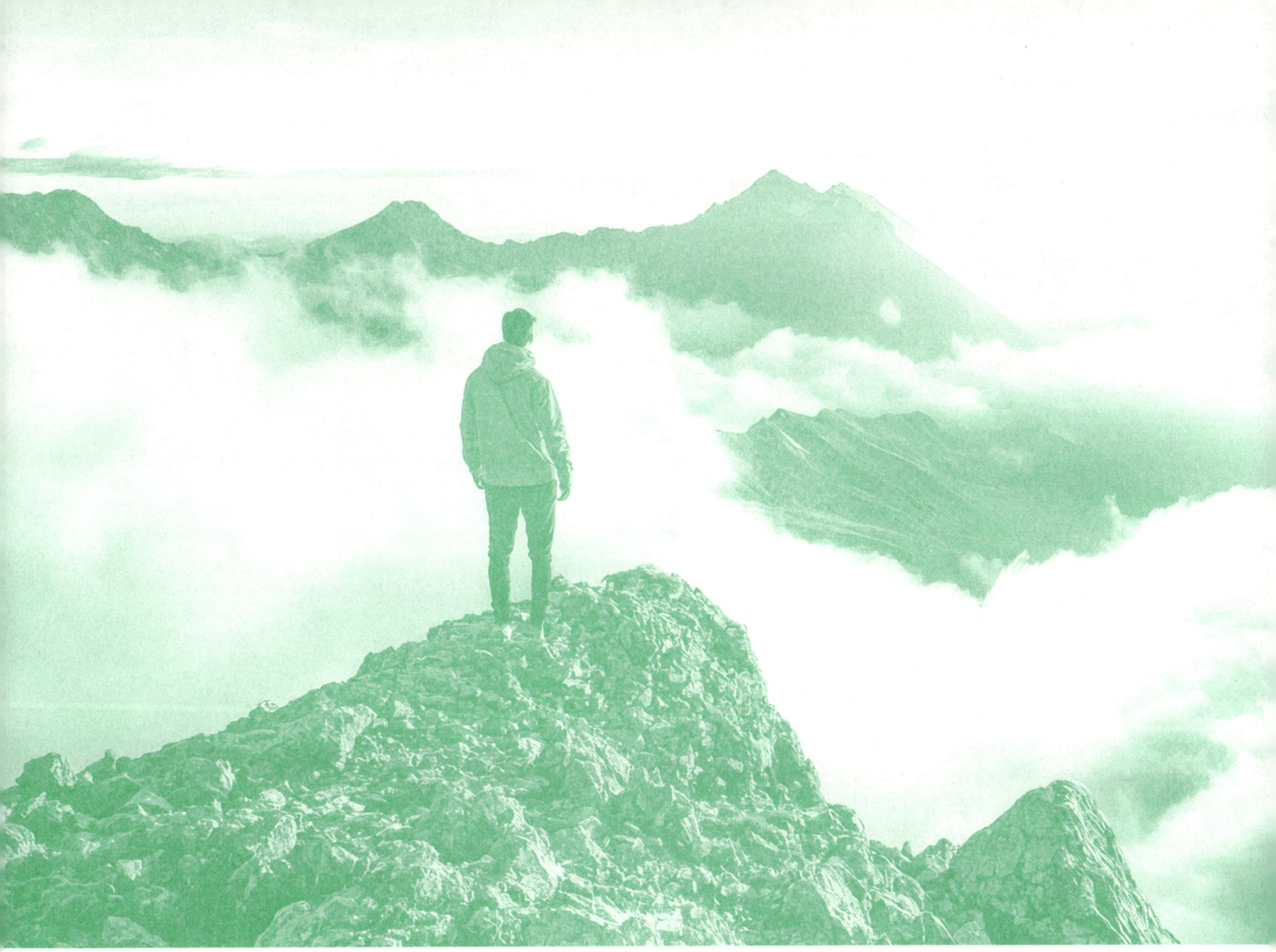

意林励志卷
山海皆可平，无处不风景

《意林》编辑部 编

吉林摄影出版社
·长春·

意林作文精选

图书在版编目（CIP）数据

山海皆可平，无处不风景 / 《意林》编辑部编.

长春：吉林摄影出版社，2024.12.--（意林励志卷）.

ISBN 978-7-5498-6542-0

Ⅰ．I14

中国国家版本馆CIP数据核字第2025DA2772号

山海皆可平，无处不风景
SHANHAI JIE KEPING WUCHU BU FENGJING

出 版 人	车 强
出 品 人	杜普洲
责任编辑	王维夏
总 策 划	王立莉
丛书统筹	董金雨
图书策划	张鑫明
执行编辑	张鑫明　魏 晶
封面设计	马骁尧
美术编辑	郭 宁
发行总监	王俊杰
封面图片	VCG.COM
开　　本	889mm×1194mm 1/16
字　　数	400千字
印　　张	13
版　　次	2024年12月第1版
印　　次	2024年12月第1次印刷

出　　版	吉林摄影出版社
发　　行	吉林摄影出版社
地　　址	长春市净月高新技术开发区福祉大路5788号
	邮编：130118
电　　话	总编办：0431-81629821
	发行科：0431-81629829
网　　址	www.jlsycbs.net
经　　销	全国各地新华书店
印　　刷	天津中印联印务有限公司

书　　号　ISBN 978-7-5498-6542-0　　　定　价　39.90元

启 事

本书编选时参阅了部分报刊和著作，我们未能与部分作品的文字作者、漫画作者以及插画作者取得联系，在此深表歉意。请各位作者见到本书后及时与我们联系，以便按国家相关规定支付稿酬及赠送样书。

地址：北京市朝阳区南磨房路37号华腾北搪商务大厦1501室《意林·作文素材》编辑部（100022）

电话：010-51900054

版权所有　翻印必究

（如发现印装质量问题，请与承印厂联系退换）

CONTENTS
目 录

第一章 青春志
青春无问西东，岁月自成芳华

- 001　超级英雄也有弱点 | 张　春
- 002　长大要开蛋糕店的小女孩，为什么要学物理 | 途次早行客
- 003　"新农人"杨添财：在互联网上"种地" | 杨添财
- 004　2000万网友陪他去食堂打饭 | 光　光
- 006　我为什么会等候每一盏红灯 | 迟子建
- 007　如果生活是一场密室逃脱，那么热爱就是安全出口 | 老杨的猫头鹰
- 008　"见世面"小组：来一张有人情味的生活说明书 | 加　利
- 009　我与你 | [德] 马丁·布伯　译 / 任　兵
- 010　爸爸，你知道吗 | 张晓风
- 011　当我的人生不再被"城市情结""硬控" | 张文清
- 012　愿我们奔赴热爱，追光而行 | 孙颖莎
- 013　长大三次 | 高自发
- 014　在废品里过上品生活 | 慕　云
- 016　生命不过是时空洪流里的信息沙洲 | momo
- 017　上课时看课外书是你的错，不是书的错 | 李克红
- 018　古人不只是一段文字 | 佚　名
- 019　当AI抢走了我的角色 | 刘　妍
- 020　要学好真本事，以学报国 | 口述 / 欧阳自远　整理 /《谢谢了，我的家》编写组
- 022　你有独属于自己的"没问题青菜"吗 | [日] 角田光代　译 / 陈娴若

023	高三女生在"元宇宙"设计虚拟时装	不 二
024	20岁华裔渐冻症男孩"躺赢"全球数学大奖	鸣 谦
025	我也曾滥用年少时的珍贵时光	冯骥才
026	青蛙卖崽式摆摊	叶橙子
027	画出独属于自己的人生地图	[日]星野道夫 译/曹逸冰
028	这个小黑妮儿，真"中"	佚 名
029	猫有猫的方向	[美]阿尔·图尔陶 译/张霄峰
030	他讲的故事被播放了十亿次	佚 名
031	阿里出了个院士叫王坚	佚 名
032	"00后"把养老院开成幼儿园	李 凹
034	高考后，真的就解放了吗	仇士鹏
035	我在央视做体育解说员	姜子涵
036	韦小宝到底是个什么人	芒来小姐
038	世界上有另一个你，愿意与你相互救赎	佚 名
039	尊重你的想象，不管它多让你的父亲反感	杨树鹏
040	我当工人的24个月	匿名用户
042	买刚需和买快乐兼得	陆小鹿
043	怎样用两年时间成为一名足球教练	张 博
044	星期三书店	黄 成
046	林黛玉在开夜班出租车	万 万
047	打一剂感受的预防针	马 东
048	"不敢gap的年轻人"，决定在人间当"bot"	佚 名
050	我是全美"破锅贴"创始人	北美崔哥

第二章 锐角度

人生漫漫长途，万物皆有回转

051	不曾入画的人们	赵俊斐
052	"预制朋友圈"，未尝不是活在当下	钟颐
053	加油呀！那些未曾赢得奥运会奖牌的国度	张斌
054	为什么出租车司机总会在后座贴小孩的画	地球人研究报告
056	数据冷静	王一伊
057	唐诗的残酷	蒋勋
058	你在直播间买到的最多廉价品，可能是自己	博士老青年
059	老老实实	乔叶
060	佛系顶流"花花"的"松弛熊生"	钟艺璇
062	绞尽脑汁写出的绝世好文，重要吗	和菜头
063	人类抵御AI的最后防线竟是这些"金句"	佚名
064	面对蟑螂，人们为什么不笑	和菜头
066	10个正面管教父母的方法	虫子
067	吃饭和干饭，有什么区别	张佳玮
068	向着天分努力	麦家
069	打底	草予
070	我不劝你接受平凡，但我祝你不怕掉队	世相君
071	你不是废物，你只是还没有激活天赋	半佛仙人
072	不可言说的世界，可言说的人生	王祥夫
073	定价9.9元的背后，是你不知道的心理学巧思	李米
074	你可能被施耐庵"耍"了	闫红
075	你这个人很适合日落时分	艾平
076	芹菜凭什么能稳坐影视剧"蔬菜组C位"	大饼子

第三章 孤勇者

于高山之巅，方见大河奔涌

077　不想让人瞧不起 ｜ 赵盛基

078　从贫民窟垃圾堆走出来的"天籁乐团" ｜ 一人一城

080　世界杯上的中国"名哨" ｜ 付玉梅　云成章

081　为何成为"学习博主" ｜ 谭宛宜　朱晓珂

082　癌症手术后，她靠运动重生 ｜ 佚　名

084　能给我一美元吃个汉堡包吗 ｜ ［日］村上春树　译／施小炜

085　用"低处练"换来"高处见" ｜ 张珠容

086　"中国鲁滨孙"漂流记 ｜ 翟　墨

088　文坛巨匠们的"B面" ｜ 刘　越

089　我的父亲程砚秋 ｜ 程永江

090　怎样让坏习惯难以养成 ｜ ［美］詹姆斯·克利尔　译／迩东晨

091　这群人，应该被看见 ｜ 令狐空

092　我们爱的英语老师口头禅是"now" ｜ 马　拓

093　因为淋过雨，所以更想为别人撑起一把伞 ｜ 非凡君

094　"学"与"创" ｜ 欧阳中石

095　她只靠声音在家族群刷屏了 ｜ 碳酸钙

096　痛 ｜ 余　华

第四章

走出去，世界就是你的家

097　天黑了，黑不掉所有的光｜黄小平
098　古今考场：出不了"神作"也别"乱作"｜邱俊霖
100　什么东西在"大减价"｜张晓风
101　虫　声｜张恨水
102　杜甫见过哪三位皇帝，我必须知道吗｜薛　巍
103　生于大山却不困于大山！贫瘠土壤中开出的向阳花｜佚　名
104　求大神把我照片里的其他人P掉｜和菜头
105　看抖音和读书是矛盾的吗｜佚　名
106　语言是刀｜尤　今
107　海南鱼茶好，人坏，婉拒了哈｜槽值小妹
108　妖界"草根"白骨精：人情世故胜过刀枪棍棒｜贾　欣
109　如何反驳"你连父母的委屈都受不了，那社会上的委屈怎么办"｜咩咩羊
110　当"电车难题"被做成游戏，无人轻松通关｜张文曦
112　年轻人患上"热度排斥症"｜王景烁
113　先吃哪颗葡萄｜韩松落
114　浮动的锚点｜岑　嵘
115　宋词里的"微型小说"｜莲间鲤
116　中国最魔幻的县城，挤满了外国人开的餐厅｜佚　名
117　人生无意义？陶渊明笔下的木槿花点了个"踩"｜黄晓丹
118　说到读书，我真有"金句密集恐惧症"｜博士老青年
119　数字系统为什么会压榨人｜罗振宇
120　训狗？不，"训"自己｜sweet dreams
121　"大时间"和"小时间"｜刘　墉

122　那些结故事的李子树 ｜ 邱俊霖
123　"耗点钱"与"费些时间" ｜ 张珠容
124　我们真的对漫天杨絮束手无策吗 ｜ 媗　媗
125　向狐狸讨教"狗熊掰棒子式学习" ｜ 得　到
126　"捕鼠达人"不敌"断粮高手" ｜ 甘正气
127　名誉高处 ｜ 余秋雨
128　生活，该不该有点儿"边界感" ｜ 周珊珊
129　羞于说话之时 ｜ 李修文
130　有利速度点 ｜ 周　岭
131　智能时代，学什么 ｜ 俞敏洪
132　贝多芬没用过的无名指 ｜ 杨亚爽

第五章　望山海
与万物同行，星辰指引方向

133　天寒露重，望君保重 ｜ 林清玄
134　"普鲁斯特效应"：气味才是时光机 ｜ 钟立春
135　即使在火星上写作，仍然是中国故事让我保持创造力 ｜ 莫　言
136　《楚辞》是华尔兹 ｜ 蒋　勋
137　被筛选的历史 ｜ 张笑宇
138　紫色跑道亮相巴黎奥运会！人类的"紫色自由"太难了 ｜ 佚　名
139　《黑神话：悟空》中的无头菩萨和那段疼痛的历史 ｜ 佚　名
140　阿勒泰是一种传染病 ｜ 王　动
141　用四根弦代替大炮 ｜ 田　青
142　范仲淹的"先天下之忧而忧，后天下之乐而乐" ｜ 张佳玮
144　一种新的"文化拖延症"：有什么事，年后再说吧 ｜ 张婉馨

145	不是欧洲去不起，而是哈尔滨更有性价比	佚　名
146	铅华不可弃	查晶芳
147	超越时间的诗	王鼎钧
148	人生无法不记叙	梅子涵
149	请把对待星空的善意，转向地球上的人类	刘慈欣
150	古人也会"演绎推理法"	唐宝民
151	舒适不等于快乐	岑　嵘
152	30多年不工作，徐霞客的旅费从哪儿来	马庆民
153	当我们看戏时，我们在看些什么	李　楯
154	一封来自理想书店的信	［美］玛丽·曼利　译/曹逸冰
155	古代也有"人生一串"	金陵小岱
156	葫芦娃是云南人？这份"脑洞科普"太有梗	佚　名
157	一山春蝉	舒　州
158	你的生活习惯是天气捏出来的	［英］特里斯坦·古利　译/周颖琪

第六章　萤光册

赶路人的月，逆流者的桨

159	夕阳是一粒种子	明　月
160	小时候背的诗	张佳玮
161	人和冰箱也没什么分别	张　春
162	登山前：拉爆向导！登山后：拉爆向导的冲锋衣	鲨鱼辣椒
163	好一个"雅贼"！意大利小偷沉迷读书忘了逃走	佚　名
164	请陌生人吃的492750顿饭	斯小乐
165	扛花送与谁	章铜胜
166	去闻一朵水仙花的香味	宋　麒

7

167	在山西，不午睡会被"开除"省籍吗	佚　名
168	仰面花，低头卉	草　予
169	春天正从我脚下升起	铁　凝
170	无事就是最好的事	林清玄
171	一片吃心，在贵阳	谁最中国
172	在"华莱士文学"里，我真正读懂了生活	格　子
174	买手机，就去"李琳烧鸡店"	佚　名
175	这里有一份应对内耗焦虑的"电子中药"	吴　竹
176	钱塘江边的喊潮声	凌　云
177	候　月	杨福成
178	我的排球叫威尔逊	雷炳新
179	世界上最好的工作	陶立夏
180	"电工福尔摩斯"王建省：一次维修，救了一栋楼	佚　名
181	期　待	马　德
182	供"穷神"	肖春荣
183	为何很多人爱看"修驴蹄子"	佚　名
184	高考落榜生颜业岸，带300多个农村娃"舞动奇迹"	佚　名
186	废土上，有母亲的故土	晚　乌
187	如果你恰好遇到梁实秋	Summer
188	冰箱咏叹	梁　爽
189	气　度	鲁先圣
190	澡堂大合唱，敲开陌生的墙	李　娟
191	旅游一天盖800个章，唐僧的通关文牒都没这么夸张	加　号
192	不是吃素的	乔凯凯
193	日记就是一日的旅行	[美]苏珊·M.蒂贝尔吉安　译/李　琳
194	冷漠的"热闹"	曾　卓
195	可爱为何轻松统治世界	[美]约书亚·保罗·戴尔　译/Jacky He
196	黄桃罐头会保佑生病的孩子	槽值小妹
197	拉长时间去看	侯小强

第一章 青春志

青春无问西东，岁月自成芳华

超级英雄也有弱点

□张　春

我给小朋友设计过一节课：写一个超级英雄的故事。小朋友一开始把自己的英雄编得无所不能。比如，只要一秒钟就能把所有坏人杀光。我就提问："然后呢？你的生命才过了一秒。下一秒你要做什么？"小朋友说："那就把全宇宙的坏人都杀光。"我说："好，又过去了一秒。然后呢？"

然后小朋友的想象就再也无法进行了。我说："你还有千万年、亿万年要过，但是你两三秒就杀完了所有的坏人，剩下的时间你要怎么办呢？"他们都蒙了。这个超级英雄再也没事做了，他没有任何限制，无所不能，但好像过得很无聊。所以，你看，电影里所有的超级英雄都有弱点，有缺陷，有做不到的事。比如，蝙蝠侠需要变身，他会痛、会生病、会死。比如，绿巨人不死，但是他无法控制自己……所以，如果你的英雄没有缺点的话，他活着和死了其实也没什么区别。

人的缺点甚至缺陷并不是生命的阻碍，反而能促使生命更精彩。

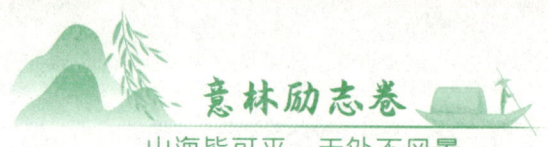

长大要开蛋糕店的小女孩，为什么要学物理

□途次早行客

我读硕士研究生之前，曾在一家蛋糕店做过帮工。

老板娘是个很好的人，她无论是对人还是对工作，都有着非常能感染人的热情。但因为她小时候没怎么上过学，所以知识水平实在有限，尤其是物理和化学，几乎一节课都没有上过。但是她对待工作热情，有非常强烈的求知欲，这也是她雇用我这个"大学生"当临时帮工的原因。比如，从前店里蒸芋头，用的是蒸笼，芋头都放在底层；后来换了蒸箱，芋头放在底层蒸出来的效果却不好了。我对她解释说，蒸笼的热源在下面，蒸汽越往上越冷；而蒸箱是箱内四面出蒸汽，热蒸汽是向上走的，所以应该是最上面那一层熟得最好。当然，给老板娘解释"水蒸气和蒸汽不是一回事""热蒸汽为什么会往上走"也确实下了一番功夫。但最后，也算是和老板娘共同学习了很多厨房里的科学知识。

后来我去上学，仍然能收到老板娘发来的很多消息。比如老板娘第一次做青团子，结果糯米粉熟后塌成一摊，"青团子"变成了"青飞碟"。老板娘想起我原来发表的"高筋粉、低筋粉"的意见，于是第二次实验就把三分之一的糯米粉换成了高筋粉，果然大获成功。

后来，老板娘的生意越做越大，她的蛋糕店成了我们那个小镇远近闻名的"网红"店。我觉得老板娘的成功，并不是因为她按部就班地完成所有菜谱，而是因为她对知识的尊重，对知识永远有一种不排斥且认真求索的创新与钻研精神。后来，我在学校为做实验、写论文、赶项目、做汇报忙碌着，老板娘也在她的蛋糕店里烤蛋糕、写笔记、赶订单、打广告。现在想想，知识与好奇心不单单是应付考试的，更是发现、探索生活情趣的重要法宝。

相比在实验室、在工位上伏案劳形，为论文、为项目熬夜到头秃，老板娘在她那个装修得美美的小蛋糕店里，在钢厂高炉和烟囱缝隙间夕阳日影里的小天地中，经营着她甜蜜的小事业，听小伙子们弹着吉他，为小姑娘们拍着美美的照片，和接孩子放学的妈妈们有一搭没一搭地聊聊家常……未尝不是一种比拿学位、发顶刊更简单更美妙的小幸福。

"新农人"杨添财：
在互联网上"种地"

□杨添财

亲爱的杨添财：

你好！我是2019年的你，现在正在给30年后的你写这封信，当你看到这封信的时候已经55岁了，你的身体还好吗？

还记得6岁刚患病时，医生说你肌肉萎缩，可能活不过18岁，当时可把爸妈吓坏了，懂事后的你也逐渐被自己的负面情绪打败，自闭长达7年时间。其实你小时候学习成绩一直出类拔萃，从小就是爸妈的骄傲，若不是这个病，或许你会非常热爱学习，甚至考上清华、北大吧？

尽管命运如此残酷，但是你不甘于平凡。互联网给了你新的出口，在电脑的帮助下，你找到自己的人生机遇——2015年你尝试做电商，卖家乡蒲江县的农产品，爸爸采购供货，妈妈打包发货，你自己则撑起整个店的线上运营。2016年，店铺销售额达到300万。2018年，你又和朋友创建"一起走吧"的残疾人品牌，集结一群残疾人朋友共同创业，并在新电商拼多多上开辟新的战场，销售四川蒲江、盐源、云南昭通、山西运城、陕西礼泉等地的水果。

在黑暗中彷徨7年，如今一朝望见光亮。你能从当初完全放弃自己的状态，转变成现在乐观积极面对生活，要感恩社会各界给予你的关爱，同时也要感恩一直努力拼搏的自己。

前几天，我去昆明参加"新农人奖颁奖典礼"，领奖发言时，我说："以后要不断学习、不断创新、不断突破，同时尽自己所能回馈社会，帮助更多需要帮助的人！"

30年后，你对当时的场景还有印象吗？回馈社会这件事，我可是非常认真的！这给我的生命带来了更充实的意义。开头的工作就交给我吧，以后不管遇到什么样的困难都要坚持住哦，还有我和你并肩作战呢。

2019年，我们的团队规模逐渐扩大，中国的国力也在不断增强。到2049年你看到这封信的时候，残障人士的生活应该也会有很大的改善吧？希望那时大家的出行更便捷，生活水平也有所提高。

2015年，是电子商务启动了我的创业生涯，我想，2049年的电子商务或许也将诞生新的模式，"互联网+农业"能够更好地结合，农业得到更有效的发展，农产品都能畅销，农民都能致富。

2049年，衷心希望电子商务行业发展得越来越好，希望我们通过不断的创新和突破，能给整个行业做出一点贡献，也希望你看到这封信的时候，已经实现了你我的理想和人生价值！

30年前的你：杨添财

意林励志卷

山海皆可平，无处不风景

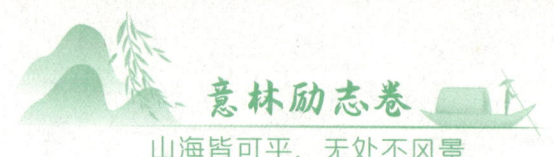

2000万网友陪他去食堂打饭

□光 光

你能闭上眼睛，行走一千米吗？你能仅凭触觉，辨别身前的障碍物吗？2024年7月，一位UP（upload缩写，上传）主拍摄的校园vlog视频，在B站获得了2000万播放量。这视频乍一看，没什么特别的拍摄手法，甚至主题也索然无味——不过是一位大学生将运动相机挂在脖子上，记录自己走去食堂的一段路。然而，与众不同的是，拍摄者夏果是长春大学特殊教育学院的一名学生，他是一位盲人。

短短十四分钟的视频，夏果为大家解锁了一个从未见过的世界——原来在盲人的世界里，走路都如此心惊肉跳。

视频一开始，夏果用一句"去吃饭啦"，开始了当天的旅程。他从宿舍坐电梯下楼，大家也开始通过发弹幕的方式陪伴他。

每次出门，夏果都要先找到门廊的柱脚作为标识，走到这里，就代表抵达了宿舍门口。顺利走下台阶后，冒险便开始了——在熟悉的校园里，他得凭借记忆力和临场应变能力，去走完这充满未知的一千米。平时，夏果会沿着盲道出门，用盲杖一点点敲击地砖，以确认前方的道路。但盲道能够通行的地方有限，大部分目的地都没有准确的引导，夏果只能根据回忆试探着前行。

虽然夏果已经很小心，但路上总是人来人往，撞到人后快速道歉，已成了他下意识的反应。即便有时他撞到的不一定是人。夏果走路时，还会通过与相机讲话的方式，来缓解紧张。比如，当他毫无磕绊地越过一道障碍时，他会夸赞自己，"我真是越来越厉害了"。同样地，相机也记录下了他受挫后的沮丧——一次，他跨越斜坡不久，就遇到了一扇紧闭着的门。因为盲杖没有碰到门，夏果结结实实地用额头撞了上去。"哎呀，怎么这么笨！"夏果的第一反应竟是责怪自己，但为了不挡到后面的行人，他继续赶路，直至上到楼梯拐角时，他才得以靠着墙缓缓。

不过好在，校园里有一群热心肠的人。夏果吃过饭后正准备下楼，一位站在门口守候的阿姨立马就迎了上去，将他顺利地带到楼梯旁。当他返程走到出口处，眼看要再次撞上一扇门时，背后却传来了一句响亮的提醒："往右点儿，同学！"还有，每一次夏果去吃自选菜时，总会有一位东北大哥带着他，一道一道地给他念菜名，帮他夹菜。结完账后，大哥又拉着他的手，将他送到餐桌旁。这两句"来，跟哥走"以及"喝汤不，老弟"，不仅温暖了夏果，也温暖了屏幕前的无数网友。

夏果是后天逐渐失明的，但这并没有磨灭他对生活的信心。你能看到的一期期带字幕、节奏流畅的视频，都是由他独自完成的。其中的艰难自不必说：必须借助读屏软件识别屏幕中显示的内容，记下剪辑软件各个功能的具体位置，多窗口操作时的前后顺序，有待剪辑片段的声音内容……将这些信息在大脑中整合，不断试错后才能制作出一期视频，其中要记住的信息量，远超大部分人的想象。

自2021年成为UP主以来，夏果几乎每周都会发布一条视频，用三年时间积累了33万陪他走路的粉丝。因为读屏软件的存在，夏果也会现身评论区，与粉丝们谈天说地（读屏软件无法识别自动断句，需要正确使用标点符号，夏果才能听懂）。

在他那则有2000多万播放量的视频中，有一个片段尤为感人。当时走在天桥盲道上的夏果，突然问了一句："太阳落下去了吗？"接着他身子一转，想让大家透过他的摄像头看看这美丽的夕阳。他说："如果是夕阳的话，应该会挺好看的。"只可惜，摄像头只拍到了天桥上的栏杆，而栏杆里反射出来的，是夏果模糊的身影。

但弹幕里的大家不约而同地撒起了谎，每个人都告诉他——

"谢谢你，夕阳很美！"

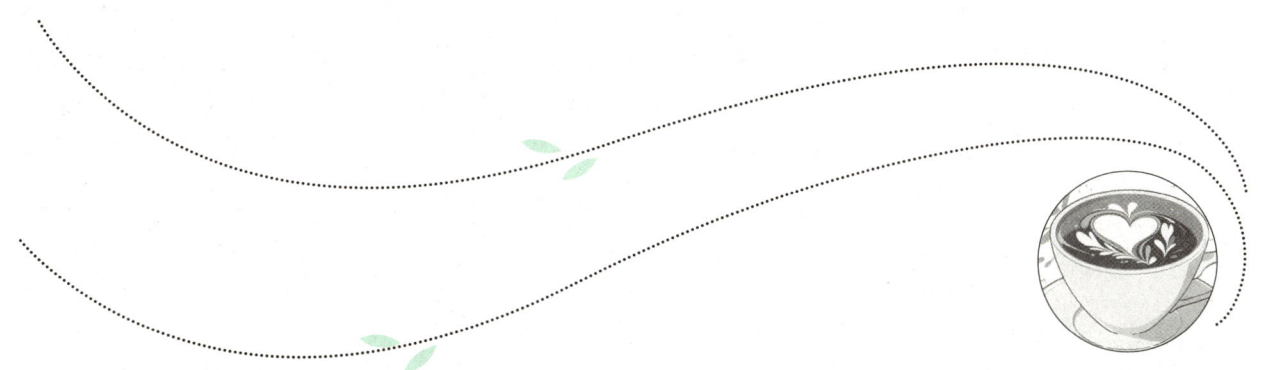

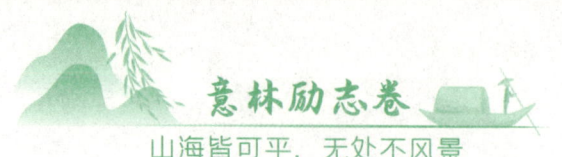

我为什么会等候每一盏红灯

□迟子建

说来好笑，我最初来到城市时，最怕的就是过街。在西安和北京求学期间，只要是有天桥和地下通道，我绝不走十字街。我不信任红绿灯，它们闪来闪去的，像是两只鬼眼，变换太快。这总会让我联想起卓别林的《摩登时代》中那个被卡在机器中的工人，觉得自己是工业化时代的一个可怜虫。

据说在交通事故中，死于红绿灯下的行人占了很大比例。闯红灯，是肇事的元凶。所以走到红绿灯下，人的心就会紧张起来，要眼观六路，耳听八方。

我在哈尔滨生活以后，习惯了走红绿灯。前些年，每当看见绿灯闪烁，我会一路飞奔，分秒必争，抢在红灯敲响警钟时到达街对面。由于年轻，体力充沛，我与绿灯的赛跑很少有输的时候。汽车像一支支飞来的箭，唰唰地在我们身旁呼啸而过，可是大家对它们毫无惧色，我也心中泰然。

2002年初春，我和爱人散步回家。经由红军街桥下的十字路口时，恰好赶上绿灯眨眼，我说等下一个绿灯再过吧。爱人说："你跟着我，能抢过去的！"他个子高，步伐大，很快就跑到街对面了。我呢，一见红灯亮了，腿立刻就软了，向回撤。这样，我站在街这头，他站在对面，我们中间是一辆连着一辆的疾驰的车辆。车辆就像汪洋大海，把我们分开了。

三天后，爱人在回故乡的山间公路上出了车祸。故乡的路没有红绿灯，可是他为了早点回到工作的地方，急于赶路，还是出了事故。他的心中，看来一直亮着一盏绿灯啊！他是一个疯狂的旅人，只知道一刻不停地向前赶、赶、赶。这种热情的"奔命"，使我们一个在此岸，一个在彼岸，永隔着万水千山。他像流星，以为自己生命的光华还很漫长，却不知道当他飞速掠过天际的时候，迎接他的是永恒的寂静。

爱人离去后，我身边没了陪伴的人，可路还是要走下去的。我曾在十字街头为他焚烧纸钱，都说那是灵魂聚集的地方。再经过那样的路口时，我感觉有无数的灵魂在幽幽歌唱。远远地看到绿灯要变化了，我便会放慢脚步，在路边静心等待；人们蜂拥着闯红灯时，我也会原地不动，气定神凝地候着。

我想，人生是可以慢半拍，再慢半拍的。生命的钟表，不能一味地往前拨，要习惯自己是生活的迟到者。人是弱的，累了，就要休息；高兴了，就要开怀大笑；

郁闷的时候，何苦要掩饰自己，对着青山绿水呼喊吧。

是的，我们要给自己多亮几盏红灯，让生命有所停顿，有所沉吟。只有这样，弱的生命才会变成强的生命，暗淡的生命才会变成有光华的生命！当生命的时针有张有弛、疾徐有致地行走的时候，我们的日子，才会随着日升月落，发出流水一样清脆的足音。

如果生活是一场密室逃脱，那么热爱就是安全出口

□老杨的猫头鹰

我很少在微信群里加谁，但那个网名叫"英年早呆"的家伙是个例外。他每句话的结尾都习惯性地带上"捂着脸笑"的表情包，就像做菜的大厨爱撒葱花一样。他很少参与群里的八卦闲谈，但一开口经常是惊艳四座。

有人抱怨自己的妈妈不管做什么、去哪儿都要猛拍照，引申出来的讨论是：为什么要记录生活？

他的回答是："因为小朋友不会永远都这样无忧无虑，因为大朋友不会永远都这样风华正茂，因为日子不是每天都有那样的日出或日落，因为路上不会每天都有那样的彩虹或者微笑……所以，不能浪费人间这个摄影棚，拍得不好没关系，没有记录才可惜。正是这些点点滴滴的小美好，拼凑出热爱这人间的理由。"

热爱是生活的解药，它能让你在现实沉重时觉得轻盈，在人生虚弱时觉得自己贵重。

你不能等生活不再艰难了，再决定让自己快乐起来。即便上天给你安排的只是一个普通的人生，你照样可以像个小孩子一样去买你喜欢的东西，像中学生一样热闹地吃着路边摊，像大学生一样博览群书，像热情的粉丝一样去漫展蹲喜欢的画家……

慢慢你就会发现，这个世界其实是一场盛宴，它迫不及待地要闯进你的耳朵、眼睛和镜头里，以至于每一个平淡无奇的日子都被你过得闪闪发亮。

生活或许会是，你要什么，它就不给你什么。但生活的智慧大抵是，给了你什么，你就用好什么。

意林励志卷

山海皆可平,无处不风景

"见世面"小组:来一张有人情味的生活说明书

□加 利

在珠峰大本营住一晚,设计总裁别墅平面图,亲历巴黎迪奥高定秀,和双胞胎妹妹互换上学半天……为何人们偏好借助他人分享"见世面,开眼界"?其中分享的经历,何以吸引和打动更多人?

当你无意间点开豆瓣"我真见过世面"小组,仿佛打开一扇哆啦A梦的任意门,能想到的和想不到的,皆包含其中。与此同时,一些看似普通的"技术帖"更引人注目。"我教大家坐飞机""智能马桶使用指南""吃西餐如何用刀叉"……人们将生活中曾经历或目睹,却略带"人群区分度"的经验分享出来。没有人嘲笑"这都是常识,你怎么连这个都不会",分享者平和而贴心,围观者由衷感慨:"哇,真的见世面!"

分享类社群并不少见,人们通过分享自身境遇获得注意力和存在感,也有着探索世界的好奇心。创建于2021年10月底的"我真见过世面"小组,仅成立一个多月便吸引了超11万名成员聚集于此。在搜索引擎日益发达的现在,此话题为何风靡网络?

在我看来,"世面组"构建了一个向上的"破维预览"。小组创建者分享可以称之为"世面"的事情,往往是对多数人而言,超越所在物质精神层面的见闻或难得一见的经历。有些经历由财富和地位建构,只能短暂窥见一二,有的体验则可能在未来的某个时间悄然出现。由于客观条件的限制,人们在初次面对新事物时,难免露怯。若有一个小空间,让生长在普通家庭的人们集中获得更高视野,或许能更从容地面对挑战,减轻焦虑。由此一来,新鲜事物及其使用方法,小而冷知识的具体实践,某些人群生活轨迹与为人处世的方法……皆可成为分享重点。"见世面"的核心在于"观察与细节",当经历被分享出来,高高在上的"自我炫耀"视角被打破,沾染了更多"人味儿"。当人们分享"第一次如何换乘地铁",帖子便不仅仅是一张耐心细腻的"说明书",更如同一个亲历者回望走过的路、踩过的坑,熟知可能会面临的困窘、慌乱、无措后,善意地关照后来人注意脚下。

有网友认为:"所谓光鲜的世面,其实只是因为跟我们原来的生活没有关联。农村的孩子不懂得使用城市的设施,就像城市的孩子不懂得分辨农作物一样。只是因为不熟悉、不常用、没接触过,这并不可耻,也并不值得羞愧脸红。"每个人都是从一无所知慢慢积累到现在,总有第一次面对未知事物的时候,当遇到一群陌生人提供一份贴心"应对教程",增长眼界的同时,温暖种入了心底。

"多数人的人生是由漫长的平庸和偶然的奇遇组成。"这个世界有很多面,对不同的人而言,每一面可能都是新的"世面"。它们不仅仅关乎权力与金钱建构的景观,更是"隐藏款盲盒",其中包裹着形形色色少有人知的风景、习俗、知识。从"世面组"里,获得更多的是眼界开阔之外,品尝人间百态的内心平静。

看见世界的参差,却不为这种"不熟悉"而自卑焦虑,心平气和地接受新事物的洗礼。每个人所处的社会位置不同,当你拥有窥见世界不同侧面的契机,或许可以为那份可能到来的陌生和未知,增添一分安心和底气。

我与你

□ [德] 马丁·布伯 译/任 兵

人与人之间的关系分两种:我与你,我与它。

我与它:我带着预期和目的去和它建立关系。其实我是把它物化了。

我与你:当我放下预期和目的,以我的全部本真与一个人建立关系时,在这一刻两个人才真正地相遇,这是一种没有掺杂任何预期和目的的关系,这样的关系会让你感到温暖,感到有爱,感到可以抵御孤独。

"我与你"的关系是美好的,是真正让人有满足感的,这才是深层的真正的相遇,这个时候你看起来有光,我眼里也有光,这是人与人相处最珍贵之处。

不过"我与它"无时不在,而"我与你"只是瞬间,但正是这样的瞬间,点亮了我们的生活,让生命拥有了意义。

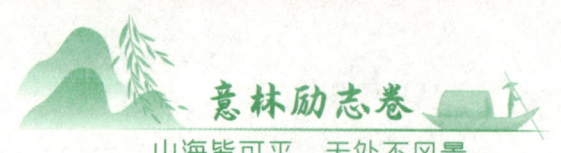

爸爸，你知道吗

□张晓风

"父母在"和"父母健在"是不同的，但我仍依恋不舍。

幼小的时候，父亲不断告别我们，及至我17岁读大学，便是我告别他了。我现在才知道，虽然我们共度了半个世纪，我们仍算父女缘薄！这些年，我每次回屏东看他，他总说："你是有演讲，顺便回来的吗？"

我总"嗯哼"一声带过去。但我心里想说的是，父亲啊，我不是因为要演讲才顺便来看你的，我是因为要看你才顺便答应演讲的啊！然而我不能说，他只容我"顺便"看他，他不要我为他担心。

有一年中秋节，母亲去马来西亚探望妹妹，父亲一人在家，我不放心，特意南下去陪他，他站在玄关处骂起我来："跟你说不用回来，你怎么又跑回来了？回去的车票买不到怎么办？叫你别回来，不听！"

我有点儿不知所措，中秋节，我丢下丈夫、孩子来陪他，他反而骂我。但愣了几秒钟后，我忽然明白了，这个铮铮的北方汉子，他受不了柔情，他不能忍受让自己接受爱宠，他只好骂我。于是我笑笑，不理他，且去动手做菜。

"爸爸，杜甫，你知道吗？"

"知道。"

"杜甫的诗你知道吗？"

"杜甫的诗那么多，你说的是哪一首啊？"

"《兵车行》，'车辚辚'下面是什么？"

"马萧萧。"

"再下面呢？"

"行人弓箭各在腰。爷娘妻子走相送，尘埃不见咸阳桥。牵衣顿足拦道哭，哭声直上干云霄……"

我的泪直滚滚地落下来，不知为什么，透过一千多年前的语言，我们反而狭路相遇。

父亲去时是清晨五时半，终于，所有的管子都被拔掉了，94岁，父亲的脸重归安谧祥和。我把加护病房的窗帘拉开，初日正从灰红的朝霞中腾起，穆穆皇皇，无限庄严。

我有一袋贝壳，是以前旅游时陆续捡的。有一天整理东西，我忽然想到它们原是属于海洋的，它们已经暂时陪我一段时光了，一切尘缘总有个了结，于是我决定把它们一一放回大海。

而我的父亲呢？父亲也被放归到什么地方去了吗？那曾经剑眉星目的英武男子，如今安在？我所挽留不住的，只能任由永恒取回。而我，我是那因为一度拥有贝壳而聆听了整个海潮音的小孩。

当我的人生不再被"城市情结""硬控"

□张文清

天桥、地铁和24小时便利店是我最初的城市情结。

从小生活在十八线小县城的我，经常蹲守在电视机前，就为了看翡翠台滚动播放的港剧，跟着电视剧扭着尾音说不标准的粤语。长大了些，我已经不满足于言语模仿。我开始幻想自己穿着长长的米黄色风衣，背着小巧的米白色包包，手里拿着杯咖啡风风火火走在斑马线上。

在我的家乡，没有地铁，没有不打烊的便利店，连大型超市都是稀有之物。我对本没有的东西不惋惜。反而是那座长长的天桥，勾起我内心小小的伤感。

家乡有桥，但桥面只有汽车行驶的宽道。边缘勉强留着一条窄窄的小道，只能单人行走。肩并肩，都极为不安，尤其走在外侧，生怕不小心就摔进车流。我在电视里看到的天桥，是连接的桥；而我在生活中走过的桥，是划分的桥。

现在，我站在福州的天桥上。彼时我穿的不是想要的米黄色风衣，而是卫衣、牛仔裤、帆布包——仍然不变的出门三件套。我的帆布包里装的不是咖啡，而是换洗的衣服。站在桥上时，桥下一辆接着一辆的车，打着双闪在我的脚下穿行而过，疾驰而去；桥上的人有奔跑的，有倚着栏杆看车来车往的，有在桥上扛着吉他匆匆而过的。两个世界隔开，不妨碍各自的步伐。读懂的，是城市中的人保持各自接受的距离，擦肩而过，时而欢呼，偶尔痛哭。

我没有失落感，即使不是期待中拿着咖啡穿着风衣的都市丽人，出逃的打工人倒也不悲壮，离开儿时的期望，也没有失望。

见过、走过、待过，那份城市情结，我不再高高仰望，而是在我的成人口袋里，疲惫无力时，可以随时掏出来的儿时绘画本，会心一笑，明白它早已为我的生活留下色彩的痕迹。

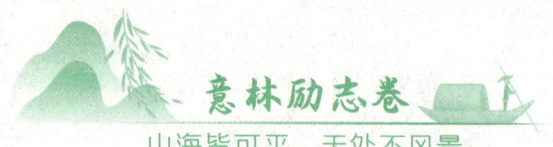

愿我们奔赴热爱，追光而行

□孙颖莎

决胜局马上开始，很多人都问过我，在那个时刻你在想什么？

面前是无数目光，是期待、支持、紧张。身后是乒乓球台，是热爱、梦想、荣光。其实我并没有想什么，就是积蓄力量，然后坚定地打出下一拍。

大家好，我是孙颖莎，生于2000年，接触乒乓球已经18年了。五岁时爸妈在家附近的体育用品商店给我买了一个四块钱的球拍。那时我根本拿不住拍子，但我就是喜欢听乒乒乓乓的声音。捡球的时候我总想着把球盆再装满些，装不了的就往兜里揣几个，因为这样就可以再多打几次球。

如果你问我在和自己较劲的日日夜夜里，支撑我的是什么。

是热爱吧。我喜欢乒乓球，好像就是因为我喜欢打乒乓球。热爱让每一个平淡又辛苦的日常都拥有了意义。累到胳膊都抬不起来的时候，看到跳跃的小白球还是会忍不住挥拍。热爱才是一个人最强大的动力。

是信念吧。有时我会问自己，孙颖莎你还能做到吗？孙颖莎你真的跨越不了自己这道坎吗？每次的答案都是坚持，坚持再坚持。下风球逆风盘，还有一次次的落后和低谷，哪有什么一帆风顺，就是想在痛苦的时候再坚持一下，因为付出努力总要比完全放弃强一点点，可能就是这一点点会让结果变得不同。

更是责任。八岁的时候，看到张怡宁和王楠在北京奥运会的飒爽英姿，我就开始明白，有些比赛拼的不只是一个人的胜负，还有更重要的意义。所以我们把国旗放在胸前，放在离心脏最近的地方。

有人对我说，祖国会为你骄傲的，那是我听到过的最令人感到幸福的话。但我更想说，我永远为我的祖国骄傲。我骄傲我的背后站着我的同胞，我的祖国为我支撑；我骄傲我能出生在让梦想充满可能的时代。

为什么大家喜爱我们，支持中国乒乓球队呢？

最重要的初衷不单纯（是）因为常胜之师、国球荣耀，而是因为点燃的热血、拼搏的不屈、追梦的纯粹，还有许许多多让生命闪光的美好特质，更是因为对祖国最深厚的爱意。如果你们因光而来，那就让我们回归爱的初衷。为梦想，为美好，为祖国加油，在各自的赛场上，让世界看看，这才是中国青年的样子。和我们的先辈一样，接过时代的接力棒，这是我们这代人的使命和荣光。

我们永远奔赴热爱，不害怕梦想有多高，远方有多远；我们永远坚定执着，有着打不倒的倔强。从向往光，到理解光；从追逐光，到用力发光——这是我们这代人的使命和荣光。

遇到挫折不要沮丧，就当这一局输了，下一拍再努力打回来。

总有一天，你将成为你想象中理想的样子，而这样的我们，会是这个世界最耀眼的中国青年的样子。

长大三次

□ 高自发

曾经，一部电视剧中关于"人要长大三次"的一段台词给我留下了深刻印象，这段台词出自该剧的女主角之口："第一次长大是在发现自己不是世界中心的时候；第二次长大是发现即使再怎么努力，终究还是有些事令人无能为力的时候；第三次长大是明知道有些事可能会无能为力，但还是会尽力争取的时候。"

人们很容易以自我为中心，如果一直活在自己的世界里走不出来，则很难长大。当一个人开始眼里有别人，替别人着想，学会关心他人，也就意味着他真的长大了。这一次长大很难，要克服自私自利之心，要找准自己的位置。第一次长大，实际上是一次摆脱自我的蜕变。

少年的我们曾耳熟能详"勤能补拙"之类的词语，以为只需照着做就能成功。踌躇满志地步入社会，却被撞得头破血流，才发现成功的路上还有许多不可或缺的因素。第二次长大，意味着开始勇敢地面对自己的局限，有勇气承认自己不能了。

如果从此消沉下去，一蹶不振，人就在精神上死亡了，也就无所谓长大与否。然而第三次长大，是明知不可为而为之，失败也坦然，成功也淡然。这一次长大，才是真正意义上的长大。

长大不仅是肌体的成长，更重要的是心理上的成熟和精神上的强大。长大三次，就是一个人认识自己、承认自己、悦纳自己的过程，这是成长必然要经历的三重境界。

有的人会经历三次成长，整个人由此发生翻天覆地的变化，变得优雅、达观、积极。有的人则一生都"长不大"，始终活在自我的小圈子里，莽撞颓废，一生都不曾真正前行。

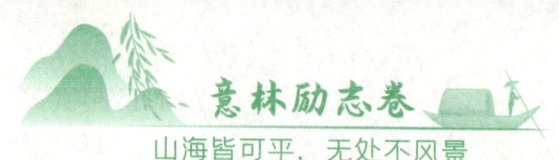

在废品里过上品生活

□慕 云

他25岁接受了收废品的工作,却没有就此困在废品世界。他把从废品堆里发现的"宝贝"发到网上,不知不觉,779万网友都在跟着他的视角,期待着下个袋子又装了什么惊喜。

刘阿楠的主业是河北邯郸一家废品站的站长,靠捡破烂成了圈粉700万的"网红",他非但没有飘,反倒清醒得很,有人想用500万元年薪签下他,被他果断拒绝了。捡破烂咋这么炙手可热?

刘阿楠一千多平方米的废品站可是个"聚宝盆",他总能在里边发现稀奇古怪的玩意儿。他捡的书堆了一整间屋子,首饰玉石在盒子里都装不下。当然,东西不一定都值钱,但观众喜欢的就是"寻宝"的过程。刘阿楠还是个被收废品耽误的段子手。"曾经年少想读书,奈何生活饿了肚。如今生活很丰富,我想捡宝贝把家富。"看到好风景或者捡到称心的宝贝,他经常随口念出俏皮的打油诗。他还把一摞摞课外书、字帖捐给希望小学。"但行好事,莫问前程"是他默默向社会输出的价值观。

刘阿楠的家族建立在废品之上,爸妈开废品站,三个舅舅也开废品站。"生长"在废品站的刘阿楠从小就务实。和沉浸在幻想里的小孩不同,他有自己的想法,并且是行动派。

上初二时,他跟着运输物流的大车去送货。没走出过老家的刘阿楠一下子被五彩缤纷的世界吸引:大车司机谈天说地;山间泉水,伴着小路静远流深;在宽阔马路上飞驰而过,热风灌进驾驶室的快感,令他久久不能忘怀。

父母本想留他在废品站帮忙,但在刘阿楠一再坚持下,父母同意让他去当一名大车司机。但随着时间的流逝,每条路线都烂熟于胸,新鲜感逐渐淡去。有时为了赶时间,只能不分昼夜地开车。中途休息时,他爱上了看短视频。屏幕里展现的各色各样的人生能让他短暂忘记一路的积劳。

2017年新国标出台，要想继续开车，得投资四五十万元换车。厌倦漂泊的刘阿楠干脆回到家庭，接受了收废品的工作，那时的他刚25岁。就算生活在废品站，他也想过更加精彩的生活。有次刘阿楠去玩风靡一时的"网红桥"，他和朋友在桥上荡来荡去，路人纷纷拿起手机给他们拍照，那一刻，他有点想活在聚光灯下，一呼百应。

刘阿楠想起短视频平台上的达人，也试着把生活碎片发到网上。起初只有画面配上音乐，没台词，也没人物，反响平平。接着，他给视频配音："这不是垃圾，这叫可再生资源。"幽默地称自己为"再生资源大中华区执行总裁兼CEO（首席执行官）"。配上台词，渐渐有了粉丝。"自嘲""幽默"慢慢成了他的风格。但让他火起来的是一条被人盗刷的视频："刚才有工人告诉我，在废纸里捡了块手表。"说着，他从盒子里掏出一块价值不菲，闪着金光的万国。"IWC（某品牌）？什么破表，不要。"他把手表又扔回废品堆。

盗视频的人粉丝涨到了11万，比刘阿楠的还多。"假刘阿楠"的视频下架后，他的粉丝很快涨到20万。大家喜欢看他从废品中捡到值钱的东西，就像他的好运可以通过屏幕传递给观众一样，观众也觉得自己发了一笔"意外之财"。其实也不一定是因为东西多值钱，但意外之喜总会让人短暂忘记烦恼。刘阿楠"不识货"的样子让粉丝看了又气又笑。

收藏品、名著、书法字画在收来的废品里并不少见，刘阿楠有大把的素材。他从一个男人那里收来一堆零碎，里边有五六个名牌打火机、几个银手镯，还有个能开机的照相机。有次正在整理货物，推土机都要把废品压平了，他突然眼前一亮，赶紧下车，走近一看，从箱子里拆出两把新吉他。他还兴致勃勃地弹唱起来。最离谱的一次，他听到纸盒中传来小狗的叫唤声，打开一看，真是只未成年的小奶狗。刘阿楠收养了它。

不是每天都有"宝物"等着他去发现，有时候废品中掺着许多不值钱的东西冒充斤两。有次刘阿楠在废纸箱中翻到了衣服、鞋垫，甚至还有鞭炮。"把我这儿当尾品处理店了？"他不满地说，"你个嘚嘚。"后来"你个嘚嘚"成了他的口头禅，粉丝听到这句话就会想起刘阿楠。观众很喜欢听他念打油诗，他的打油诗也被称为"脱口秀环节"。"艳阳照新房，美景飘远方。假期已结束，努力工作，奔向下一个新高度。"打油诗给他增添了些许俏皮，也让他区别于普通的废品站站长。他是个有文化、爱生活、能把快乐传递给大家的废品站站长。

他的故事被腾讯网、中新网报道，快手、抖音平台对他进行了专访。他拒绝了高薪，依然把收废品当作自己的主业。"家里靠收废品一年也能挣几十万元，该有的都有，我觉得足够了。"

他不愿意透露太多个人信息，担心扰乱正常工作。他很少出镜，观众们见得最多的也是那双标志性的劳保手套。

曾经有位很久不联系的同学打电话给他。"在做什么工作？""收废品。"同学"啪"地挂掉了电话。刘阿楠对此挺淡然，也用不着解释什么。"谁也给不了我想要的，这才是生活。""凡世俗尘烟火气，唯有初心无波澜。"这是他创作的最喜欢的一句诗。

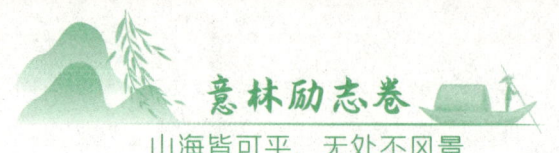

生命不过是时空洪流里的信息沙洲

□ momo

  点了一份外卖，发现骑手没敲门就点了送达，我慌忙点进骑手信息，发现这个骑手和我爷爷同名同姓，我愣住了，长达一分钟不知道点哪里。

  我爷爷一个月前去世了。

  他是在我面试培训期间走的，我父亲对我封锁了消息。我傻傻地只知道爷爷生病，住在离我家500米远的医院，我看家族群里陆续有人发爷爷相关的照片，就没多想。因为所有人都告诉我，爷爷一切安好，而且已经出院了。

  我遂安心地完成日复一日的新闻、背书、答题、复盘，充实又满足。成绩出来后，喜悦、焦虑都过去了一段日子，父亲才轻描淡写地说道："你爷爷在你备考期间就走了，怕你难过分心没告诉你。"

  我的心被狠狠撕扯，为什么这么疼？如同高三某天下午一样，奶奶走了，但我在高考以后才知道。遗憾、恼恨、后悔，这种隐瞒成为我一生的痛苦。树欲静而风不止，在我人生的两个重大节点，我失去了两位爱我的亲人，而我却毫不知情，难以挽回。

  我不敢哭，抿起嘴唇，皱起这张奇怪的脸。我想到上周回家，望着空空的房间，再也没有收音机的响声，没有那个爱晒太阳的小老头坐在不知从哪个角落翻出来的垫子上，他的听力已经不好，可我对他笑，他总是也傻乎乎地回我一个笑脸。那个家已经没有人永远在等我回去，院子里那棵最大的柿子树是他留给我的遗物。

  我拿起手机，拨通了许久没联系的哥哥的电话。提到爷爷，思念灼烧，我俩沉默不语，哥哥同样遗憾，没能赶回去送爷爷最后一程。互相道了晚安后，我又陷入那些回忆……

  我想生命不过是时空洪流里的信息沙洲，俱将湮没在滚滚时空中，最后我会和他们相遇，遂不分先后。但我多想和你在梦里再相见一次。到时，我一定要对你多笑笑。

上课时看课外书是你的错，不是书的错

□李克红

  1982年，我进入镇初中读书。当时，金庸小说已经开始流行起来了，很多同学都把武侠小说带到学校去读，有的甚至会在课堂上偷偷读，这导致我们班主任张老师曾怒气冲冲地警告我们说："再有人在课堂上读武侠小说，我就见一本撕一本！"

  事实上，在老师说这个警告的时候，我还从来没有碰过武侠小说。一个周末，我跟着母亲去一个远房表叔家探望生病的表婶，看到厅堂长桌上摆着一本《射雕英雄传》。我随手拿起来读了读，居然很快就被它吸引了。后来母亲要回家了，但我还是舍不得离开，于是表叔就留我住下。我完全被武侠小说中的精彩情节所吸引，读到半夜才睡。第二天，我一醒来就立刻开始读，希望能在我回家之前把它读完，但直到中饭后，我才读了四分之一。我斗胆问表叔能不能把书借给我看，表叔很爽快地答应了。

  我欢天喜地地拿着小说回到了家。尽管张老师有过"见一本撕一本"的警告，但我的痴迷使我完全忘记了老师的警告——周一早上，我把它带到了学校，并且在早自修的时候把它藏在语文书的下面悄悄读。不过，我这自以为是的瞒天过海根本逃不过张老师的法眼，他很快发现了，并且走过来把书给拿走了。我心里叫了一声苦："书是从表叔家借来的，被撕了我拿什么还给表叔？"

  庆幸的是，张老师并没有撕掉它，而是把它放进了讲台的抽屉里，一放就是一个多月。直到期末考试结束以后，老师把我叫到讲台上，才把书还给我，让我以后不准在课堂上看课外书。我说："真是把我吓死了，这本书是从表叔家借来的，如果老师把它撕掉了，我就不知道怎么办才好了。"

  张老师笑笑说："你上课时看书是你的错，不是书的错，而且这恰恰说明了书的价值与魅力，所以我为什么要撕书呢？一个连书都敢撕的老师，还有资格当你们的老师吗？不过话又说回来，你在上课的时候看课外书，既是对课堂的不尊重，也是对课外书的不尊重，明白吗？"这是我第一次真正明白书的尊严。

  客观地说，张老师没有撕书是"说出来的话没做到"，但这也恰恰让我感受到了他的魅力。从那以后，我虽然也会看课外书，但我从来没有把课外书带到学校里去，套用一下张老师说的话，我想这应该既是对课堂的尊重，也是对课外书的尊重吧！

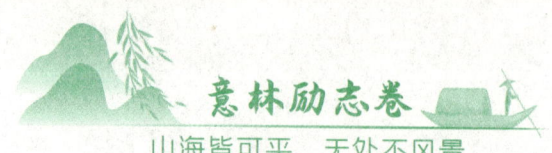

古人不只是一段文字

□佚 名

也许有一天,你会在小小的手机屏幕里看到,娇弱的林黛玉以低眉嗔怨的姿态轻声说着"早知他来,我便不来了"。紧接着,镜头变换,一位手拿绣扇的美丽女子,以娓娓动人的语调自我介绍:"秦淮八艳之首——柳如是。"屏幕中的人物,无论是妆容还是神情,皆呈现出惊人的"神还原",这如梦似幻的一幕幕,让你仿佛置身于一个穿越时空的奇妙世界,怀疑这是否只是一场幻觉。

这当然不是幻觉。只不过,镜头前的林黛玉、柳如是、太平公主、嫦娥仙子……她们都是同一个人:"00后"姑娘张淑文。在汉服圈,她有一个更为大家熟知的名字——"诸葛钢铁"。她的抖音账号中,点赞量和播放量最高的是关于林妹妹的一条,八万多条评论,无数网友惊呼:简直太像!

张淑文学的是金融专业,毕业后本该去银行工作,但热爱汉服文化的她,看到网络上大火的变装视频时,不禁想到,"很多博主都是仅仅止于变装,强调视觉上给人带来的惊艳感",而她想要的"不止这个"。

与此同时,还有一个原因促使张淑文想要仿妆特定的历史人物。"有时候遇到感兴趣的古人,我本想去搜搜她们的画像,多了解一下,但我发现这些人物竟然被铺天盖地的游戏角色覆盖,蛮无奈,也挺痛心的。"在张淑文看来,历史人物不该只有"好看""有意思"这些标签,他们背后的情感与传统文化更应该被人看到。于是,她决定将历史文化融入变装,"尽我的绵薄之力引导人们正确认识历史人物"。

梦想的种子一旦发芽,破土之力便不可阻挡。

然而,想要还原一个历史人物,并不是一件容易的事。为了尽可能去还原这些人物,不被人诟病"一点儿都不像",一则短短几十秒的视频背后,是大量的时间和精力投入。妆容和服饰可不能凭空创造,都需要专门查阅相关的资料。比如她仿的明末秦淮八艳之一的李香君,从发型妆容到服饰再到整个人的姿态,张淑文都细致地研究并参考了崔鹤《媚香楼小影》中绘制的李香君,这才有了"古画里娉婷的女子走出画面"的惊艳效果。

说起最令自己满意的仿妆人物,张淑文觉得当数李清照。她上初中时,便从课本上知道了这位有才又有趣的奇女子,对于李清照的生平与诗词作品,她也专门研究了不少。在她的理解中，李清照"是一个有傲气有风骨的大家才女，被后人戏称'李怼怼'"，因此她特意在仿妆视频中呈现出"腹有诗书，眼神又有些小小傲气的感觉"，让自己与千年前的她更加契合。

谈起今后的打算，张淑文表示，她想在仿古系列之后，把一些古文古诗之类拍成视频，"把从小就学习的语文书上的文字更加丰富地呈现出来。每个人物，每段故事，都不仅仅是一页纸而已，她们是鲜活的，有喜怒，会嗔痴，如果真的能让大家在我的作品里看到一点点她们鲜活的影子，顺便再学到点儿什么，那就再好不过啦"。

正如张淑文所说，"仿妆"的意义不仅在于变装，当我们通过她的视频看到一个游戏角色之外的古人形象，一份真实的历史文化也就在我们心里种下了一颗种子。

当 AI 抢走了我的角色

□刘　妍

儿子像往常一样，在桌前打开他的小平板和智能助手聊天，这已经成了他生活的一部分。有时我忍不住想，比起妈妈，他貌似更依赖那台冷冰冰的机器。当我看到他和"机器朋友"讨论着明天的天气究竟适不适合出门时，我半开玩笑地问他："你怎么不问妈妈呢？"儿子理所当然地说："它回答得又快又准，还不用等。"我愣了一下。

曾几何时，我是他小小世界里无所不知的"百科全书"；如今，他已经找到了更高效的答案来源。转折发生在一次出游。那天，我们去湿地公园，儿子却迫不及待地掏出平板，让AI（人工智能）给他讲解周围的动植物。看他一直低头盯着屏幕，我决定不和AI正面较量，用更吸引人的方式把他的注意力转移过来："我们来玩游戏，谁先找到公园里三种特别的东西，就可以决定晚饭吃什么。"

儿子问："什么特别的东西？""比如，树上的鸟巢或地上的松果。"他放下平板，认真寻找。目光从屏幕移向四周，像是重新发现这个世界。很快，他指着一片草丛说："妈妈，你看！那只蝴蝶的颜色真奇怪！"我顺着他手指的方向看去，果然有一只斑斓的蝴蝶正翩翩起舞。我赞叹道："哇！真不错，还有两样呢。"我们一路走一路找，他的目光从天空到地面，似乎发现了许多之前从未留意过的事物。

回家的路上，儿子问我："妈妈，我们找到的东西，AI也知道吗？"我告诉他，知识可以通过机器获取，可真正感受这个世界的温度，需要亲身去经历。

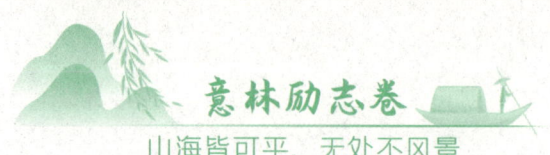

要学好真本事，以学报国

□口述/欧阳自远 整理/《谢谢了，我的家》编写组

年轻探矿者

1952年，我高中毕业，准备考大学。那是全国第一次大学生统一招考。我当时在江西省永新县中学念书，老苏区时，我们学校叫江西省立永新中学。现在它叫任弼时中学。像古代进京赶考的秀才一样，我挑着一根扁担，一头是行李，一头是书，和同学一起走了三天，到了之后住在学校的教室里。

在每一场考试中，我们最喜欢的事是"抢头卷"。谁第一个交卷，大家就觉得这个人很厉害。当时高考考五六门科目，一共考两天。我抢到了一两个头卷。做完了就交，很有把握。那时允许我们报三个志愿，我的第一志愿是北京地质学院，第二志愿是南京大学天文系。一个地上，一个天上。第三志愿是天津大学化学系。我自信会被第一志愿的院校录取。那时候没有通知书，都是在报纸上张榜公布。我买不起报纸，只能到邮局的阅报栏找。快发榜的那段时间我天天往邮局跑。最后，我看到北京地质学院的录取名单，很快就找到一个长尾巴的名字，一共有四个字，那就是我。

我非常高兴，首先回家告诉了父母。老实讲，当时父母希望我能传承他们的专业，去学医。可是那时候我们国家要建设社会主义工业化国家，最缺少的是矿产资源和能源，报纸和电台都在广泛地宣传，希望年轻的学子们去"唤醒沉睡的高山，让它们献出无尽的宝藏"。我被这句话深深打动，坚持去学地质，去找矿，为祖国献出宝藏。

特殊的岗位

1956年，我从北京地质学院顺利毕业，1956年年底，全国第一次招考副博士研究生，我被中国科学院地质研究所录取，研究矿产的分布和成因。我感觉自己有使不完的劲儿，要为祖国找到无尽的宝藏，这是我的志愿、我的目标、我的追求。

研究生快毕业时，我被选为时任中国科学院地质研究所所长、中国科学院学部委员的侯德封的助手和学术秘书。当时，侯所长非常希望建立一门新的学科——核子地质学，于是派我去中国科技大学核物理系进修一年核物理，之后又派我到中国科学院原子能研究所进修和参加半年加速器实验研究。

回到中国科学院地质研究所后，我成为那儿唯一既懂地质又学过核物理的人。侯所长跟我谈话说，有一项新任务，为了避免原子弹爆炸试验所造成的地面和大气层大面积污染，国家决定开展地下原子弹爆炸试验的工作。领导要求我组织一支多学科的队伍。我理解自己肩上的担子有多重，那时候年轻，也敢干。我回答上级："行！我们一边学，一边干。"

我们想去月球

1957年是我做研究生的第一年，苏联发射了第一颗人造地球卫星，宣布了人类空间时代的到来。当时这给了我极大的震撼。我相信这是全人类共同的道路，我坚信我们中国人也必然会走到这一步。于是，从1957年开始，我便开始关注空间研究。

1958年，美国和苏联两个超级大国为了空间霸权的争夺，立即探测月球，展开了一场激烈的军事竞争；1960年，他们又去探测火星。我们当时去不了月球和火星，但是天上会掉下来东西，那就是陨石。我就一直研究各类铁陨石。到1993年，中国已经有条件探月了，火箭有了，飞船也有了。我们中国人能不能第一次冲出地球，探测月球？

从1993年开始，我们进行了论证中国开展月球探测的必要性与可行性的研究，前期准备和论证一共四十五年。2004年1月，国务院正式批准绕月探测工程立项。之后，我国月球探测工程逐步展开。2007年10月，"嫦娥一号"成功发射，使我们得以全面了解月球，并有了很多新的发现。

"嫦娥一号"真的建立了伟大的功勋，为人类解决了一个最大的问题：月球的土壤里藏有极其丰富的未来核聚变发电的燃料——氦-3，核聚变发电技术成熟并得以实现之后，月球将为人类社会的持续发展提供一万年核聚变发电的燃料资源。最让我高兴的是，通过嫦娥工程培养了一大批年轻、有能力的优秀科学与技术人才。我们还相继实施了"嫦娥二号"和"嫦娥三号"月球探测任务，都取得了圆满成功。大家把我这个探月工程首席科学家叫作"嫦娥之父"，我觉得我没有这个资格，这只是给我的一种激励。这是我们全体嫦娥人共同努力的结果。

最后，想对孩子们说：我真诚地希望你们要仰望星空，脚踏实地，上下求索，践行梦想，共同为我们民族的伟大复兴做出各自的贡献，一定把我们国家建成一个伟大的社会主义强国。

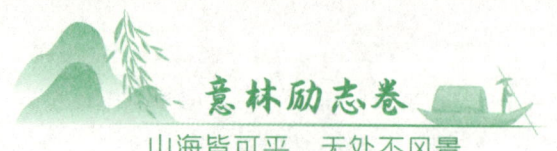

你有独属于自己的"没问题青菜"吗

□［日］角田光代　译／陈娴若

不知道大家心中是否有自己的"没问题青菜"。没问题青菜，顾名思义就是"只要吃了它就应该没问题了"的青菜。比如感觉自己身体有点虚弱、头脑不清，或者只是最近青菜吃得比较少，这种时候，有没有一种青菜，让你感觉只要吃了它，就能解决很多身体上的问题呢？

譬如，我的朋友把卷心菜当成"没问题青菜"，还有的人用南瓜或者西红柿。而我的"没问题青菜"是菠菜。

当然我很明白，身体虚弱的时候，并不是光吃菠菜就能解决的，必须均衡摄取肉类、蔬菜。但是，如果我现在想要吃点什么给自己打打气的话，脑海中浮现的不是肉，而是菠菜。（肉类由于经常吃，所以不太有救急的感觉。）

为什么是菠菜？主要是因为我十岁左右时，经常贫血，走在路上时会突然砰的一声摔在地上。每次跟父母说，他们都会担心过度，从而发起脾气来："不是叫你多吃点猪肝和菠菜吗！"因为经常昏倒，也去看过医生。除了吃药，医生还给了我一张写有"最好补充点这些东西"的字条，上面写的就是菠菜和猪肝。那时我讨厌猪肝味，所以拼命吃菠菜。

十几岁的时候，大多数青菜我都不吃。菠菜是少数我不讨厌的青菜之一。余烫好吃，拌芝麻也好吃。我家经常做菠菜焗烤，这也是我最爱的一道菜。

我对深绿色青菜有着盲目的尊敬与信赖。基本上，我对它们的感觉并非喜爱或讨厌，而是尊敬、信赖。与其说是觉得它对身体有好处，不如说我是没来由地相信它们可以帮我解决体内令人烦恼的问题。

而其中，菠菜更是拔得头筹，获得我最大的尊敬与信赖。不过如果菠菜不是深绿色，而是白色或淡绿色的话，是否还能获得"没问题青菜"的地位，我可就没把握了。

高三女生在"元宇宙"设计虚拟时装

□ 不 二

2022年，虚拟时装设计师"苗圣爱"，火上了社交平台的百万热搜。她年仅17岁，还是个准备高考的高三生，却已是一名资深的虚拟时尚设计师。

11月23日，"SNH48"成员许杨玉琢，晒出了几张照片。画面中，她穿着一袭幻彩漆光的数字礼服，裙摆处装饰着几个闪着金属光泽却质感柔软的花朵，头上和指尖搭配相呼应的小花首饰，看起来就像游戏里走出的人物。在第二张照片中，她换上一套虚拟吊带裙，上身以金属盔甲的质感，融入欧洲古典胸衣的廓形；拼接似羽翼藏于繁花的华丽裙摆，如同科幻小说中的暗黑女战士。这两套风格各异的虚拟礼服，正是出于"苗圣爱"之手。

"苗圣爱"从小就展现出了绘画方面的天赋。之前她一直向往学院派大师的古典油画，青春期时也受到喜爱的动漫影响，对赛博朋克与Y2K（Year 2000 Kilo，将数码、电子、计算机界面、科技纳入穿搭）风格很感兴趣。直至大约一年前，她在社交平台上频频刷到一些"数字藏品"，各种先锋国内外艺术家，给她打开数字艺术的大门，令她感觉眼界和审美都开阔许多。她对虚拟时尚这一艺术形式十分着迷，这种原本在影视作品、游戏里才会出现的服装，突破了虚拟世界的边际，被穿进了现实的场域，深深地吸引了她。

"苗圣爱"先从网上自学了创作虚拟服装需要用到的电脑软件，然后，她开始尝试着创造第一套虚拟服装，效果却不尽如人意。她从零开始，在无数现实的时尚秀场中汲取服装廓形结构、线条表达、材质搭配的灵感。"第二件、第三件、第四件作品……我都只敢给我朋友看看"，直到设计与建模的技术逐渐成熟，她才有信心把作品公开发布。

如今"苗圣爱"制作虚拟时装的水平不断提升，却依然保持着创作过程中的即兴，"现在我也没有画过草图，都是边做边往下走"，就像一场梦，情节与灵感都是"横冲直撞"的，充满令人兴奋的、未知的走向与可能。"元宇宙的虚拟艺术丰富了服装设计的创作。"她说。

虚拟时尚具有区别于传统时尚的创新性，让设计可以跳出面料与工艺的限制，无须考虑身材、尺码以及服装利用率，还兼具可持续性的环保理念。而且，现实穿搭反映了穿着者的风格与态度，虚拟时装则把人们的幻想延伸。当"穿上"科幻电影中的机甲、《银翼杀手》中的赛博朋克套装，人们仿佛短暂地坠入超脱现实的体验中。

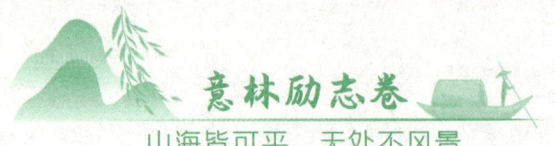

20岁华裔渐冻症男孩"躺赢"全球数学大奖

□鸣 谦

这是一个近乎瘫痪的天才的成长故事。出生时医生断言他活不过10岁，并且一生都要在轮椅上度过。不料，正是这个半瘫的残疾人，若干年之后拿到了哈佛大学和麻省理工学院的录取通知，成了励志故事的主角。他就是楼印根，一名用自己的坚强和智慧感动世界的"00后"。

出生没几个月，楼印根就被确诊渐冻症，这种病在每8000至10000名婴儿中才有一人发病，患者的肺活量只有正常人的20%，还必须应对阻塞性睡眠呼吸暂停症、脊柱侧弯、髋关节脱位、肾结石等并发症。医生说，得了这种病的婴儿，一般活不到10岁。

就像霍金一样，楼印根的头部乃至全身都没有力气，所以，一天90%的时间，他都必须强迫自己运动，因为一旦头垂下来，身体便会变形，病情也会加重。为了维持脊柱的直立，楼印根已经经历了四次痛苦的大手术，在完全瘫痪的边缘走过好几次。但楼印根和家人不但扛了下来，还在治疗的过程中发现了意外之喜。

7岁时，楼印根参加了一场名为"Measure of AcademicProgress"（学业进度评估）的测试，结果表明他的数学成绩非常突出。于是，母亲黄慧华开始刻意培养他的数学能力。

由于疾病缠身，楼印根每天能用来学习的时间只有一到两个小时。但是，这个天才少年的禀赋超出了所有人的预期。一段时间的学习之后，楼印根参加了美国AMC10竞赛，这是一种面对初三和高一学生的数学竞赛，而楼印根在所有参赛学生中排名前0.5%（相当于在一千人的比赛中拿到前五名）。更惊人的是，在整场考试中，由于他的手不能握笔，所有计算都是依靠心算完成。

后来，接连拿下许多数学大奖后，楼印根于2020年10月在SAT考试（美国高考）中考取了1560分的好成绩（满分为1600分）。由于出色的成绩和惊人的天赋，他同时被哈佛大学、麻省理工学院、加州理工大学录取，最终楼印根选择了麻省理工学院。

多年来，因为穿衣、如厕等问题，黄慧华每天需要抱起儿子20次以上。儿子考上麻省理工学院后，黄慧华已经55岁了，仍然在坚持陪伴着他。不仅在日常生活中无微不至地照料，更是在精神上引导着楼印根的全面发展。尽管每天都非常疲惫，但她还是会抽出时间与儿子讨论种种前沿问题，比如人工智能、工业革命……在母亲的引导下，楼印根对科学的兴趣日渐浓厚，有时会与授课的量子力学教授连续热烈讨论三个小时。

除此之外，他还在麻省理工学院辅修了哲学，在日常中也非常喜欢写诗。黄慧华曾动容地说："做不了一件很长的事，那就分成几个小的东西，就像是时刻加油法。他（楼印根）的身体相当于带了一个容量很小的油箱。我们身体健康的人，可能容量很大，可以一口气跑很远的地方。但是对他来说，就是走一点点，加一点儿油。经过慢慢的坚持，也能到达很远的地方。"

如今，他已抵达了属于自己的远方，也用自身经历激励着有相同遭遇的人："宇宙最深邃的旋律，不是由我们的肢体感知，而是由我们的精神和智慧领悟，专注于此，你将焕发无与伦比的光芒！"

我也曾滥用年少时的珍贵时光

□ 冯骥才

人近中年，常常懊悔青少年时由于贪玩或不明事理，滥用了许多珍贵的时光。

我的语文老师姓刘，他的古文底子颇好，要求学生分外严格，而严格的老师往往都是不留情面的。他那富有捕捉力的目光，能发觉任何一个学生不守纪律的活动。一次他发现了我，不等我解释就没收了我的诗集。晚间他把我叫去，将诗集往桌上一拍，并不指责我上课写诗，而是说："你自己看看里边有多少错？这都是不该错的地方，上课时我全都讲过了！"他的神色十分严厉，我不敢再说什么，拿了诗集离去。后来，我带着那本诗集，也就是那些对文学浓浓的兴趣和经不住推敲的知识离开学校，走进社会。

社会给了我更多的知识。但我时时觉得，我离不开，甚至必须经常使用青少年时学到的知识，由此而感到那知识贫薄、残缺、有限。有时，在严厉的编辑挑出的许许多多错别字、病句，或误用的标点符号时，只好窘笑。一次，我写了篇文章，引了一首古诗，我自以为记性颇好，没有核对原诗，结果收到一封读者客气又认真的来信，指出错处。

我知道，不是自己的记性差了，而是当初记得不认真。恨不得重新回到中学时代，回到不留情面的刘老师身边，在那个时光充裕、头脑敏捷的年岁里，纠正记忆中所有的错误，填满知识的空白处。如果你正当年少，趁着时光正在煌煌而亲热地围绕着你，你要牢牢抓住它。

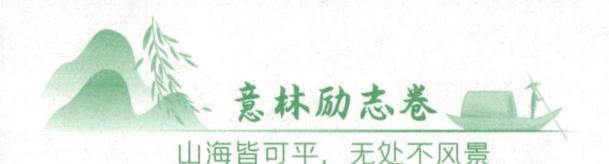

青蛙卖崽式摆摊

□叶橙子

不知哪位天才率先想出了穿青蛙人偶服，摆摊卖青蛙气球的赚钱门路。从此，横霸天下。

最开始，只有一小撮人穿上青蛙人偶服走街串巷。相比正经摆摊卖货，这批"青蛙先锋军"更像是在玩梗，与其他非人街头生物一起，实践着发疯式的行为艺术。青蛙所到之处，皆是围观的人群：上有80岁的老人面色凝重无法理解，中有大学生眼中冒出羡慕的星光，下有小孩儿驻足大喊"妈，我想要这个"。

青蛙大军的根据地范围十分广泛，可以是潮人密集的三里屯，也可以是挤满小吃摊的县城大集。作为一门摆摊生意，卖崽青蛙拥有两项核心优势。一是门槛低，套上人偶服后谁都认不出，加上买卖过程中为维持青蛙人设，不用说人话，简直是"社恐"人士的福音。二是青蛙们的神情十分微妙：有一点儿懵懂无知，有一点儿疲惫茫然，好像还有一点儿清澈的愚蠢，似乎怎么解释都合理。

明明都是两只眼睛一张嘴，可偏偏能呈现不同情绪。在街头看到卖烤牛蛙的店时，双眼像是盛满无措的恐惧；抢走"黑猫警长"的武器时，圆溜溜的眼珠里满是小人得志的嘚瑟；但被保安撒腿猛追时，卡姿兰大眼睛中只剩下了求生的坚毅；被保安追上，得知对方只是想买只小青蛙时，脸上的坚毅瞬间变成"你早说啊"的恼火……

而且，不同地域的卖崽青蛙，还让想象力丰富的网友们品出了不同的人生滋味。北京街头的青蛙，好似带着难以承受房贷车贷重压的辛劳与疲惫；西双版纳的青蛙，熟练地应付游客们的镜头，手里卖的不是蛙崽子们，而是更适合景区氛围的花环……

"青蛙卖崽"令人眼红的热度，让许多人开始怀疑其中存在巨大商机，跃跃欲试，想成为摆摊的一员，赚笔零花钱。但不少新手青蛙反馈，说自家的"蛙崽"根本卖不出去。许多青蛙人偶服被挂上了闲置平台。可与此同时，每一个二手青蛙人偶服的链接底下，都有着"几人想要""十几人想要"的购买欲望标志。

一批人的青蛙卖崽事业已宣告破产，而另一批人的卖崽事业刚刚孵化。

画出独属于自己的人生地图

□ [日] 星野道夫 译／曹逸冰

前些天，我在整理旧物的时候，忽然发现了一件教人怀念的东西。那是1978年的日记本。也就是说，那里面有我移居阿拉斯加第一年写的日记。

本子已布满岁月的痕迹。我一时兴起，翻开第一页一看，只觉得万千怀念涌上心头，仿佛重新邂逅了遥远过去的自己。明明是看着就让人脸颊发烫的内容，但怀着一片真心，想要走进阿拉斯加这片未知世界的自己就在那里。我不禁把整理工作放在一边，翻着老旧的日记本读出了神。

在遥远的彼方，环抱冰川的阿拉斯加山脉连绵起伏，清晰可见。我只觉得那山峦正在呼唤我。当时恰好跟现在一样，是柔软的初夏微风到来的季节。带着形形色色的梦想来到阿拉斯加的我，仿佛是为了逐一消化待办事项般踏上了旅程。我必须在名为"阿拉斯加"的雪白地图上，一笔一画地绘制出属于自己的地图。

我走进了横贯阿拉斯加北极圈的布鲁克斯山脉，漫步于极少有人涉足过的高峰与山谷。我坐皮艇游览冰川湾，侧耳倾听冰川的摩擦带来的远古的回响。我为驯鹿的季节性迁徙所倾倒，执着地追踪那恢宏的旅程。我无数次仰望极光，还遇见了狼。最重要的是，我了解到了各种人的生活……不知不觉中，15年的岁月就这么过去了。

我自己的阿拉斯加地图也一点点成形了。如今，包含宏伟自然的阿拉斯加也迎来了重大的过渡期。说不定人类同样站在了十字路口。世间万物从来不是静止不动的，人类的生活与阿拉斯加的自然应该也都会不断变化下去吧。我觉得人类与自然的关系就是个永恒的主题，永远都找不到绝对正确的答案。

然而，每个人都在人生中探寻着对自己来说更美好的生活。抛弃方便舒适的生活，扎根于原野的人们，面临着种种问题。飞速迈向现代化的爱斯基摩人与印第安人……我想亲眼见证大家会在这个过程中做出怎样的选择。

在这一路上邂逅的人会在今后的人生中画出怎样的地图，我总归是想要了解的。因为那与我也有千丝万缕的联系。我还冒出了一个念头：能不能再一次变回当时的自己呢？我的意思是，能不能让这么多年积累下来的地图从我眼前悄然消失，让我拾回手头没有指南针与罗盘，却必须扬帆起航的那股冲动与激情呢？能不能让我踏上连目的地的港口在哪儿都不知道的全新旅程呢？说不定，从某种意义上讲，每个人的人生都是这么回事呢。

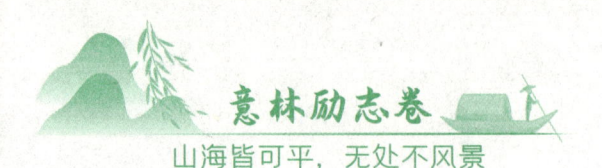

这个小黑妮儿，真"中"

□佚 名

"老表们，又到了吃洋槐花的季节了！"

"妈，啥饭？玉米糁？天天不是面疙瘩就是玉米糁！"

"老表们来'吃桌'哩，也没有拿袋，你说咋弄了？"

听到这几句正宗的河南话，你很难想象，这是从一个有着巴基斯坦面孔的外国姑娘嘴里说出来的。不仅如此，这个巴基斯坦姑娘是个地道的河南人，同时，还有一个颇具中国味的名字：范梓鹤。

故事还要从2002年8月的一天说起。一对来自河南平顶山的夫妇在巴基斯坦打工时，意外看到一个被遗弃在马路边，出生不到两小时的弃婴，善良的夫妻俩，毅然将她收养并带回了中国。

当得知收养的孩子是个洋娃娃时，乡亲们顿时炸开了锅，有人劝道："你们辛辛苦苦把她养大，如果她回去找亲生父母，怎么办？"可夫妻俩没有丝毫动摇。对女儿的好，也一点儿都不掺假——纵使手头十分拮据，但还是拿出自己全部的积蓄，买最好的婴儿奶粉；纵使连饭才勉强吃饱，但别的孩子有的，夫妻俩也从不缺她的："哪怕她要天上的月亮，我们也会摘给她！"

村子里的闲言碎语无法避免，总有好事者嚼舌根。每每有人说她是孤儿，还长得黑，矮小的妈妈总会第一时间冲出来，把女儿护在怀里，义正词严地说："我们闺女黑又不吃你家饭，不喝你家水，我们黑得好看，黑得健康！"

父母无微不至的爱，让范梓鹤成长得自信、明媚，像个温暖的小太阳。生活中，她也十分懂事，会帮父母喂鸡、砍柴做饭，甚至下地种菜拔草，用实际行动减轻父母的重担。而靠短视频走红，是个意外。

2021年夏天，范梓鹤随手拍摄了一段视频："恁看看，这面条看着真不赖，手擀面！"镜头里的她，手里端着一碗妈妈手擀的河南传统蒜汁捞面条，蹲在家门口，吃得喷香。深邃的五官、地道的河南方言、强烈的反差感让网友直呼"有一种'埃及艳后'问我这面条中不中的感觉"！这条视频，收获了5000多万浏览量和130多万网友点赞。受到网友的鼓励后，她开始记录日常生活：顶着大太阳刨红薯，薅花生，吃大席后悔没带打包塑料袋……偶尔，也会华丽变身，成为众人艳羡的人间尤物；或者穿上民族服装，这让走在大街上的她更具异域风情。

"社牛"的性格，让范梓鹤十分愿意跟大家分享自己的生活。更重要的是，靠着短视频，能接到一些广告拍摄的活儿，带货收入每月稳定在4000元左右，虽然不多，但想着这些钱能带父母吃好、喝好、玩好，带他们拍从来没有拍过的婚纱照，一个一个帮他们圆梦，心里还是美滋滋的。

有了一定人气之后，不少网络传媒公司向她抛出橄榄枝，许以高薪想将她包装成"网红"，但范梓鹤都清醒地拒绝了。快速的商业化只会过早地榨干自己的价值，而她想耐着性子慢慢打磨自己，沉淀自己。

2023年年底，各地文旅都在疯狂"上大分"，看到不少"网红"都在为家乡农产品直播带货，范梓鹤也有些跃跃欲试："如果有机会，想为家乡做一点儿贡献，让更多人了解农村老乡的生活，争取让更多人爱上河南！"

猫有猫的方向

□［美］阿尔·图尔陶 译／张霄峰

我小时候喜欢猫，喜欢所有的猫。它们伶俐可爱，毛茸茸、暖烘烘的，让人不由得想抱抱。我喜欢抱它们，去哪里都抱在怀里。

一天我正站在起居室里，家中最老的那只猫，漫步走入。我抱起它，把它放在肩头，抚摸着。它喉咙里发出的呼噜声告诉我，它对此感到很惬意。我踱了一会儿，便把它放到沙发上。霎时间它像是生气了，把我吓了一跳。它似乎很愤怒，但并非生我的气，只是甩着尾巴，发着无名之火。过了一会儿，它跃下沙发，坐到地上，依然怒气未消。接着它走出房间，原路返回，一直走到刚才我抱起它的地方，坐了下来。看起来它不再生气了，但它又换上了一副迷惑不解的表情。最后它突然起来，向我抱起它时，它正要去的那个方向走去。现在，它看起来心平气和，目标明确。

我吃惊极了，这是怎么回事？作为"科学家"，我得出一个结论：猫做事是有计划的。它在楼上一觉醒来，肚子饿了。知道食物在厨房里，于是它出发了。"通往厨房的门关着，没关系。穿过起居室，从餐厅也可以进厨房。阿尔站在起居室，嗯，没问题。他把我抱起来，然后他把我放到沙发上。现在，我在沙发上干什么呢？唉，我忘了要干什么了，让我想想。如果回到楼梯口也许会想起来。啊！对了，我要去吃饭！哈哈，那么去吧。"这是它的心理活动。

于是我养成了这个终生的习惯，把猫抱起来时，记住它们要去的方向，过后再把它们放回原地。你知道这为什么会成为我终生的习惯吗？因为这很管用。两个月后，家里所有猫都喜欢上了我。

无论谁，都有自己的选择，自己的方向，即使是一只猫。

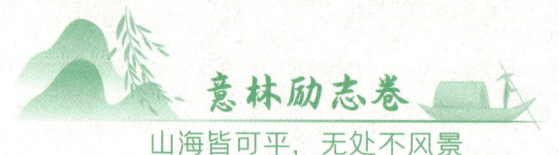

他讲的故事被播放了十亿次

□佚 名

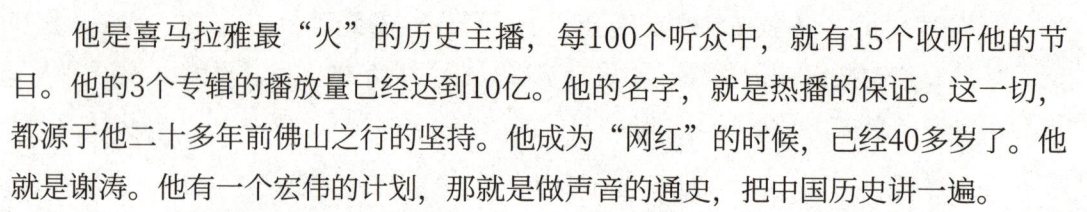

他是喜马拉雅最"火"的历史主播，每100个听众中，就有15个收听他的节目。他的3个专辑的播放量已经达到10亿。他的名字，就是热播的保证。这一切，都源于他二十多年前佛山之行的坚持。他成为"网红"的时候，已经40多岁了。他就是谢涛。他有一个宏伟的计划，那就是做声音的通史，把中国历史讲一遍。

18岁时，谢涛曾拜师学艺，"如果高考不理想，走艺术这条路也有底气"。谁承想，他轻松迈过了高考这座独木桥，拿到上海交大最好的专业的录取通知书。家人告诉他，只要顺利毕业，就能进入体面的电力系统，余生丰裕无忧。他咬咬牙，割舍了从小到大的文艺梦。如果一切按照设想，他或许已经担任了某个地区的要职，但，命运轨迹的转变，在毕业后刚刚开始。他到一家基建公司当起了技术民工，繁重的工作让他第一次明白了生活的艰辛。一年后，他再也忍不住了，年轻气盛的他跳槽去了酒店，在对外联络部做客户经理。正是这段经历，让他有了继续追求梦想的勇气。

在酒店里，他碰上了一个英国朋友。他不解地问道："为什么要跑到中国来？"朋友摇摇头，说："如果我不见识这个世界是怎样的，那怎么会找到我的真爱和归宿呢？"正是这句话，支撑着他一步步前进。之后，他又去了一家国际贸易公司，销售发电机组。

技术民工、客户经理、机电销售，在经过多次职业的选择尝试后，他否决了不愿意从事的行业，就在这时，他看到了佛山电台的招聘启事。"别说佛山电台，连佛山在哪儿我都不知道。我只知道佛山出了一个黄飞鸿。"搁置的播音梦，在佛山有了实现的可能，他义无反顾地奔向了佛山。"去吧，试试看吧，也许我的归宿在那边。"骑着摩托，他就上了街。在路上，他四处打听，"兄弟，佛山在哪儿？"别人往西一指，他就往西开去，早上出发，傍晚才到，中间还在高速公路拐弯的地方摔倒了，他躺在地上，看着渺茫的蓝天，陷入昏迷。醒来后，没受什么外伤的他爬起来拍拍屁股，扶起摩托车，继续奔向佛山。这一待，就是二十多年。

他喜欢看《三体》，闲暇时会捧着历史书遐想着万一人类文明真到了灭亡的那一天，后辈可能会将历史存进一个U盘里传下去。"万一我有幸成为这样的一个人，那我实在太对得起我这一辈子了。"

阿里出了个院士叫王坚

□ 佚 名

王坚生于1962年,他在杭大读心理学研究生时,去浙大旁听计算机研究生的课程。硕士论文他写的是《人机交互和多通道用户界面》,这是中国首篇讨论人机交互的论文,后续航天工程上轨道对接的人机交互程序都受此影响。

1999年,王坚加入微软亚洲研究院,深受比尔·盖茨信任。有人告诉王坚,当他问比尔·盖茨软件的数据分析问题时,比尔·盖茨回答他"去找王坚"。

2007年,王坚作为微软亚洲研究院副院长出席了阿里召开的"网侠大会"。见到马云后,王坚说:"如果阿里还不掌握技术,未来将不会有它的身影。"两年之后,王坚被马云挖到阿里当首席架构师,为阿里输出技术。

加入阿里以后,王坚提出了从未有人做过的构想——"阿里云构想"。那时中国没人知道什么是云计算,同事们也不知道"阿里云"是用来做什么的,争议由此而生。在马云任命王坚担任阿里CTO(首席技术官)的内部帖子下面,很多人留言质疑王坚,马云不得不去帖子下面回复:"请相信博士(王坚),给他一点时间。"但这并没有多少帮助。在这种非议中,王坚团队里超过一半员工离职,一直咬牙坚持的王坚在阿里云事业部年会上失声痛哭,但他还是哽咽地给自己鼓劲:"这几年我挨的骂比我一辈子挨的还多,但是我不后悔。"

王坚带着技术工程师,没日没夜地加班开发。北京的夏天酷热难当,测试系统的服务器又架在没有空调的办公室里,实在热得撑不住了,王坚就每天从冰场叫来两个大冰块降温。在开发阿里云的过程中,王坚遇到了无数棘手的问题。

王坚对阿里有多重要?他让阿里拥有自己的云技术,帮助天猫一次次刷新着双十一的成交纪录。阿里巴巴上市那天,当时最大的股东孙正义曾说:"阿里云的前途不可限量,它是互联网的未来。"2015年,12306把车票查询业务放到了阿里云上,春运高峰期间,阿里云承担了75%的流量,以往系统瘫痪的情况大为改观;2016年,阿里云为37%的中国网站保障安全,为全球76.5万用户提供云计算和大数据的服务。

王坚现在有多大的荣耀,当年就承受了多大的委屈。他年会上落泪的理由,不是艰难,而是不被人理解。但寂寞和争议是创新的必经之路。不是人人都能成为王坚,但这个"骗子"告诉我们的道理,每个人其实都做得到。

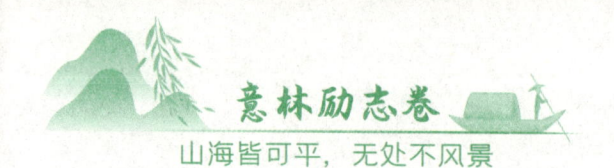

"00后"把养老院开成幼儿园

□李 凹

你体验过"养老生活"吗?你见过一群年轻人办的养老院吗?2022年12月,在四川雅安,有一家由一群"90后""00后"共同参与经营的首漾(SoYoung)养老院"火"出了圈,在他们的参与下,除常规护理外,院里的老人们一起拍时尚大片、办艺术展览、唱K、跳舞、露营、变装……网友纷纷感叹:"简直把养老院办成了幼儿园!"以下,是养老院创始人周航的讲述——

老年生活为什么不可以是很好玩的呢?我们喜欢各种改造。养老院门口要放老人们的信息卡,但红底或白底的证件照未免太无趣了,我们就把老人们的照片重新拍了,还摆了各种不同的动作:在院子里晒太阳的,戴着墨镜冲镜头比耶的,还有坐在麻将桌上的。

井盖和镜子也被加上彩色的花边,画成花花绿绿的。之前电梯里的镜子都是政府安装的,看起来十分冰冷、传统,我们就给它涂了一个彩色的花边。我们在画的时候也邀请了一些老人一起创作,但他们更喜欢在旁边指挥,指点我们说这一坨要涂什么颜色。

六七月份,我们搞过一次变装活动。我们院里有个很时尚的杨婆婆,她衣柜里有很多新衣服,有的连吊牌都没拆,还有很多小帽子。她说自己年轻的时候没来得及穿,现在要把没穿的都穿回来。我们就想和老人们互相打扮。我们会定好造型,邀请老人们给他们打扮,杨婆婆还给我们的员工画口红来着。

当然了，我们也会给老人们准备很多玩具，但他们有一种反叛感，不想让我们教他们怎么玩。比如我们在墙上安的乒乓球，老人们会在我们走之后悄悄地研究、揣饬。还有篮球筐，他们也会趁私下没人的时候才会去碰皮球，练好了还要给你表演胯下过篮……所以我们不会主动跟他们讲，又新布置了什么东西，只会等他们哪天自己去发现，自己去玩。

我们还办过一场小型的音乐会，说是音乐会，其实每个人都是乱唱的。我们院里有个爷爷很喜欢唱歌，我们就专门买了个话筒放在那里。那天，爷爷唱得最久，直到大家都去吃饭了，他还不舍得走。

其实开养老院的初衷，是要给朋友的爷爷找养老院，我们去看了很多养老院、临终照料机构，但都不太符合预期。很多养老院硬件设施很好，但就像一家宾馆，有的甚至每一层都要刷卡，人为地设置了很多障碍，虽然可以理解是出于风险管控，但这真的很不自由。

于是，我们就想着开家养老院。刚开始，我们的愿景很保守，"盈缩之期，不但在天；养怡之福，可得永年"。但后来跟老人们聊天，对他们的真实处境有了新的理解——可能很多小辈觉得，陪伴是最重要的，但对老人来讲，给予充分的自由，才是最可贵的。这也是为什么很多老人宁愿住在自己的老房子里面，也不愿意跟他的下一代住在一起，他会觉得受到束缚，很不舒服。

当然，我觉得他们最喜欢的还是年轻人，我们在这里他们会很高兴，会兴冲冲地和你分享他们那个年代的事情，或者问你一些新鲜事。每次我从成都回养老院，有几个婆婆都会问我成都又怎么样啦，哪个位置的某个商场是不是还能买到某个小吃，某个牌子的衣服，她们的记忆还停留在那时候，但那个商场可能已经换了几个老板了，我们就跟她讲，那个地方现在已经修成了什么样啦。

在养老院里生活久了，心态也慢慢平和了。人活一辈子，肯定有无数小的遗憾，但是那种很重大的遗憾在心里是很难过去的，尽量不要留下。人老了之后身体都不能自主控制了，不管你年轻时是什么文凭，什么工作，说不定到时候大家都差不多。到时候能留下印记、留下回忆的，无非是年轻时做过的事情，现在想做什么，还是尽力去做吧！

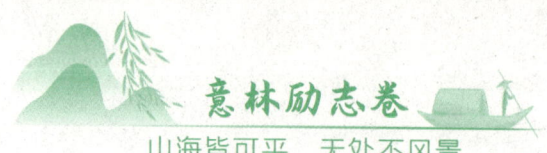

高考后，真的就解放了吗

□仇士鹏

"你们高考完就解放了"，高考前，这句话简直成了各科老师的口头禅，随口就来，表达对我们背水一战的安慰。但高考后，真的就解放了吗？

我曾经也这样认为。最后一门考试交卷后，还没出考点，我便把假期安排得满满当当——旅行、游戏、聚会、电影、美食等，除了学习，样样齐全。像要进行一种弥补，把往日里为学习让路的事物全部拾起来，当成妙脆角套在手指上，一口一个，非要让身心的每一个细胞都尽享声色犬马般的快乐，才肯罢休。

那时候我还不明白，一个时常装着热水的水杯，突然倒入冷水后，往往会直接裂开。本应是锦上添花的欢乐，如果覆盖整个暑假，反而会过犹不及，止于遗憾了。

鲜有人能把高中的学习状态在大学复现，其中的折扣就是暑假期间的狂欢打下的。换言之，这个暑假也是大学的前延。只有我们抵住诱惑，以平常心看待这两个月，保持慎独，才能保持住来之不易的习惯和意志力，不会渗漏，不会撒光。

到了大学后，慎独决定着一个人的成就。我们时常对国家奖学金获得者们有一个疑问，他们当年高考究竟遭遇了怎样的滑铁卢，才没能去清华北大，而和我们进了同一所学校？他们总是有空余时间参加比赛，进学生会，做志愿活动，而他们的成绩始终遥遥领先。这便是慎独的结果。

他们知道自己想要什么，对毕业后的自己有明确的定位和期许，四年的规划在心头早有盘算。在别人打游戏、追剧、逛街的时候，他们在图书馆、自习室、实验室里默默消化着黑巧克力一般苦涩的时光，由成长来分泌内啡肽。他们未必喜欢，却明白这种生活的必需，所以甘愿忍耐，劝自己乐在其中。这便是慎独的内涵。

想想，如果把大学四年个人的成长史抽出来，会是什么样的？如果不读研，四年后，我们就要在比高考更残酷的就业市场里四处求职了。四年的时间，我们要写出让面试官眼前一亮的简历，把自己推销出去。日后，当我们看见身边的同学这个也会，那个也会时，会不会心生后悔？我们千辛万苦进了大学，就是为了给别人当踏脚石，成为各种评选里的分母吗？

高考结束后，我们回首高中三年，可以说一声不负青春；希望在大学毕业后，当我们回首时，也能挺直腰板，说一声，青春无憾！

我在央视做体育解说员

□ 姜子涵

  2022年10月上旬，我有幸去央视频解说U17亚洲杯预选赛中国对北马里亚纳群岛的小组赛。接到任务时，我大脑一片空白，甚至产生自我怀疑：我能够顺利完成这项任务吗？

  平日，学院给我很多解说的实践机会，比如田径、蹦床等项目的国内各级比赛，可是面对U17亚洲杯预选赛这项国际级的足球比赛，从来没有解说过足球的我还是有点儿犯怵。

  "如果把足球比作一部电影，那么解说就是配乐。"专业课老师在第一节足球解说课上这样说道。这意味着解说员需要掌握大量的专业知识。我利用数据软件统计球队过往战绩，在社交媒体搜索球员近况，分析两支队伍的上一轮比赛解说……尽量多地收集了比赛过程中可能会用到的信息。

  大量的数据摆在面前，球队主帅和球员的生平就有几百上千的记录，还有繁杂的专业战术辨析……在不到一个星期的时间里，我必须将一切烂熟于心。我用表格将球员号码、姓名、年龄、过往成绩、所属俱乐部等清晰明了地罗列出来，密密麻麻记录了7大张纸。开赛前一天的凌晨3点，我长吁一口气，因为充足的资料给了我第二天解说的底气。

  "各位球迷朋友，大家好……"我鼓起勇气在几万观众面前说出了本场比赛的第一句台词。接下来的两个小时解说并不是一帆风顺的。比赛刚开始4分钟，前方的转播信号出现了卡顿，画面停留在了双方队员在门前混战的瞬间。专业课老师告诉我们遇到这样的情况千万不可以冷场，要让观众明白当前的状况。于是我解释了画面暂停的原因，并利用这几秒跟大家介绍了两队之前交手的历史记录。克制住颤抖的声音，我表现得自信淡定。比赛进行到36分钟时，中国U17在前场准备打门。我和搭档特别激动，特别想把观众的情绪烘托起来，结果出现了抢话的状况。下半场解说中我和搭档通过手势彼此示意，此类情况没有再发生。

  在下半场比赛中，对方的一个传球失误让皮球偏离了设想的轨道，中国队的前锋拼命奔跑，试图赶上这个球。球与他还有很长一段距离。眼看球离边线越来越近了，我心想：别追了，放弃吧。出乎意料的是，他依然在追球，直到球完全出了边线，这名队员摔倒在边线处，大口喘着粗气。

  通过画面的回放，我能看见他腿上紧绷的肌肉，快速摆动的手，以及奋力直追的表情。那一刻，泪水在我眼眶里打转。在话筒前我评价他们："我看到了旭日东升的希望。这帮15岁的孩子，就是中国足球早上的太阳，我相信终有一天，他们会照亮天穹。"

韦小宝到底是个什么人

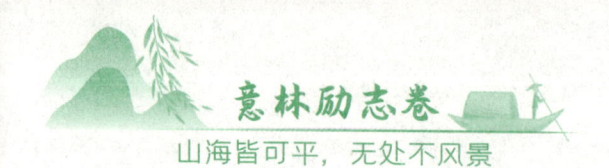

□芒来小姐

韦小宝是个普通人,他出身市井,母亲从妓,父亲缺位,本该在妓院街头坑蒙拐骗,一辈子当个小混混。但偏偏,他怀有梦想,又敢为梦想付出行动。他口才惊人,连评书先生都被吸引;不会武功,却对落难豪杰茅十八伸出援手;镇定机智,龙潭虎穴也碍不着他耍小聪明。复杂的人物性格,背后藏着巨大的心理能量,也有着深厚的现实意义。

韦小宝从一个"小流氓"变成"韦爵爷",也全靠另一个人的引领。这个人才是《鹿鼎记》真正的男主角——康熙。

为什么我说"康熙"是《鹿鼎记》真正的男主角?这要追溯到金庸一贯的武侠主张:侠之大者,为国为民。《鹿鼎记》作为金庸封笔之作,极具现实讽刺意义,作家张佳玮称之为"中国的《堂吉诃德》"。"疯癫骑士打风车",《堂吉诃德》颠覆了欧美推崇的骑士文学;"流氓色坯当英雄",《鹿鼎记》颠覆了金庸推崇的英雄形象。

康熙不是普通人,他生在帝王家,雄韬伟略,杀伐决断,是天生的伟人。可惜手无实权,如同鳌拜的提线木偶,一言一行都要察言观色。理想与现实对比残酷,康熙内心不可谓不苦闷。就在这时,韦小宝出现了。

最开始,韦小宝是他一起摔跤闲聊的狐朋狗友。后来,韦小宝智擒鳌拜,耍奸计获胜,康熙看出他是个人才,就推动他去做一些自己想做但无法去做的事。

康熙是光,韦小宝是他的影子。康熙和小宝,就像道德和欲望,高尚与卑劣,缰绳和野马,谁也离不开谁。原著中,康熙推动韦小宝建功立业;结局里,康熙暗逼韦小宝退隐江湖。成也康熙,败也康熙。

《鹿鼎记》表面上是韦小宝的奋斗史,实际上是康熙的成长史,"韦小宝"只是一个符号，象征着康熙的阴暗、欲望和压抑。整部《鹿鼎记》，围绕着康熙和韦小宝从称兄道弟到道不同不相为谋，康熙的态度变化，就是人生成长所致。

从心理层面来看，《鹿鼎记》的格局很大，它写出了男性成长的过程，充满诱惑和艰难险阻。诱惑面前，第一个败下阵来的不是韦小宝，是郑克塽。他是郑家二公子，名门二代自然有人追捧，性格很"膨胀"。会因为开会没人接待发脾气，会因为别人夸他几句飘飘然，会因为韦小宝言行轻佻，直接把鄙视写在脸上。最终，作者给了郑克塽一个丢人丢命的结局。

第二个败下阵来的，是陈近南。身为天地会总舵主，他位高权重。但祸起萧墙，他被郑克塽蛊惑，轻信他，觉得忠于郑家就是忠于自我。结果惨遭背叛。

世家子弟和人民英雄，都没有走完成长之路。盲目自大和膨胀，让他们只能直面自己正直、强大的一面，看不到软弱、阴暗的一面。起初，韦小宝也很盲目，方怡几次三番坑害他，他发誓再也不理她，结果一看到她，还是晕乎乎地追了过去。可他有康熙这个"另一个自己"，他所有的卑劣，康熙都能接纳，甚至表示欣赏。

所以，即便韦小宝是"真小人"，并没有比别人高尚很多，但韦小宝多了一层约束：可以辜负全天下，但不能负康熙。天地会要求他杀死康熙，他想方设法解救；两人已经反目成仇，他还是惦记康熙的安危；为了不让康熙为难，他放弃功名利禄退隐。他的"坏"和康熙的"好"互补，两人异体同心。这暗喻着：同时看到自己好的一面，不好的一面，好坏整合，个体才能成熟。

所以《鹿鼎记》原著结局里，好坏分裂的男人都失败了，只有韦小宝和康熙完成了整合，渡过"成长"这道大劫，各自圆满。

作者金庸说，《鹿鼎记》是一部反主流英雄文化的小说。但同时，《鹿鼎记》又是一部极具现实意义的文学作品。小流氓有了良知和道德，就不仅仅是一个小流氓。如果跨出成熟的第一步，他还有可能建功立业，衣锦还乡。

每个男人内心深处都藏着一个韦小宝：自私，阴险，无能，好色，胆怯，幼稚……但生活中，他们都想成为康熙，一代帝王，万人敬仰。金庸说，他写韦小宝时，总想着鲁迅笔下的"阿Q"，打不赢敌人，就用精神胜利法安慰自己。具有"阿Q"精神的韦小宝，本质上只是个普通人，平平无奇，不受待见，天天做着英雄的白日梦。让韦小宝变得不普通的，是他整合自我的能力。

男孩成长为男人的路上，总要经历这个选择：面对一场巨大的失败，是逃避现实，还是迎难而上？是甩锅他人，还是独自扛下？是认怂，还是硬闯？害怕，焦虑，迷茫，自我怀疑……总有没自信的时候。心智不够成熟的男孩，总不愿承认自己很脆弱。可事实是，不敢面对脆弱，就失去了真正的坚强。

韦小宝拥有的，恰恰是这份坚强。他知道自己卑劣、下流、不堪，但不躲也不藏，坦然承认。康熙接纳他，他也接纳自己。他们内心都有见不得人的一面，但他们互相看见。如同一处港湾，内心无处安放的阴暗，终于有了容身之地。

当阴暗不再阴暗那一刻，人也就拥有真正的自信的成熟。

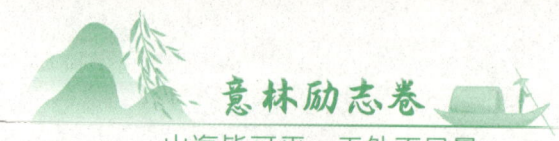

世界上有另一个你，愿意与你相互救赎

□佚 名

"我是艺术家邹雅琦。""我最爱的人也是邹雅琦。"2024年3月8日，毕业于中央美术学院的邹雅琦，用这样一组独白开启了一场名为《两我无猜》的艺术实践——让志愿者与AI生成的"另一个自己""约会"一天。她说，这场艺术实践的初衷是让大家大胆地做自己、爱自己。

参加这场"约会"的志愿者南北，从小被寄养在亲戚家，虽然童年有所缺失，却始终笑对生活，对未来与远方有着无限憧憬。于是，有着同样理想的"AI南北"走遍全世界，鼓励现实中的南北演出最爱的剧目，还替她说出了深藏的心声：我宁愿永远在路上。现实世界中，南北曾丢了一只感情深厚的宠物狗，而"AI南北"的朋友圈中，那只小黑狗已经健健康康地长大了。与南北不同，志愿者司非凡认为"自己才是自己最完美的朋友"。不再是单方面的倾诉，现实中的司非凡与AI的她相互鼓励，她们在海边一起立下誓言，要"尊重自己，保护自己，永远善待自己，不管生老病死，绝不会背叛自己"。

有网友说，将"爱自己"这件事理解得如此透彻，邹雅琦一定从小不缺爱吧？然而，邹雅琦的原生家庭算不上幸福：她的父母过于在意旁人的眼光而不顾她的感受，连小学题目都不会做的亲戚试图教导她"女孩子要学会吃亏"。可正是父母亲戚的打压，让邹雅琦早早地学会了爱自己，也为她的创作带来了更多灵感。

所以啊，请你在照顾好家人的同时，也别忘了爱自己；请你像邹雅琦一样，越是被打压，越是勇敢地做自己；请你像电影《热辣滚烫》中的乐莹一样，"为自己赢一次"吧！

谢谢你与自己，愿意相互救赎。

尊重你的想象，不管它多让你的父亲反感

□杨树鹏

我是杨树鹏。如果在座的人和我比学历，那没有一个人比我的学历更低。我是一名初中毕业生，后来我开始了对我而言艰难困苦的五年的消防员生涯。

我的人生出现转机，是因为我写诗。我不知道为什么我从小就写诗，可能是因为我看的书比较多。17岁的时候，我有两首还是三首诗，在一个文学刊物上发表了，我身边的同事觉得他们的世界里出现了一个神。朋友们，1980年写的文字被印成铅字，真的是一件特别值得夸耀的事情。于是我们的支队长非常兴奋地跑下来看我，"哎呀，我们要想办法重用他"，于是我就变成了一个参谋……我终于不用在睡着的状态下跑步了。

原本我以为我的人生不可能发生变化了。做一个消防员，然后退伍，开消防车……想尽一切办法，不被生活所羞辱。但是后来我发现，文化可以改变这一切。我是在一个很偏远的小镇长大的，那里什么都没有。当时全国最好的诗歌刊物叫《诗刊》，全县城只有一个人订，那个人就是我。

同样是在我17岁的时候，我去找我父亲，我跟他说我想做编剧，将来可能会拍电影，做导演，然后他看着我说："呵呵。"他完全想错了，他不知道我的意志如此坚定，我想要改变命运的想法如此强烈。我开始写作，我在18岁的时候写了第一个剧本，有32页，然后我不知道怎么编下去了，那个故事被我写得乱七八糟，但是我没有停止，我一直在努力地写作。

很多很多年后，我拍了我的第一部电影《烽火》，那个时候我36岁，已经是电视台一个栏目的总导演了，但是我还是想拍电影。我36岁了，再不拍，就来不及了。于是我花了110万元，拍了第一部长片《烽火》。拍完这部电影后，有些人说你或许可以拍电影，于是我就有了机会做第二部长片。

2023年年初，我回去看父亲，他跟我说："你可能是对的。"我说："什么是对的？"他说："你可能真的实现了你的理想，而我没能实现我的理想，因为我太顺从于我的时代，太顺从于我的生活，而你不顺从，你从来就不是一个愿意顺从他人的人，可能你是对的。"我听完后，说"呵呵"。我当然就"呵呵"了，因为我赢了。我不知道一个人的理想和他的爱，以及他的努力在一个人的人生中能占多大的比重，但是我觉得最好的是，你努力地尊重自己的想象，不管这个想象多离奇、多古怪，以及多让你的父亲反感。

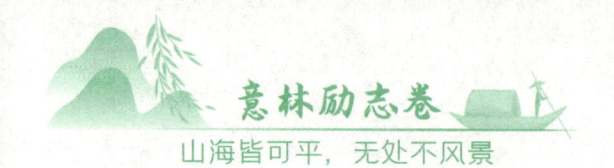

我当工人的24个月

□匿名用户

2008年冬天，我创业失败，再一次加入了求职大军。

那是最冷的一个冬天，金融危机把这座外贸城市虐得体无完肤。讨薪的民工哀鸿遍野，要账的供货商们络绎不绝，满街的韩国工厂十楼九空。我像落水的小狗，被人驱赶了半个月。负债的压力，家人的咒骂、拒绝和冷漠，一层层在我心头堆积。最后，我拿着自己的高中文凭，去当了一名工人。

我的工作是把生产汽车顶棚的六种材料叠放成一组。一个夜班600个，平均48秒一个，扣掉吃饭、喝水、上厕所的时间，30秒一个。2米×4米的聚氨酯泡沫板，刷满胶，我胳膊短，得贴着身子操作，粘得脸上衣服上全是。干了以后，一抹掉下来一层皮。2米×4米的玻璃纤维板，我手小，手套大，就得光着手操作，身上钻进玻璃纤维，成天成宿地疼。身边300℃高温的压机有20多台，日夜撞击轰鸣，空气中混合着玻璃纤维粉、雾状胶，常年不见天日。

我疼，我累，我崩溃，我干不了。但这已经是最低级、最基础的工作，干得慢了，耽误的是整条流水线和几十人的计件工资。他们会骂你，打你，往你床上倒凉水。工作是这样，休息呢，工人宿舍，十人一间，狼藉满地；聊天的话题，翻来覆去就是票子和媳妇，没有诗歌，没有远方，没有含蓄，没有幻想，没法沟通，没法交谈。

我以为我要麻木了。没过几天，某工人的胳膊没了，12吨的模具带着300℃的高温突然落下，那幅红白黄黑迸裂交织的画面又让我瞬间清醒。我吃不好，睡不着，融不进，受不了。

终于有一天半夜，我爬到了楼顶天台上。北风吹进心窝里，结一层厚厚的冰。我对自己说："大宝，你完蛋了，当一粒尘埃你都当不了，是条汉子，你就去死吧，别让命运蹂躏你。"

可是，那楼太高了，我爬上去腿就哆嗦。我安慰自己："大宝，你是条汉子，你不怕死，你只是怕疼。咱们不要被命运蹂躏，咱们去和命运肉搏。"

从那天开始，我就很少回寝室了。从第一道工序开始，我观察原材料到成品的全过程，我开启了"十万个为什么"模式，到处看，到处问，到处学，到处背。

我当工人三个月，车间主任已经认识我了。我是车间唯一能掌握所有工序操作要点和设备保养规程的操作工人，于是我当上了检验员。

同样是检验员，为什么有的人下班，工人们在门口排队请吃饭，而我下班，工人在门口排着队要打我？原来他们知道赶工期的时候，哪些缺陷不影响使用可以出厂。而我不行，我死守着检验计划，我到哪儿，废品就堆成了山。

所以每天下班后，我就泡在汽车厂的装配线上，研究我们的顶棚怎么装车和气囊线束天窗怎么一点点配合。半夜偷着拆装演练，困了在包装箱里打个盹，天亮再赶回去工作。

我很快就成了检验员里的老司机，请我吃饭的工人越来越多。我还掌握了全部系列所有产品检验装车的奥秘。我用新的检验计划代替了那个过时的，再也没有检验员被工人排队群殴了。当工人的第9个月，我考上了助理质量工程师。

在一个缺乏培训的民营企业，我自己成长的过程是煎熬的，我不想让新人也煎熬，所以在业余的时间，我写了一本顶棚产品装车作业标准指导书。经理说，这本书超出了他的预期。老总说，这本书让他想起了他年轻的时候。这本书后来成为公司的技术文件，又成了集团的技术文件，还多次走进了我们的客户一汽大众、神龙汽车的培训课堂。

当工人后的第16个月，我成了质量部的技术负责人，副主任工程师。我带出了很多徒弟，现在还在为公司服务。当工人的第23个月，前程无忧推荐我去宝马工作，电话那头祝贺我通过面试的时候，我忍了好久，才没让自己哭出来。我从一个被人嫌弃的落水狗，变成了猎头关注、市场认可的人。

当工人的第24个月，集团总部战略发展部招考，我考了第一名。也是在同时，我考上了公务员。车间主任说："人力资源部怎么让'211'的本科生过来给我当工人，咱公司这么有钱了？"客户说："你不要骗我，他们那个会开叉车，修模具，拆压机，还干化学原料试制的家伙，是个自学成才的文科生？"

我曾经痛恨我的那些工友，离开他们，离开他们那个阶层，是我前进的最大动力。前几天我回原来的公司一趟，那些帮过、骂过、嫌弃过我的工友，都老了。

过了30岁，我再也不敢和人谈论梦想。我总是以为我能够改变命运，但其实我当工人的两年，即使我每天只睡三四个小时，凌晨两点到家也会坚持做两套题，我也只是从工人变成白领而已。一次次半夜的时候，我累得号啕大哭，又一次次被自己小小的进步感动得痛哭流涕。终于，我从一个想死的孬包变成一颗响当当的铜豌豆。

我努力改变命运，最终，我没能改变命运。但我也从未屈服，我没有被命运改变。我努力攀登，没能到达山顶。但我也从未放弃，那些苦难砥砺了我，让我成为更好的自己。

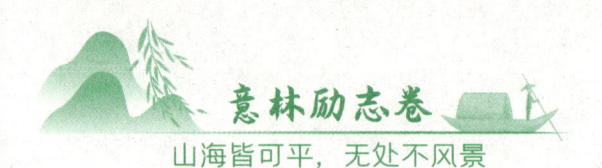

买刚需和买快乐兼得

□陆小鹿

我们小区组建了团购群,团长每天更新"团购日报",密密麻麻,品种繁多,让我大开眼界。

我挺喜欢这个团购群,有空就去刷刷,因为好奇感和购物欲在那里得到了满足。看到想要的我就跟上一单。我跟团买过几次挂耳咖啡,视咖啡为"续命神器"的我像是发现了新大陆,只是家里没有适合带去出差泡咖啡的杯子。

没过多久,我很惊喜地看到团购群竟然在团咖啡杯了,接龙链接里说是某大热"网红"款的平替品。我看了链接里的图片,又去其他网购平台搜了"网红"款的图片,发现两款杯子颜值差不多,但平替品便宜不少,于是果断下单了。

平替品,延展开来,就是大牌产品的平价替代品。说到平替品,自然会想到山寨品,但平替品与山寨品有着本质区别。山寨品通常故意"碰瓷"大牌来混淆视线,以假乱真,从而达到赚钱的目的。美国有一家叫"The Asylum"的电影公司,就是专门做山寨电影的。华纳兄弟出品了《史前一万年》,他们就出品《史前一亿年》,很明显,The Asylum通过模仿影片名字,来伪装大牌,沾大品牌的光。

而平替品,本身是独立的品牌,相对大牌便宜很多,观感及使用效果却与大牌接近。用一句俗语说,就是把钱用在了刀刃上,这实际上是一种理性的消费观。毕竟,消费目的无外是买刚需和买快乐。如果平替品能让二者兼得,为什么不买呢?

回想起来,二十多岁时,我被《花样年华》里的张曼玉迷住了。她在电影中更换了二十多件旗袍,温婉明艳,撩拨人心,尤喜欢其中的一件红蓝碎花旗袍。看完电影,拿着画报,我去淘了块和红蓝碎花旗袍差不多花型的布料,去小区裁缝铺找师傅给我特制一件。旗袍做好了,虽然天气炎热,我还是欢呼雀跃地用高高的立领锁住脖颈,穿着《花样年华》的平替品去上班,博得同事的一致好评,内心极其满足。如今想来,那就是平替品带给我的快乐。巧妙地花钱是一门学问。

人气很高的MBA导师野口真人在《学会花钱》里就说:"花钱的决策机制非常简单,决定因素就是我们得到的价值是否大于支出的金钱(价格)。'价值'大于'价格'时就购买,'价值'小于'价格'时就暂时观望。"

怎样用两年时间成为一名足球教练

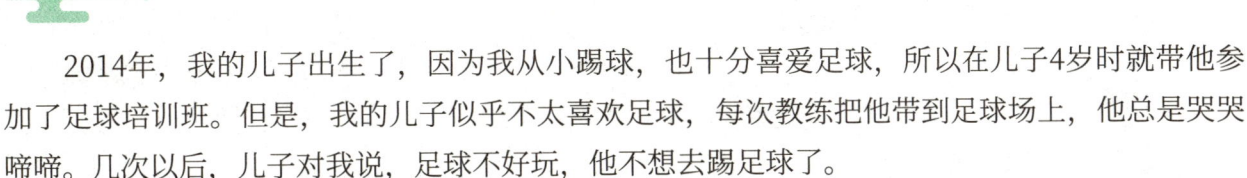

□张 博

2014年，我的儿子出生了，因为我从小踢球，也十分喜爱足球，所以在儿子4岁时就带他参加了足球培训班。但是，我的儿子似乎不太喜欢足球，每次教练把他带到足球场上，他总是哭哭啼啼。几次以后，儿子对我说，足球不好玩，他不想去踢足球了。

为了这件事情，我郁闷了好几天。有一天，我突然想：我为什么不自己教儿子踢球呢？于是，在之后的两年多里，我参加了足协的C级教练、B级教练培训班，并顺利取得了B级教练员资格。

足球教练培训班的课程每天都非常紧凑，内容从体育理论到具体的训练准则和方法，还有大量的实践课程。在B级教练的培训课程中，需要有一名A级以上的教练进行现场观摩和指导。几经联络，我找到了赤塚教练。我从他身上学到了很多东西。比如，训练时，他先让小朋友练习一套抛球动作。当时我很好奇：又不是守门员的训练，为什么要练习抛球？赤塚教练后来告诉我，他发现很多孩子面对高空球的时候会判断不准，这其实是基础运动能力欠缺的表现，而这些各式各样的抛球训练，恰恰可以弥补孩子在基础能力特别是协调能力方面的缺失。

还有一件事让我印象深刻。有一次，我在场边观摩一场儿童足球比赛，一个小选手被对方球员拉扯，但裁判没有处罚，这个小选手十分不满，在场上抱怨了几句。比赛结束后的总结会上，赤塚没有指责孩子的这种行为，而是告诉他：对手有拉扯行为，裁判没有处罚的话，你如果选择继续前进，会有什么样的好处呢？

你越接近禁区，判点球的概率越大；对手如果继续拉扯，那么他被罚的可能性越大；而对手一旦得牌，他接下来的顾虑就会越多。讲完这段话后，赤塚教练布置了一个作业，让大家回去想一下，今后如果遇到这样的情况应该怎么处理。我发现，那个小队员脸上的不满消失了。

相比之下，我更愿意直接告诉孩子应该怎么做，而不是告诉他为什么这么做，没有让他自己去思考。培训班的老师说，只有在平时的训练中通过引导让孩子养成不断思考的习惯，才能让他们自己去应对比赛中每时每刻的变化。更重要的是，具备独立思考能力的孩子，即使将来没有成为一名专业运动员，一生也将受益无穷。

现在，我办了一家综合体育俱乐部，而不仅仅是足球俱乐部，我希望让更多的孩子爱上体育，把运动作为终身习惯。

星期三书店

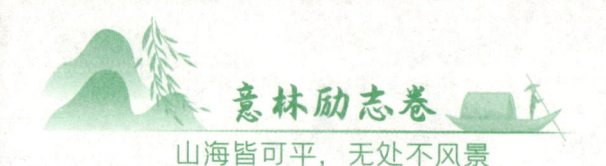

□黄 成

  在那条街上，有一道风景特别令人难忘。那是紧挨在一起的七家书店，每次经过，我都能感受到时间的流逝。

  "星期一书店"主营商务书籍，人们是那么忙碌。

  "星期二书店"主营哲学书籍，人们在那里沉思。

  "星期三书店"主营历史书籍，人们的脚步沉重。

  "星期四书店"主营生活书籍，生活总是在别处。

  "星期五书店"主营侦探小说，当然也卖放大镜。

  "星期六书店"主营儿童读物，到处充满欢笑声。

  "星期天书店"是家综合书店，适合休闲、娱乐。

  它们各有自己的特色和颜色，从外观上看，它们就像一道彩虹。我不喜欢红色的"星期一书店"。当然，只要是书店，我都会进去逛一圈的，但我停留的时间不会太久。我总希望星期一快点儿过去，因此，我也像其他人一样，加快脚步。

  在橙色的"星期二书店"，我开始放慢脚步，感受哲学带来的慰藉。"星期二书店"是温暖的，这也许和它的色调有关。"相约星期二"是"星期二书店"的口号，每个星期二，我总是如约而至。

  在黄色的"星期三书店"门口，我总是要先活动活动筋骨，特别是手指和臂膀，里面的书籍是那么厚重，把它们从书架上拿下来并托住它们，需要勇气和毅力。书店里配有高大的衣架，在冬天，搬动沉重的书籍后，你无疑需要把外套脱下来挂到衣架上；有舒适的沙发，坐在沙发上，你可以在相对静止的状态下感受历史的流动；当然还有梯子，它会帮助你挑战更高处的书籍。

"星期三书店"的读者，往往会在书店里待上一整天，他们的脚步沉重，从一本书到相邻的另一本，往往需要很长的时间。他们读得很慢，也不急于买书，有时甚至把一本书读完才会把书买回家。

在"星期三书店"与"星期四书店"之间行走，耳边总会响起女诗人米莱的那句诗："假如我星期三爱过你，那对你会有什么意义？星期四我不再爱你，这同样千真万确。"

在"星期四书店"，书会帮助你解决生活中已经碰到或即将碰到的问题。书架按人生中的各个阶段进行分类，在这里，人们总是各取所需，根据分类走向自己的区域。生活在别处，生活中总是充满各种各样的问题，促使你再一次走进"星期四书店"。

每当你厌烦了生活中的琐碎与繁杂，你就会走进"星期五书店"，感受逻辑缜密的推理和紧张的节奏。在那里，每个人都神秘兮兮的，他们仿佛都是带着放大镜的福尔摩斯，不放过每一个蛛丝马迹。人们在走进"星期五书店"前和走进书店后，是两种截然不同的状态，他们特别喜欢这种感觉。人们喜欢"星期五书店"，就像人们从不讨厌宜人的周末。

"星期六书店"是亲子活动的好去处，当然你也可以把孩子寄放在书店里。"星期天书店"可以说是六家书店的缩影，书店有的类别，在这里都有，只是不像其他书店那么深入。但人们从星期一走到星期天，确实需要有这么一家书店，来进行一个总结与回顾，好让星期一到来时，不至于那么陌生。

这七家书店，仿佛遵循造物主的旨意，和谐地共存着。它们坐落在那里，就像一道美丽的彩虹。这些书店永远不会消失，因为人们绝对不想失去一星期里的任何一天。

"这七家书店，你最喜欢哪一家？"我想，我的答案会是"星期三书店"。不论时间的脚步如何匆忙，到头来，我们都将放缓自己的脚步，回到"星期三书店"；在那里，我们打开历史，或者成为历史。

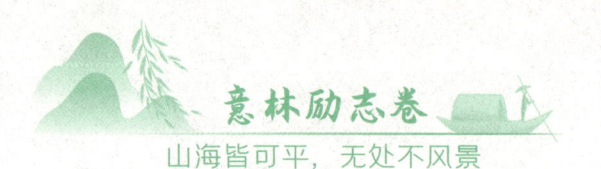

林黛玉在开夜班出租车

□万 万

在网上看到一个女作者的文章。她只写散文，一派山光水色，没有奇峰，没有涛澜。她的文字很平静，笔下的城市很平静，城里的生活很平静——城里有马路、医院；城外有路通往村庄，树梢上立着一只呆鸟；步行街上，有个老板心眼很小；儿子带她去不远处看海……

她在业余时间写作。更多时间里，她要开出租车。在这座老城，她已经开了二十年出租车，靠这份工作供养上学的儿子。她忙于奔走，只能在停下来的时候写作。有一天，她开车到高铁站等客人，排的车队很长，她一边等，一边修改稿子。

读到这段文字的时候，不知怎的，我想到了林黛玉。这想法一旦产生，渐渐地，脑海中就浮现了一个很奇特的场景——林黛玉在开夜班出租车。

为什么想到林黛玉呢？因为林黛玉有自己的精神世界。古时的女人，如果离开了男性，大多是无法被社会认可的。古人依靠社会关系来定义一个人，女性要被定位、定义，必须先依附一个男性，然后由这个男性接入社会网络。

由此再看林黛玉，她母亲早亡，被父亲送到贾府，寄居在外祖母贾母身边。她父亲这边的关系网全部断绝，只有外祖母能稍加维护。《红楼梦》里，除了年老体衰的贾母的关怀，她一无所有，在当时男性主导的社会中，她的社会关系极为脆弱。

据一些红学家说，小说作者早已通过几处伏笔，暗示了林黛玉的命运：她选择自由恋爱，最后只能惨烈地结束生命；嫁入豪门伏低做小，结果是受尽屈辱死去；要是抛弃一切遁入佛门，却不知所终，死得悄无声息——她所有的选择都是绝路。然而，生在绝境里的林黛玉，却在精神世界找到了存在价值。

她写诗，赏花。如果说，她生活的地方是冬天，是暗夜，那么诗歌就是她的火，她的灯。《红楼梦》中其他人也写诗，但林黛玉的诗歌世界大于现实。她的心灵超越了躯壳，精神比肉身更伟岸。

现代社会已经不会让一个女子走投无路了，但她们的路还是比男子更加艰难。据《看不见的女性》一书统计，在公共场所，女性上厕所的时间是男性的2.7倍，因为建筑师规划厕所时没有考虑女性身体构造与男性的差异，所以景区里经常看见女厕外排着长龙。

全球范围内，75%的无偿工作是由女性完成的，女性承担着更多照看老人、孩子和病人这类更琐碎、更消耗感情的劳动。车祸发生时，女性受伤的概率比男性高出71%，因为汽车公司都是以男性身躯为标准做的防护措施。世界依然不公平。

那位作者说她开了二十年的出租车，她的经历比一个男司机更加艰辛，行的路比常人更崎岖，可她闲暇时依然做着飞翔的梦——她开了写作的公众号，除了儿子，身边再无熟人知晓；她和相熟的文友建了交流群，彼此传阅点评；群里还有作者平时耕作和养猪，农闲时写作……她们的世界，又何尝不似林黛玉所在的大观园呢？

她开着出租车排队时改稿的样子，就像雨打芭蕉的夜里林黛玉在写诗。

打一剂感受的预防针

□ 马　东

小明和大牛是同寝室的室友。小明习惯早睡，而大牛是个夜猫子，常常开着灯到三更半夜。为此，两个人总是闹得不愉快。

小明认为大牛晚睡是为了打游戏，自己早睡早起则是为了养精蓄锐，大牛太懒散，既没有教养，也不懂得尊重别人。然而在大牛看来，自己晚睡的主要原因是白天压力大，所以晚上打打游戏放松一下，更何况自己有时是在温习功课。小明每天一大早起床吵到自己，现在连自己睡觉的时间都要管，太烦人了。每个人看同一件事各有自己的版本，两个人就有了"两个版本"。

当两个人知道对方这样看自己时，都觉得对方不可理喻，于是冲突愈演愈烈，甚至上升到人品和是非的高度！这就是沟通中的"两个版本"陷阱。"两个版本"陷阱是人与人沟通中产生矛盾的主要原因。但我们往往意识不到它的存在。

既然认识到了，我们就要努力去拆除这个陷阱，最简单的方式就是打一剂"感受的预防针"，先提前说一句："抱歉，这或许未必是事实，但我难免会有这种感觉。"比如原本小明会对大牛说："你晚上不睡觉，还不是因为贪玩！"现在小明这么说："抱歉，这或许不是事实，但我难免会觉得你晚上不睡觉只是因为贪玩。"原来的说法会在一秒钟内点燃大牛的怒火，而现在的说法则会留给大牛述说与解释的空间。如此一来，对话就能继续，二人的沟通也会舒缓很多。

"感受的预防针"的好处在于预先照顾到了容易被引爆的情绪，从而让理性的沟通有了开展的空间。

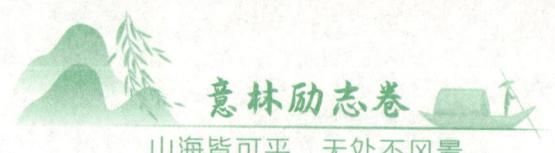

"不敢gap的年轻人"，决定在人间当"bot"

□佚 名

最近，"不敢gap的年轻人"登上热搜。所谓"gap"就是间隔年，指学生在上大学或工作之前选择去旅行，给自己的人生一次短暂的放松，以准备好继续上路。听上去很美好，但似乎我们绝大多数人并没有这种待遇——高考之后必须去大学报到，中途休学别人会臆测你的健康或者心理出了问题；大学毕业后应届生的身份又金贵到不行，错过等于"损失一亿"；工作了也不能随便gap，HR（人力资源管理人员）眼睛都跟X光一样，刨根问底你这几个月干啥去了，如果你回答得犹豫或讲得不好，可能就会因为这个被一票否决。纵然这样，生活也要急匆匆地按部就班地继续下去，所以焦虑的年轻人们，找到了适合他们的短暂的gap方式——看"bot"。bot是什么？bot是英文单词"robot"（机器人）的缩写。最开始它是推特上的一种自动化应用程序，这些机器人可以像真实用户一样自主地发布内容，关注其他账号。

后来，bot逐渐发展成了类似于围绕某个主题专门设立的投稿箱。有专门收集形形色色的椅子的bot，也有收集各种云朵、铁门的bot……bot像是生活的邮差员，将客观的、固定的、熟悉的物品呈现到我们面前，然后等待着我们的下半句，等待着每个人对它独一无二的解读……

01 用一把椅子，把生活重新排列组合

博主@椅子bot，收集并展出了1000多把椅子。塑料的、木质的、皮革的，

有长满小猫的椅子，有正在燃烧的椅子，也有找不清自己位置，站在了桌子上的椅子。2023年1月，在寒意未消的路旁，她曾拍到过这样一条长椅——它铺满了针织的坐垫与靠背，图案是粉红色的花朵。它是那种桥洞下、公交站旁，或是花园里最常见的金属长椅。在冬天坐上去的话，会夺走你所剩不多的体温。但是，有了毛茸茸的毛线后，便有了一层象征温暖的铺垫。

而人们钟爱看椅子的另一个原因，是椅子正在代替我们，过着想象中的生活——印象中的椅子总是带些磨痕，有残破的一角，稍微脱落的皮革，失去水平线加持的不平衡感，如同在生活中撞来撞去的我们。

就像图片中的小猫椅——在一家小卖部门口，放着一把低矮的木质椅子，上面趴着一只黑色的猫。它是来来往往人群的旁观者，又在每一个即将闭店，夕阳垂落的时刻，伴随着某位摇着蒲扇的老人，盘算着这一天的生意，讨论着周遭的鸡毛蒜皮。更不要说，还有一只小猫作陪了。

02 承载某种想象力，才是它们的本意

这样细腻的点滴，还有很多。在@看看铁门的账号里，工工整整地摆放着她在广东省东莞市莞城街道上，拍下后仔细抠图展示的一扇扇铁门。

有人说，自己小时候就被关在这扇门后，边哭边乱爬；也有人说，小时候的邻居家有这种铁门，于是他很喜欢拽着铁门荡，荡到最后直接把铁门扯了下来，现在看到图还是会有点手痒；还有人隔着这扇铁门和纱网，看到表哥表姐在客厅里看电视吃西瓜，和邻居家的小伙伴道别说再见；还有人看到了那个站在铁门前，犹豫着要不要敲门的自己……

隔着屏幕，我们能嗅到它的锈味，能感受到它冰凉的质感，能听到门牌松动后吱呀的声音——它们或许就是你小时候的那扇门，只是很久没再打开过而已。

03 正式被确诊为"看云型"人格

除了看门，大家还喜欢看云。在@云彩收集者的笔记下面，有20万人被确诊为"看云型"人格。怀着更多人可以当抬头族的愿望，她乐此不疲地收集着各种各样的云彩。有的云像"棉花糖"，有的云像"跳芭蕾的大狗狗"……与其说这是一个收集者账号，不如说是一个认领账号，每个人都能在这里认领一朵云，由此开启想象世界的漫游。

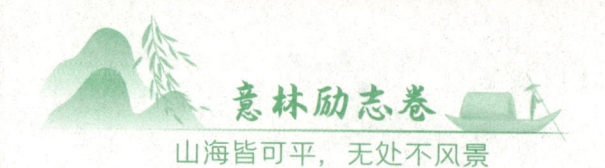

我是全美"破锅贴"创始人

□北美崔哥

有一次，听我的美国邻居说，我们家附近有一个农贸市场，是个美食集散地，只要拿上20美元，到那儿什么都可以买到。我就跟老婆商量说："咱俩会做锅贴，要不去那个市场卖着试试？"我老婆表示赞成。于是，第二天，我们俩就拿着锅贴到市场里去卖，不到一个小时就卖光了。

后来，我找了朋友来帮忙包，结果不管我们包多少，很快就都卖光了。我们的名声就传出去了，排了好长的队，我们心里急，一不当心，把锅贴全都铲破了。没办法，破了也得卖啊，我就把这破锅贴拿盘子盛上，再配一根牙签和一把叉子。不一会儿，一位美国老太太就过来了，说："这是我吃过的最好吃的锅贴。第一，你看我第一口就想吃馅，不想吃面，我在别的地方也没得选，你这儿可以随我的便；第二，在别的地方买的锅贴，馅儿是什么我不知道，但是你这个锅贴我一眼就可以看出来；第三，我还可以往上面撒调料，既好吃又有趣，这才是真正的锅贴。"

从此以后，这个"破锅贴"就出名了。因为锅贴的英文叫Pot Stickers，我们就在前面加了一个Broken（破的），我的锅贴全名就叫作BPS（破锅贴）。后来，这还在本地变成一个知名品牌，你要包完整了，他们还不满意。

我发现不远处有一家大医院，有好几层楼。一打听，医院里有4000多名员工。医院对面有一个加油站。我就对老板说："我想租你加油站里面的一个停车位，大概多少钱？"他说："一天你得交20美元。"我说："我给你300美元，你也不用向上头报账，我租一个月。"他说："反正这个破地方空着也是空着，给你吧。"接着，我就在停车位上停了一辆食品车，在车上接了台传真机。然后，我就到医院里去找到一个小护士，我问她："你中午想吃中餐吗？"她说："当然想啦。"我说："这样，你每天把你们部门里想吃中餐的人的信息收集一下，发传真给我，只要超过5个人，我就送你一份免费午餐。"第二天，一到上午11点，我这个传真机就响了，刚开始是40份，后来是100份，再后来是500份，甚至是800份。我就开始雇美国那些身强力壮、健步如飞的小伙子，左右手各提一个保温箱，冲进医院送餐。

久而久之，加油站的老板把我踢了出去，他想自己干。一切事情他都做到了，他唯一没学到的就是我的攻心战术，也就不了了之了。

第二章 锐角度

人生漫漫长途，万物皆有回转

不曾入画的人们

□赵俊斐

　　曾经有位作家去拜访他的朋友，那时朋友正在作画，画面的背景里有一栋房子。作家端详片刻，指着房子问道："里面住了几个人？"

　　朋友犹疑着说："我没想过，有五六个吧。"作家点了点头，开始追问房子的男女主人是怎样的人，他们有几个孩子，孩子是男是女……朋友很快就被问烦了，没好气地说："这房子只是背景，你问这些没用的干吗？就算不清楚这些，也不影响我画好这幅画！"

　　作家笑道："怎么会没有影响呢？你画的是黄昏景色，如果房里住了人，就该有炊烟升起；如果这家的主人热爱生活，屋前就很可能种上花；如果这家有女儿，那么屋外晒的衣服就会鲜艳一些……你瞧，要是答不出这些'没用的问题'，整幅画就会失真，就算把画面的主体处理得再精彩，也会不尽如人意。"朋友听了，恍然大悟。

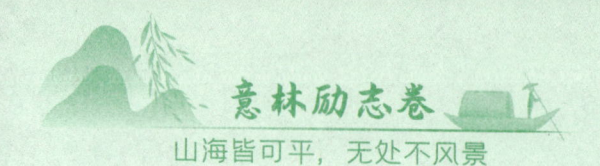

"预制朋友圈",未尝不是活在当下

□钟 颐

"距离生日还有一星期,照片就已经拍好且精修好了"……最近,继"毛坯的人生VS精装朋友圈"后,"预制朋友圈""火"了。

其实,很多人早就这么做了,事先精心准备好素材,在某一时刻或情境中发布,而不仅限于"记录此刻的美好"。这正是社会学家安东尼·吉登斯笔下的"脱域"机制:人们的社会关系可以从特定场所中解放出来,进而对时空进行重组。

如今的朋友圈正变成"脱域"的缩影:不一定要"实时在场",也能制造出"在场感"。比如,化一次妆,准备几套衣服,来一次"特种兵式"的拍照"打卡",就攒了足够的库存,甚至"出去玩一次发好几年"。对此,有人质疑是本末倒置,为塑造"理想自我",把分享变成了表演。

不过,在一个高度媒介化的时代,适度"凹人设"无可厚非,它只是一种形式,同样有其积极意义。与其纠结于是不是"真实",不如关注够不够"真诚"。

此情可待成追忆,只是当时"有点儿忙"。错开时间发布,有时候并非主动为之。就拿深度旅游举例,一路行程匆匆,又不愿一发了之,"预制朋友圈"能更从容细致地记录,有何不可? 更何况,有人只是把朋友圈当"记事本",并不在乎有多少点赞。不妨设想一下,假如徐霞客生活在现代,或许他也很爱写"小作文",但未必每一篇都是"有感即发"。从这个角度看,与其说是"预制",不如说是"复盘",是热爱生活、积极建构意义的体现。

"今日之我,已非昨日之我。" 是,有些体验只能属于此刻,但若将时间线拉长,或许能收获全然不同的感受。只要没有盲目攀比,哪怕有那么一点儿虚荣心,也不必苛责。"预制朋友圈"提供了更主动和灵活的方式,去取悦未来的自己,对抗贫乏的庸常。这何尝不是另一种"活在当下"?

"为什么好多人在朋友圈消失了" 曾引发热议。虽然每个人打开朋友圈的方式不同,但对积极分享的期许,对真诚交往的呼唤,殊途同归。

最后,不妨为这篇文章配上一个"马尔克斯风格"的结尾——多天以后,被"预制朋友圈"所触动的你,一定会想起,那个自己认真挑选图片、精心编辑文案的下午。

加油呀！那些未曾赢得奥运会奖牌的国度

□张 斌

巴黎奥运会，女子100米金牌之战起点。一众明星在镜头前蓄势待发，各色发式炫目，一声枪响，闪电般袭向终点，一个朴素身影领先抵达——朱利安·阿尔弗雷德，各种语言都在高呼着金牌得主的名字，声音瞬间传入十几亿人的耳中。

有些陌生啊！但比名字更陌生的是金牌得主背后的国度——圣卢西亚，一个只有三名运动员参赛的国家。要知道，圣卢西亚远在东加勒比海地区，国土面积616平方千米，人口刚刚超过18万，朱利安夺得金牌真是一项开天辟地之举。

将夏季和冬季奥运会都计算在内，从1896年开始，全球已有超过150个国家和地区有过奥运夺牌的记录，这意味着还有超过70个国家从未登上过奥运会领奖台。

有哪些未曾赢下奥运会奖牌的国度呢？比如规模意义上的小国，斯威士兰、不丹和图瓦卢；比如相对贫苦的国度，中非共和国、也门和洪都拉斯；再比如底蕴不足的新建国家，南苏丹、波黑和伯利兹。当然，有国家同时拥有三个标签，比如尼泊尔，拥有3000余万人口，人均GDP（国内生产总值）仅仅1000多美元，虽然有了18次奥运征程，但至今颗粒无收。

所以，国际奥委会发起了"团结计划"。

东京奥运会上，178个国家和地区奥委会的827名运动员在接受"团结计划"助力后，一举夺得113枚奖牌，土库曼斯坦、布基纳法索和圣马力诺实现奖牌零的突破，其中仅有3.5万人口的圣马力诺成为奥运会历史上赢得奖牌的最迷你国家。

可以看到，人口规模大小从来不是奥运会奖牌多寡的决定因素，同为千万人口量级的匈牙利和古巴分别拥有521枚和235枚奥运会奖牌，人口不到300万的牙买加的奖牌突破了90枚，而超14亿人口的印度仅仅握有14枚。

全球化的红利如今还在。从里约奥运会开始发起的难民代表团项目，也从中受益很多——东京奥运会参赛选手中近七分之一受此计划的帮助与激励，2017—2020年间，全球更有22000名运动员成为计划中的一员。

奥林匹克格言流传甚广，中国版本的"重要的在于参与"，时常被世界各地引用，但这句箴言蕴含一个更深的逻辑——不参与，怎能胜利？只有促进更多人实现奥林匹克梦想，才能让奥林匹克运动生生不息。

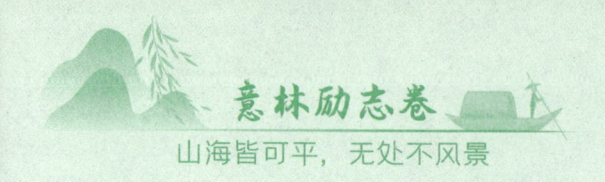

为什么出租车司机总会在后座贴小孩的画

□地球人研究报告

出租车后排座椅正前方,时常贴着一张纸。除去常规的"系安全带""已消毒"等提示,在这些纸上,不乏一些暖心的祝福或感谢之语,社交媒体上时常有与此相关的分享:人们将其称为"打车遇到的暖心时刻"。

而看得多了,人们也就此发现一种有趣的现象:它们中的大部分,都并非出自司机本人之手,则是一些来自子女的绘画——稚嫩的笔迹,写着感谢的话语;充满童心的绘图,描述着可爱的景象。

其中的内容也大差不差,无非是自家父母出车不易,放心乘坐,请多包容,谢谢大家。而在纸张的末尾或角落处,孩子们还会略带羞涩却真诚地提出要求——能不能给我爸来个五星好评?

在人际关系紧张的当下,看到来自孩子们的话,乘客便会减少几分担忧;不善言辞的司机们,通过孩童之手想要个好评;画画的孩子们心里也都清楚,爸爸妈妈每天开车接单,只是为维护好这个家。而每每见到这样的儿童画,乘客也会会心一笑,送上五星好评。

用自家孩子的相关作品来赢得顾客们的信任,这类举动在各行各业都曾出现,但唯有在网约车、出租车界是最常见的——只不过这绝非是利用童心来取巧的手段,而更像是在隐秘传达自身的境遇。

根据《网约车合规化系列调查报告》显示,51%的网约车司机基本从不休息;在《2021年中国一线城市出行平台调研报告》提供的数据中,半数以上司机所驾驶的并非自有车辆,且日平均工作时长为11小时;而司机师傅的平均年龄,则为40岁上下。

40岁虽正当年，但已处于上有老下有小的阶段。他们贴上孩子的作品，或许也是想向乘客传达一句话：养家不易，您多见谅。这并非示弱，也不是求助，只是在要求陌生人多给予一分耐心和理解，以便更好地送你回家。

而之所以出现这种现象，也是由于出租车、网约车行业的特殊性：除去全职者，开车接单对很多人来说，都是生活的退路之一。

各大网约车平台，吸收了大量因传统行业调整，或经济不景气而转移过来的就业人群。尽管在数据报告中，他们选择以此谋生的主要原因被归类得极为简单：无非是"补贴家用"或"解决失业"，但个中心酸，只有在司机们贴出来的纸张上，才显得立体。

除去中年司机爱贴自家孩子的画，也有其他车内的告示在这个行业格外常见，但多为单纯的一句话："如有需要，请拍我的肩膀"——它，出现在希望和乘客顺利交流的聋哑司机师傅的后排座椅靠背上。

根据我国交通法，聋哑人如果在佩戴助听工具的情况下，能够准确辨别声音来源和红绿灯，便可以考取机动车驾驶证，并正常开车上路，接单。因此，开网约车也成了不少听障人士的求生之道。而乘坐他们驾驶的车辆，和其他情况并无区别，只不过是眼前多了张温馨提示，彼此多了份关照。

这也是当下成年人互相诉说不易的方式：一张纸道尽心酸事，理解于无言之中。

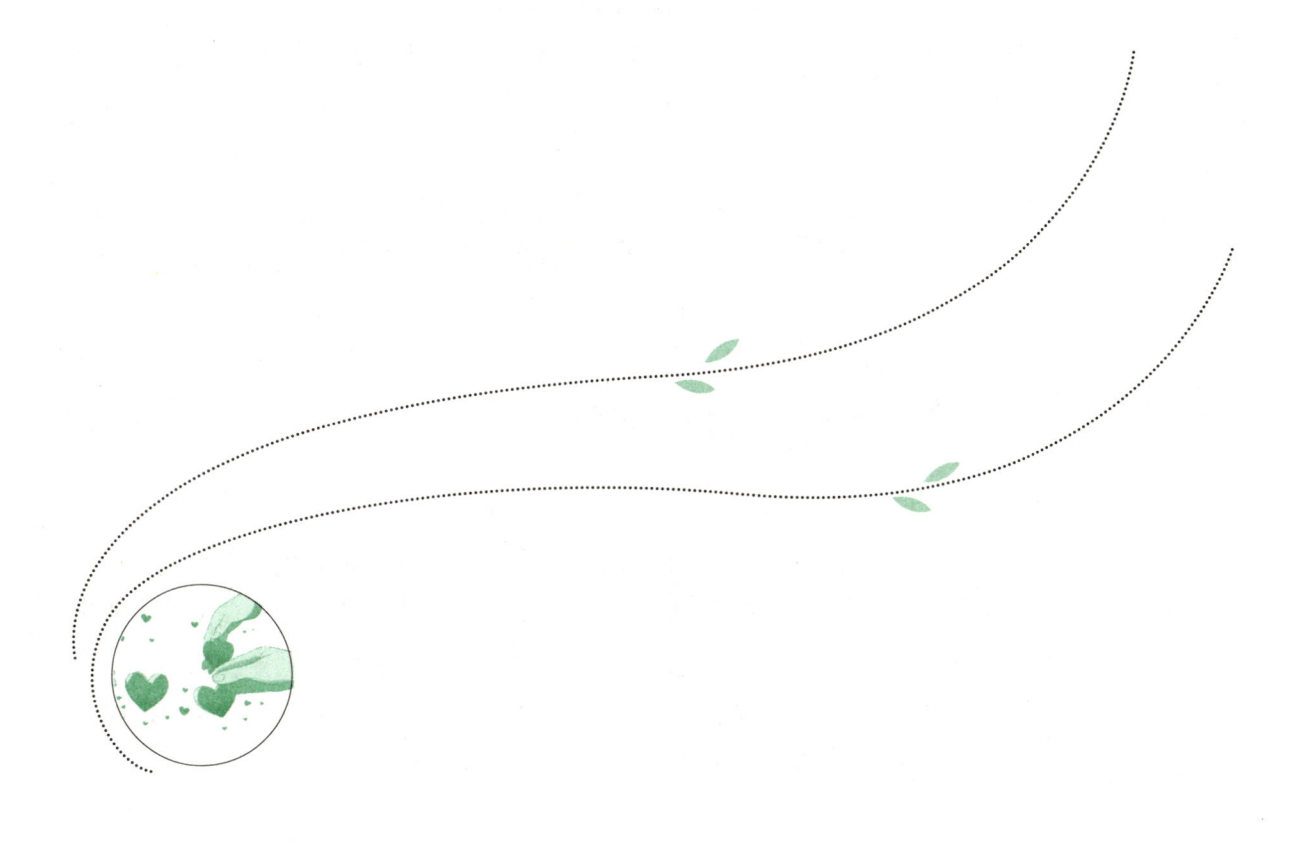

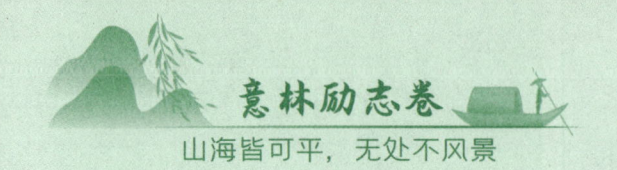

数据冷静

□王一伊

在全世界所有低收入国家里，能够上完小学的女孩所占比例大约是多少？

全世界最多的人口生活在何种收入水平的国家？

在过去二十年间，全世界极度贫困人口的数量发生了怎样的变化？

全世界有多少人能够用上电？

这四个问题，不论你是否关注新闻，回答的准确率恐怕都不高。

瑞典统计学家汉斯·罗斯林曾在《事实》一书中指出，人们情绪化的本能和过分情绪化的世界观，阻碍了人们全面地看待这个世界。他还建立了全球人口收入模型。他根据收入水平将国家分为四个等级，第一级的收入水平只有1美元/天，第二级为4美元/天，第三级为16美元/天，第四级超过32美元/天。这个模型已于2016年被世界银行采用。（截至2024年8月15日，美元兑人民币汇率为1∶7.1553）

他用"站在摩天大楼顶上俯视城市"来形容数据质量对人类认知的误导。他表示，如果站在高处俯瞰，其他建筑物无论是10层高还是50层高，看起来都一样矮。收入也是如此。对收入水平刚刚从1级攀升至2级的人来说，生活的变化太明显了。但站在4级的人恐怕很难看出这一点，除非特意去寻找证据。

并且，他还强调同样收入水平的人在消费取向层面存在明显的共性。例如，当人们的收入从2美元/天增加到4美元/天时，无论他们住在刚果（金）首都金沙萨的郊区还是孟加拉国的偏远村庄，都倾向于购买鞋子和自行车（孟加拉国和刚果都是世界上最不发达的国家）。因此，根据人们的收入水平认识世界，可以作为根据国别来划分世界的有益补充。

简单地将世界分为富裕国家和贫穷国家的研究方法太粗糙了。

当只有这两种选择时，人们更有可能认为，个人所拥有的财富水平是区分穷人和富人的唯一标准，从而忽略了其他因素。事实上，社会环境等外在因素，文化信仰等内在价值取向同样重要。不要仅仅依靠模糊的感知去理解世界，数据更加精准也更加"冷静"，基于此形成的判断或许更加客观。回到文章开头的四个问题，答案分别是：60%、中等收入国家、几乎减半、80%。你答对了吗？

唐诗的残酷

□ 蒋 勋

初唐的边塞诗中，个人的孤独感与胡风相混杂，构成了一种很特殊的个人主义，所以我们常常称唐诗为浪漫主义文学。浪漫当然是因为诗人得到了巨大的解放，不再是活在伦理当中的人，而是活在自然当中的人。

我去戈壁沙漠的时候也有过这样的感觉：那个地方少有外人涉足，所以当地人见了我们会十分高兴，便立刻开始抓羊，然后现场杀羊。奇怪的是，在朔风中，我没有感到丝毫宰割动物的残忍、难过，在寒凉的旷野之上，只觉悲壮。

也是从那个时候，我开始重新思考，唐代开国的精神当中，有一部分是我一直不了解的——"物竞天择"的豪迈和残酷。（我认为）唐朝最了不起的帝王是唐太宗，他与哥哥建成太子争夺皇位时，发动"玄武门之变"，把哥哥、弟弟都杀死了，然后去向父亲李渊"请罪"。李渊当然不是等闲之辈，立刻退位做太上皇。唐太宗取得政权的方式中，就有一种"物竞天择"的生命状态，生命就是要把极限发展出来，这是非常个人化的东西。唐太宗之后的武则天，也是用残酷的方法取得了皇位。

在今天，我们或许很难理解武则天这个人——如果是男性也就罢了，我们没有办法接受一个女性如此行事。可见，我们根本没有把女性与男性放在一个同等的位置，可是武则天不服气。

所以，这些残酷本身也成为唐朝的灿烂与华丽中非常惊人的一部分——那是一种在自然当中与所有的生命搏斗的精神，当生命处于荒凉的流浪当中时，这个生命必须不断活出极限，不断喷发出火焰。

再追问一下，也许是因为刚好唐诗描写的世界是我们最缺乏的经验，在最不敢出走的时候去读出走的诗，在最没有孤独的可能的时候读孤独的诗，在最没有自负的条件时读自负的诗。所以我们才会如此着迷，因为在我们的成长过程中，没有唐诗的背景，可能因此唐诗才变成了那个时候最大的安慰——那时的我们觉得自己心里有一个唐诗的世界，是可以出走的，可以孤独的，可以流浪的，然后有一天会和这些是是非非一刀两断。

我也相信唐诗在我的生命里产生了非常大的影响，它不断让我从人群当中离开。而每当我翻阅唐朝历史的时候，都会觉得每个生命都是在最大的孤独中实现了自我完成。

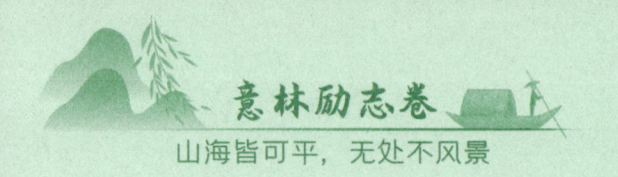

你在直播间买到的最多廉价品，可能是自己

□博士老青年

前段时间，某主播以及其旗下力推的"香港美诚月饼"，爆雷了。

先不说所谓"香港高端品牌"，产、销均不在香港，只是一个注册地名，而且该月饼原先在拼多多等平台只卖59元3盒，在主播的忽悠下，飙到169元3盒。

这再次证明了购物的一个"不可能三角"：高端、优选、廉价。高端大品牌，他绞尽脑汁千挑万选帮你优选的，价格还那么低？这大便宜，怎么可能轮到你呢？

还有一个"不可能三角"：家人们、实话、真诚。小心直播间那些把"家人""宝子"挂在嘴上的人，甜蜜的话语常有一种致命的迷惑力。想想，一个嘴上油滑、话语明显不真诚的人，在价格和品质上怎么可能对你真诚？

不过话说回来，人们涌入直播间买东西，有的是铁粉，有的是刚需，更多看中的是"廉价"，但你真享受到了廉价吗？现实是，你在直播间买到的最多廉价品，是你自己。

在这番"廉价品"的收割中：你的时间是廉价的，把宝贵的时间献给了那种买买买的"网红"号叫；你的昵称是廉价的，进入带货直播间成为廉价的"亲人"和"宝子"；你的判断力是廉价的，被"高端、优选、廉价"的诈骗话术支配，失去了应有的判断；你在那个嘴里喊着你"家人""宝子"的"网红"眼里，是廉价的，几句话就把你轻松拿捏，跟着他的话术去疯狂下单最廉价的带货战利品。

一个有意思的反差是，喊着"全网最低价"的人，往往拿着最贵的代言费，收着最贵的带货费。廉价的意思，往往是忽悠的成本很廉价，让你下单的话术很廉价。于是，你成了他直播间最廉价的那个。

你的"廉价"，撑起了他的日进亿金，让他有了最贵代言的流量资本。而最贵的，往往就是那个声嘶力竭地朝你喊着"最低价，快下单"的人。

老老实实

□乔 叶

爷爷说，"老老实实"这四个字是所有手艺人的根本。

老老实实练基本功，老老实实找好食材，老老实实做菜。汤该炖到什么时候一定要炖到什么时候，蒜该捣的时候一定不能拍，葱该切丝的时候一定不能切段，得烧地锅的时候一定不能用天然气和电磁炉……

比如一块面，你少揉一下或许没什么，少揉两下就肯定不一样。那肉在锅里多焖一秒钟没事，多焖十秒钟肯定就不行。

举个简单的例子，就是一碗炝锅面，老老实实做肯定就比不老老实实做要好吃。炝锅面要用高汤，同样是高汤，老实的做法是另开一灶，让高汤一直滚开着，煮面的时候，加进去的就得是这热高汤。

绝对不能是凉的。一是热汤本身就香，一烫顶三鲜嘛。二是一勺子凉汤加进去，就像一个人正在满头大汗地跑步，突然被拽去冲了个凉水澡，他能不感冒？这样做出来的饭菜怎么会好吃？

当然，厨行的事儿很难形容。鱼要鲜嫩到什么程度？饼要筋道到什么程度？没有公式或者标准，食客们也不一定吃得出来。

但是爷爷说，手艺人的高处不是升官发财，而是精益求精。

你有了往上的心劲，也做了往上的努力，你的手艺就会一天比一天好。

你以为高手是怎么来的？就是这样老老实实地磨出来的。

其实，就是两个字呗——老实。

爷爷说，就得四个字。

为啥？因为，这世上聪明人太多，聪明人太容易不老实。所以，老实里还需要再夯一层老实。

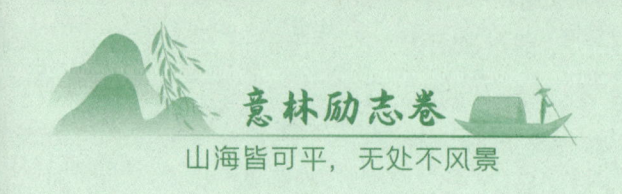

佛系顶流"花花"的"松弛熊生"

□钟艺璇

"你们难道就只看这一只熊猫吗?"保安举起喇叭,向游客大喊道。

作为大熊猫,"花花"是成都大熊猫繁育研究基地最有辨识度的一只。和花,又名花花,四岁多,因为没有脖子没有腰,身材矮胖,形似一只三角饭团而走红。

在花花的幼儿园别墅前,最不缺的就是人。狭窄的参观道路上面,人群挤了五六层,"长枪短炮"被举得老高。维持秩序、安抚游客的"花花保安"也用上了冷幽默——当后排游客吐槽自己压根看不见花花时,他冷不丁地冒出一句:"看不见花花的,可以看前排游客的手机。"

和其他熊猫不一样,花花之所以走红,源于它的处世哲学。

花花是一只独特的熊猫,从种族意义上讲,它是一只发育迟缓、不健全的大熊猫——天生右后腿脚掌外翻,是熊猫基地唯一不会爬树的大熊猫;与它同时出生的龙凤胎弟弟和叶已经出落成直立身高1.8米的"长腿欧巴",而花花还是只有1.5米的"娇憨公主"。

长得慢,吃饭慢,走路慢,爬树慢,慢吞吞的花花甚至在地震来临时,都比其他大熊猫慢上一拍。这些看似温和呆萌的特点,在大自然里却是一种致命的缺陷,对大型哺乳动物来说,失去平衡,不会爬树,甚至不懂争夺食物,意味着几乎没有野外生存能力,根据达尔文进化论,花花应该是生物学中被淘汰的那一类。

更何况,它还出生在一个明星家庭。花花的父亲是"美兰"——一只因容貌过于雅致,曾经被误判为雌性的大熊猫,还是世界自然基金会"地球一小时"的全球推广大使。它的母亲叫"成功",人称"洁癖公主";哥哥功仔甚至是电影《功夫熊猫》中阿宝的原型,最终成长为一名"熊猫大侠"。

花花却什么都没有，甚至没有健康、强壮的身体。

但它出乎意料地平和，面对抢食，不护食，也不计较。在网络上，盛传着花花被抢食的一段视频：花花刚刚剥好准备送进嘴里的竹笋，被"饭扫光土匪"润玥一把夺走，而后又连续夺走了三根，一个明着抢，一个默默剥，到最后，甚至润玥刚做出要夺笋的动作，花花干脆就把剥好的笋丢了过去。这一切都被饲养员谭爷爷看在眼里。"花花，果赖，果赖，果赖（果赖音同四川话'过来'）。"谭爷爷开始吆喝花花的名字——小灶时间到，听见声音，花花下意识转头，不过不是因为"花花"二字，而是那句悠长重复的"果赖"——因为长期开小灶，它已经把"果赖"当成了自己的名字。

和谭爷爷一样，我们喜欢花花，起初是对弱者的同情甚至偏爱。但更重要的是，我们发现花花就是一个自在的"普通人"——没有继承父母出众的外貌、能力和光环，甚至有着身体上的残缺，却足够自洽，接受了自己的普通。

没有嫉妒、争夺或者模仿，更多时候，花花拥有着自己的节奏。爪子里的竹子啃不动了，就直接躺下睡一觉；被妹妹和叶一把扑倒，也不挣扎，找根竹子就地躺着吃；吃饭时间，大家都吃饱了，它才慢慢从熊猫洞里走出来捡剩下的竹子吃；甚至被当成靠垫也不在乎，挤在两只吃得欢实的熊猫之间，静静地发呆。

而在人们的偏爱中，花花也在成长。最近，大家欣慰地发现，花花学会拒绝了——在吃自己最爱的小苹果时，妹妹和叶又想来抢食，刚把头凑过来，花花头都没回，目不斜视，毫不犹豫地伸出了自己的左掌，挡在中间。

"不要再碰我的小苹果了。"花花一定在想。

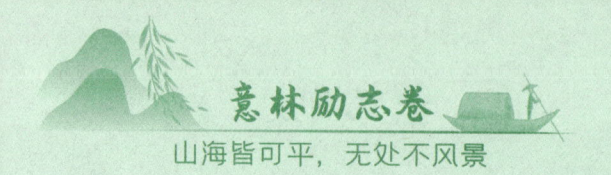

绞尽脑汁写出的绝世好文，重要吗

□和菜头

有读者说，当初看了我的一篇文章，深深感动，或者深受鼓舞，但是现在找不到这篇文章了，要是还能再看一遍就好了。

我能理解，但是并不赞同。

因为没有什么可惋惜的，如果所有文章都保留下来，世界上就没有几个人能够看完，这种存在的意义并不比消失大多少。

因为深深感动或者深受鼓舞，乃至"陪伴我度过人生中最低潮的一段时间"之类的事情，不是都已经发生过了吗？你也已经得到了自己需要的陪伴，走出了人生的暗夜，那你还要回头看什么呢？你需要记得的，是心一动、血一热的感觉，在暗夜里行路也不是孤身一人的感觉。至于这些感觉当初是怎么升起的，没那么重要。

至于文章消失的遗憾，完全可以像我一样换个角度去想。

你的生命是一条河流，我的生命是一条河流，在网上我们通过文章联系起来，两条河流乃至无数条河流联系起来，相互交汇，相互影响。

你我的生命之流，我的文章之流，都是不断奔腾前行的河流。问上游从何而来没有意义，问上游某一朵具体的浪花也没有意义，大家此时此刻正在一起流淌才有意义。

就好比，你在家乡的大榕树下，有一张很好的留影，而你看到这张照片的时候，照片本身不重要，重要的是通过它你能想起拍照那天日光如何透过树叶斑驳地落满你一身，光斑又是如何在你身上跳动，在你耳边树叶是如何沙沙作响，泥土的湿气在日光下蒸腾起来，是怎样一种熟悉的家乡味道，以及小飞虫偶然撞击在你的皮肤上，你感到的那种倏忽即逝的痒痒……

所以，我不会费心去思量过去哪一篇文章写得最好，也不会去幻想未来会写怎样一篇完美的文章。我只是一条河流，我在那水面上写字，随生随灭，但我每一笔都落在了现在。

我希望你不要在顾念和担忧之间凝笔不动，竟然把此刻错过。

人类抵御 AI 的最后防线竟是这些"金句"

□ 佚 名

"生鱼片是死鱼片，等红灯是在等绿灯。""英语听力考试时总是听到两个人在广播里唠嗑，怎么把那两个干扰我做题的人赶走？"如果你时常混迹互联网，那么你也许听说过诸如此类的调侃，以及"其实它们不只是'段子'，也是中国的语言魅力所在"这句论断。而现在，一篇AI领域的论文则表明，这句话并不是信口开河！

2024年4月，来自中国科学院自动化研究所、滑铁卢大学等众多高校与研究机构的联合团队发表了一篇论文，提到该团队分别在贴吧、百科等不同平台上搜集语料建立数据库，用以训练AI模型并进行测试。其中有一个看似全是搞笑金句、一语双关俏皮语的贴吧语料训练的模型，在问答、分类、生成、总结等8项测试中均取得最高分，部分项目甚至超过了使用一个知名的专业技术问答社区数据训练出的模型——这个意义上，"汉语双关梗"竟是最好的中文AI训练数据！

在一片"震惊"声中，也有网友认真讨论起了这些文字为何有如此奇效。大家普遍认可的原因是：它们就像脑筋急转弯，增加了指令的多样性，所以提升了模型的最终性能；并且数据文本质量很高，用词也准确且简洁。

打开这个贴吧，你会发现，这里满口调侃自己"并不聪明"的创作者们，大多数都聪明得有点儿过了头，甚至还与时俱进地加入了心灵鸡汤、流行文学等不同风格。而广大网友热衷于围观与转载的，是那些带点儿哲学色彩的"金句"：咖啡因来自咖啡果；指南针主要是指北；救火是在灭火；饮水机其实是出水机……仔细想想，这些句子还真挺符合逻辑的，正如一位网友所说，它们"无厘头的表象下是对中文双关的实验与探索"。

其实，早就有网友私下里用类似的语料来测试AI。比如2023年3月，有人向某大语言模型提问"我爸妈办婚礼为什么不邀请我"，它的回答是"可能你当时还太小或者有其他原因"；而如今它已经能准确回答出"那时你还没有出生"了。

原来，在"无厘头"与"搞笑"的表象之下，这些句子也是最好的逻辑训练"神器"，而科学进步的契机，也就藏在这些最细微的角落之中。

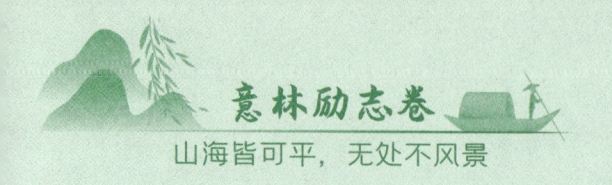

面对蟑螂，人们为什么不笑

□和菜头

我所在的小区住户群常年有四项保留节目：

1.声讨谁家遛狗不捡屎；

2.声讨谁家在地库扔垃圾；

3.控诉楼上楼下又在装修；

4.惊呼家里有蟑螂。

于是我就习惯了这种生活：小区公地上永远有狗屎，住户永远在电梯或者地库扔垃圾，一年四季楼上楼下转圈装修，然后永远有人跳出来表示对蟑螂的恐惧，大家纷纷跟进表示恐惧。

为让邻居们可以平常心看待蟑螂这种居家昆虫，我发了一张网图在群里，提示他们说：

请看，蟑螂有时候也会令人感动。

我看这张图的时候，笑了一下午。我的邻居则不然，有人甚至问我：请问，感动的点在哪里？被质疑后，我觉得索然无味，笑话最怕的就是需要解释。不过我也因此认识到几个问题——

第一，《背影》虽然是国民散文，进了中小学语文课本，但未必人人都读过，读过的未必能记住。

第二，许多人都背诵过这篇课文，但记得原文和面对一张蟑螂的照片，并在朱自清散文的字句和蟑螂的姿态之间建立起联系，激发联想，很难，于是就笑不出来。

第三，可能最为复杂，那就是：我们的感动从何而来？

从内容来看，"胖子翻铁道"本身没有什么特点和美感，倒是略微会让人发噱。可从试卷上看，我们又要读懂人情冷暖、世道艰难，体悟出深深被打动的意味，即使你不觉得感动，也不得不学习感动，以免丢分。可这些外来的结论，并不能和个人的内心体悟结合在一起。从学校毕业之后，这些情感绑定就崩解了。长大后，生活中的考试会继续，且题目要比在学校灵活得多，比如说我发出来的这张图。

如何能笑出来？

首先需要理解图片上的提示文字，知道"朱自清背影"这五个字是指一篇散文。然后根据这个提示，能联想到原文里"他用两手攀着上面，两脚再向上缩；他肥胖的身子向左微倾，显出努力的样子"这句话。最后，要把这句话在自己脑海中所形成的鲜明形象，和网图里的形象进行联想对比，这时候人才会笑起来。而笑得多厉害，取决于散文里那一幕有多打动自己——这是喜剧的精髓，在放声大笑后一定要放一颗泪，于是大笑才会变成一种情感宣泄，不是单纯地觉得滑稽可笑。

现实中，人们也会因为《背影》的一句话而哈哈大笑，就是那句"我买几个橘子去。你就在此地，不要走动"。网友已经把这句话变成了一个烂梗，这也是一个很好的侧面证明，人们记得《背影》，但建立的情感联系非常浅表粗暴，玩的是"我是你爸爸"的伦理梗——为什么朱自清的父亲让他站在原地不要走动？正确答案是：虽然朱自清已经是成人，但是父亲依然把他当作孩子来看。

于是，如果你想占一个成年人辈分上的便宜，便可以说那句话。这里面有多少对人、对父子关系、对中国式父爱的理解？都没有，纯粹占口头便宜。

我也展望过一种最好的状态——初读这篇文章的孩子，大概知道了一点儿世间疾苦，于是内心有所相应。因为有这种相应，多年后看到我提供的那张网图才会会心一笑，原因是内心存在完整的理解和坚固的情感联结。

而只要触发，就能点燃。

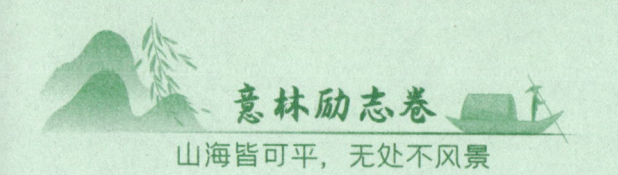

10个正面管教父母的方法

□虫 子

1. 不要过于苛责，父母也是人，也有感情。先扬后抑是对付他们的好策略。比如，当你想要批评他们的时候，可以先表扬他们最近做过的一件好事。

2. 当他们偶尔想要装酷的时候，尽量掩饰你的尴尬。毕竟，他们也有自尊。

3. 一起上街的时候，走在他们十米以外只会更惹人侧目。不如大大方方地跟他们走在一起，让世人知道你是多么心胸宽广、坦坦荡荡。

4. 遇到冲突时要保持淡定。如果他们因为你不想做某件事情而大发脾气，定下一些可笑的规则，甚至勒令你写保证书，这种时候，针锋相对只会进一步激怒他们，淡定反而是强大的武器。要在合适的时机，主动接近他们，以了解他们产生障碍的原因，让他们感觉到被倾听、支持和理解，然后和他们一起找到解决问题的方法。

5. 接纳他们的挫败感。他们在为人父母之路上遇到困难时，会觉得自己一无是处，甚至怀疑自己的智商有问题。这种时候，你要给他们一些安慰，帮助他们找到自己的特长，比如烹饪、陪玩，让他们重拾信心。

6. 鼓励他们的良好表现。在很罕见的情况下，他们也许会做对一些事情，这个时候你就要热情地奖励他们，比如，帮忙洗个碗或者拖个地，否则他们可能会觉得反正做什么事情都不能让你满意，不如破罐子破摔。

7. 行为要前后一致。如果你一贯的日程安排是放学先玩痛快了，然后用睡前的最后一点儿时间写作业，就不要突然有一天回到家第一时间写作业。这种行为会让他们感到很困惑。

8. 不要同时教他们两件事情。他们的大脑容量有限，无法一次性处理太多问题。

9. 少生闷气，多用言语沟通。他们的情商有限，有些事情，你必须说出来，他们才能明白。比如，你崇拜的偶像到底酷在哪里，他们对妹妹的偏心让你多么伤心，参加明晚的同学聚会对你来说为什么那么重要。

10. 做比说更有用。有些事情，说出来不够，你必须做出来他们才能明白。比如，如果你想让他们知道你已经是一个13岁的青少年了，而不是3岁的小宝宝，你就要表现得像一个13岁的青少年。

吃饭和干饭，有什么区别

□张佳玮

干饭这个"梗"兴起时，我还不太知道是啥意思。不过，按照现在的解释来讲，大多数人痴迷"发狠"的，不是干饭，而是吃菜。酒过三巡，菜过五味，添饭上来。都说有主食才饱，但主食也就是溜溜缝。除非那饭是八宝饭、菜泡饭、蛋炒饭，不然，互联网上常说"干饭"的年轻人，有几个真会对着一碗白米饭"发狠"呢？

干饭和吃菜是有区别的。吃菜的主要驱动力是馋，是吃到美食的快感；吃饭的主要驱动力是饿，是解决身体匮乏的需求。

十七年前的夏天，我去旅顺，某个林子旁有个拱门样的建筑在修，几个工人在吃午饭。夏天，工人们穿汗衫，蹲在树荫下吃饭，人手一个脑袋大的碗。我看着，觉得那才真叫干饭。比如我们无锡，每天吃饭，小碗米饭，筷子扒拉一口饭，就个菜，喝口汤，慢吞吞地吃，这叫吃饭。吃急了，或者碗里就剩最后几口饭了，端起碗"唰唰"划拉两下。

而那几位老哥基本是：脸埋碗口，嘴贴碗边，"唰唰唰"，连着扒拉；嘴离开碗口，腮帮子鼓鼓地咀嚼着，喉头蠕动，有人还能腾出嘴来说两句话，其他人边动着腮帮子边点头；吃过这一口了，"哐哐哐"，埋头继续。我留神看他们吃的什么，好像就是饭，加了点荤素，但主要还是饭。腮帮子满满的，嘴边还有饭粒，筷子一点，饭粒嘟进去了。

幅度大，动作猛，速度快，看着都让人觉得饭香。吃饱了，筷子横搁碗上放着，大概等着人来收，慢悠悠地晃膀子。与刚才吭哧吭哧、稀里哗啦的劲头，判若两人。

那份吃饭的劲头，就并不显着吃饭是可有可无的闲情雅致，而是实实在在的生活必需。他们对饭的态度，既认真又虔诚，还带点儿粗暴的爱。

真饿过，而且饿久过的人，长期吃稀饭的人，自然知道：一般饿的，会被加了调味料的菜勾引。比如浓油赤酱的红烧肉，比如辣子鲜红的油泼面，比如咖喱牛肉、红焖栗子鸡。饱食终日的，大概看了就会觉得腻。

能一猛子扎进饭里，那凶猛的劲头，都是累着饿着过来的。大概世上在我们看不见的地方，的确有许多人，还在饿着呢。

能吃饱饭，真的不那么容易。

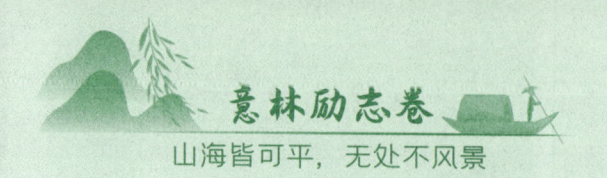

向着天分努力

□麦 家

这些年来，我很注意整理身边的物件，譬如时刻保持鞋架和书架的整洁。

我没有洁癖，也绝非爱做这些与趣味或诗意毫无关系的事情。这些看似不起眼的日常细节，善待它，它就能成为阳光或氧气，滋润自己，让心沉下来、慢下来、静下来，令坚持在不知不觉中成为一种习惯，一种自我赋予的习惯，一种应被祝福的习惯。

是的，坚持理应被祝福。

在我看来，光有天分是不足以成事的。天分是飘忽云端的锦彩，是闪耀水面的流光，虽然能够感觉，但并没有真正被你攥在手心，成为你的奖杯或者存折。当你蓦然想起它的存在，也许它早已随着时光流走，如同女人神秘的睫毛，秋蝉声中，含不住任何一滴眼泪。

当你发现自己的某种天分洋溢，请攥紧它，如同攥紧你的生命。然后，朝着它不朽的方向前进，以疯狂的坚持，歇斯底里的坚持，打破砂锅问到底的坚持。我们不惮于进展缓慢，亦不惮于走向极端。沿途风恶浪险，反复出现的全是诱惑。当我们的目光一丝不动，当肌肤变成古铜色，背影沉重，当我们的宿命干净，请牢记，这一切应非"苦吟"，而应是"未到江南先一笑"，因为那时，丰收与呼吸一样清晰，触手可及。

勤能补拙，拙有何用？固执地补拙等于南辕北辙，等于哪壶不开偏去提哪壶，等于发现天分之后偏偏逆向而行，等于自己谋杀自己。人倘不能循天分而动，则越是坚持"补拙"，越是自我损耗，伤害也就越大。

坚持还是固执，这不是修辞的问题，这是生存还是死亡的问题。而关键的一步，在于认清自己。

打 底

□ 草 予

每去花市，我总会好奇：为什么在花市所有的花木一律光鲜照人？或是花气袭人，馨香缭绕；或是青葱欲滴，枝繁叶茂；或是花开正好，争奇斗艳。

买回来，却面目已非，变了模样。香气开始隐约，不深嗅，已经无法察觉。绿意，也褪了几分，有些闷闷不乐似的。正在开花的植物，至多维持当下的辉煌，渐渐连花带苞都凋谢了，匆匆结束一场花事。排除自己莳花弄草一塌糊涂的本领，想想，多多少少另有他因。

其实，花市里的欣欣向荣，是相互打底的。好比茉莉香气阵阵，那一团清香，是来自一丛茉莉的不遗余力。独独搬回一株两株，实在势单力薄，此时，却要它们兑现在花市的那团清香，太强"花"所难。至于那些怒放的花，也有意无意借了其他花朵的美丽，有了眼花缭乱打底。领回的一两盆孤芳，不论多么卖力，也给不了同样的惊喜。

所以，人在花园，或是身处森林，都会油然而生一种敬畏和渺小。自然，就这样给人以壮大的力量。

寻常的早晨，蓝天白云平平无奇，风刮斜了树冠，一遍又一遍。跑步的人，三三两两地经过。说也奇怪，看着他们健身，睡眼惺忪的自己，筋骨似也放松了，身体也跟着醒来。

最初叫醒自己的，是一阵又一阵鸟鸣。也不知是来自哪一棵树上的哪一群鸟，在鸡犬不相闻的城市，它们成了阳光的使者，负责把人们从晨梦中摇醒。

欢快的鸟鸣，为一整天都打下轻松明快的底子，让一个平淡的早晨，摇身一变，成为一段珍贵的时光。

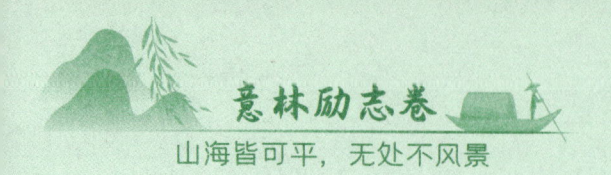

我不劝你接受平凡，但我祝你不怕掉队

□世相君

上个月，我的朋友突然被辞退了。

到第二天她还是蒙的，她来到了惯常上班的地铁口，站在人群里，觉得自己像被驱赶出了羊群，当她下定决心赶潮流做离职博主，却发现赛道拥挤——更新5篇，共计获得11个赞。

"连在掉队的路上，都掉队了"，她想；掉队了，每个人都这样想。

或许，一个能让你感到安慰的事实是，年轻人的烦恼100年都没怎么变过。

本雅明在20世纪30年代就说过："没有谁不是在韶华已逝的时候还远远没有成熟，没有谁不是在人生的起点就早已筋疲力尽。"

世界就是这样，当人人都奔着成功飞驰向前，总会有人落单。

在格非的小说《隐身衣》里，有一个我很喜欢的"掉队的人"。他在人生上一事无成：守着有限的客户，妻子早已离开，被朋友背叛。但他生活得很愉快，因为他有一个非常隐秘而巨大的快乐，就是听古典音乐。

他常常感慨，这个世界上竟然还有那么多的人不懂古典音乐，那么他们的一生不就白过了吗？他还自有一套分类：世界上只有两种人，一种是听古典音乐的，一种是不听古典音乐的。

巧妙的是，西班牙哲学家加赛特也有一个分类：世界上只存在两种人，一种人是傻瓜，一种人是怪物。除了这两种人，不存在第三种。

傻瓜随波逐流，被社会系统逼着去竞争，追逐着幻影一般的欲望；成功逃出、为社会不认可的人，就是怪物。

如果你不想当傻瓜，不妨试试当"怪物"？

文学也好，音乐也好，写作也好，任何能带给你隐秘快乐的事物，都是一条坚固的路。我过上了掉队的人生，没关系，我始终是那个富有勇气的"怪物"。

你不是废物，
你只是还没有激活天赋

□半佛仙人

我经常看到一些朋友的留言，说自己长这么大了，心里啥都想要，但好像干啥都不行，也没有什么突出的地方，像个废物一样，看着别人挥洒天赋，好羡慕啊。

在我看来，不同的生物，天生就是擅长不同的方面，这个和生物特性有关。就好像边牧可以成为牧羊犬，经过训练的边牧能用一个眼神就让羊群移动或者旋转起来。你让泰迪来，它行吗？

一如那年巴菲特来中国旅行，在河边看到一群赤膊短褐的纤夫，感慨地说那群人里也许就有下一个全球首富，但今天他们都在这里拉船。我不喜欢巴菲特流露出来的隐约对于纤夫和全球首富的高下之见，但有一点他说的并没有错——不确定的天赋，终将被确定的时间和地点，固定成确定的人生。

毕竟每个版本都有自己强势的英雄和打法，一个记忆力超群的人在古代可以成为皇帝的顾问大臣，但在现代，他的记忆力绝对敌不过手机备忘录。但那个属于你的天赋，依然是你的保护伞、你的守护神、你信心的基石和命运的灯塔。

就好像《哆啦A梦》里，大雄每次考了零分，所有人都觉得他啥也不是的时候，他依然知道，至少他能翻出最好的花绳。

翻花绳不能帮助大雄考高分，不能帮助他赚大钱，不能帮助他在学校里获得更多朋友，但可以让他笃定自己有存在的价值和意义，绝非一无是处，绝非毫无天赋。

后来我们都知道，大雄成了宇宙第一神枪手，恐龙的拯救者，云端国度的国王，机器人军团、植物星球和玩偶星球永远的朋友，平行世界的创世者和救世主。但这所有的一切，都是从他的翻花绳天赋觉醒开始的。

所以不要放弃，朋友。你不是废物，你只是还没有激活天赋。不要沮丧，你永远有你的世界宝藏。

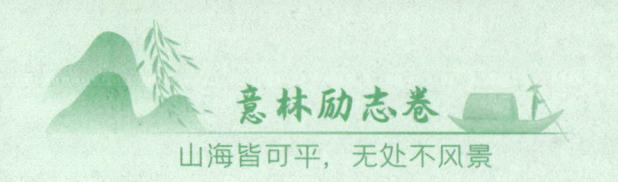

不可言说的世界，可言说的人生

□王祥夫

过程充满差异，人生有味是过程。

A去看B，B在睡觉。A心想，我不妨也睡，他醒了会叫我。B醒来，忽然看到A睡着了，心想，他什么时候来的，竟然睡了？看看A不醒，就想，我何不再睡一会儿？就又睡去。

A一会儿醒了，看看B还在睡，就又睡。

B一会儿醒了，看看A还在睡，就又睡。

A一会儿又醒了，看看B还不醒，心里说，这么长时间还没醒，我改天再来吧，就起身走了。

最后两人等于没会面。

世间有许多错位。

你不能敲两下A门，看看不开，又去敲B门，因为这时候A门也许就开了。

敲B门不开，去敲A门，此时B门又开了。

敲A门不开，去敲B门，此时A门又开了。

有些人喜欢始终叩击同一扇门，像一个痴子，举手苦敲，"砰砰砰，砰砰砰"。许多聪明人敲不开门，就去海里捉鱼了，那边风景很好，他们在海里能够听到那边的敲门声。

还在敲哪！他们在海里玩。

或者听到敲开了门，他们忙从海里游上岸朝门那边跑，那扇门已经砰的一声关闭，那苦苦敲门的人已经进去了。这是个寓言，人生除了生与死不可言说，其他似乎又是可以言说的。

不可言说的世界。

可言说的人生。

定价 9.9 元的背后，是你不知道的心理学巧思

□李 米

9.9元的洗衣液，19.9元的零食大礼包……小小的0.9，到底有什么魔咒？在消费学中，这被称为"左侧数字效应"。曾获诺贝尔经济学奖的丹尼尔·卡内曼认为，第一个接收到的信号会影响大脑的认知判断能力，第一个数字越小，对最终结果的预估就越小，相反则越大。1.99元和2元虽然只差了1分钱，但在我们的印象里，它们很可能已经被归为两个不同的价格档次了。

在一份报告中，研究人员将测试对象分成不同组别，前一组中a与b两款笔的定价分别是2.00元和2.99元，后一组中这两款笔的定价则分别为1.99元和3.00元，其实只不过是把两款笔的差价拉大2分钱而已。效果却是惊人的，前一组中，选择a笔的只占56%，而后一组中，这个数据升到了82%。

这就是第一视觉效应给人们的消费习惯带来的影响。前一组定价，都是以2开头，似乎区别不大，而后一组定价，小数点前的数字可差得多了。

商家们在做促销活动时，为了给消费者营造出"这已经是最低价格了，毕竟连分、毛都要计较"的联想，刻意把一些促销商品的价格定为以9结尾。起初，这些促销商品和同款商品相比，价格确实低廉，但当消费者见多了促销活动中将"9"和促销概念挂钩的行为之后，一些商家就开始了他们的谋划：不断涨价。比如，同样的商品，一款保持原价18元，另一款从16.9元涨价到19.9元。后者比前者贵了不少。可出于惯性，消费者会默认，18元的也许性能不好，而19.9元则是同款性能中的最低价。

在第一视觉效应的连带影响下，消费者来不及想，0.99元和1元只差1分钱，1.99元的商品和2.99元的商品差价为1元。他们只会趁着便宜，疯狂加购，殊不知，在不经意间已经被割了两轮"韭菜"。

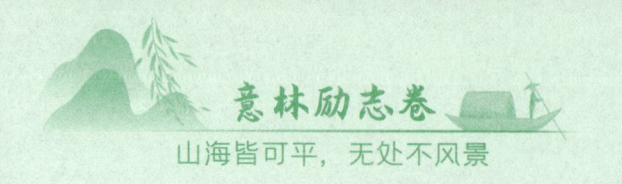

你可能被施耐庵"耍"了

□闫 红

早前我没读过《水浒传》，觉得武松很了不起，英勇盖世，能打猛虎，杀了几个人，也都是罪有应得。后来看了小说，发现他太狠了，最让人惊骇的是这句："寻着两三个妇女，也都搠死在了房里。"啥叫寻着？就是人家都躲起来了，他还特意一屋屋给搜出来，不留活路，就是李逵也不这样。

生活中骂李逵的人多，骂武松的人却不是很多。为什么？因为施耐庵把李逵写得很抽象，像只单细胞动物，武松则不是，他是复杂的、具体的。

店老板跟武松说山上有老虎，他怀疑老板想害他，想赚他的钱；知县问他愿不愿意跟自己混，他马上跪谢，道"若蒙恩相抬举，小人终身受赐"；就算复仇，也是因为想走法律程序无门，知县和西门庆穿一条裤子，没辙了才断然出手……这些细节让读者可以充分走入武松的内心，对他的痛苦感同身受，将其视为同类。

而那些因武松无辜遇害的丫鬟伙夫却被抽象化了，连个名字也没有。假如当时有位调查记者，能够告诉读者，他们是谁的儿女，谁的兄弟姐妹，他们的家人尤其是孩子如何面对这一切，那么大众对武松是不是有另一种看法？所以，文学是不是就是一种巧言令色？有时候的确是，文学可以覆盖事实。但也有人用文学将事实还原。比如李华在《吊古战场文》里写道："苍苍蒸民，谁无父母？提携捧负，畏其不寿。谁无兄弟？如足如手。谁无夫妇？如宾如友。生也何恩，杀之何咎？"古战场上的骸骨，原本只是一个个数字，李华把他们具体化了，想象他们会是谁的孩子、兄弟、丈夫。"可怜无定河边骨，犹是春闺梦里人"，战场上可以被忽略不计的无名骨骸，却是某个女子睡梦中无法忘记无法取代的身影。这种对比，是让人心惊的提醒。

你这个人很适合日落时分

□艾 平

我终于看见了布拉兹作于契诃夫38岁那年的《作家契诃夫肖像》。

一时间，安东·巴甫洛维奇·契诃夫，伟大的批判现实主义作家、戏剧家、医生和乡村教师的全部气质——高尚、怜悯，深邃而忧郁，冷静又热忱，儒雅而平易近人，尽显于画框之外，温暖地照耀着我。

契诃夫在世上仅生存了44年，但是他的人格和智慧达到了完美。

在椴树林掩映的梅利霍沃庄园，契诃夫写出了《海鸥》《农民》《套中人》等名篇，但是他的大部分时间不是用来写作的，而是每天亲自把一口古旧的铜钟敲响，叫全家人开始干农活，然后自己去栽树和料理那些成长着的树木。

1892年霍乱来临的时候，他不怕传染，重操旧业，每天给几十个农民义务诊治。他过着粗茶淡饭的生活，却出钱办了三所学校，并亲自当校监和先生。

在他的话剧《海鸥》上演、疾病缠身的日子里，他还把这部戏的收入投到了乡村学校的建设中。我有时会突然想到——那些洗净了脸和手，第一次坐在教室里，怯生生的大眼睛满含几辈人渴望的农奴之子，许多年之后长大了，成为一个个品行端正的读书人，是否还记得在开学的那一天，学校里那个会看病，又教他们读书，性情随和，人人都和他谈得来的先生？

当年契诃夫创办的乡村学校的黑板上，写着这样一句话："孩子们，上学吧！你们不是早就想读书了。"这是开学的时候契诃夫对孩子们说的话。

如果不细观看，人们不会发现这幅肖像画中的契诃夫已经十分消瘦，他的前额有深深的皱纹，两只手笔直像苍白的树枝，此时肺癌已经潜伏在他体内。他戴着夹鼻眼镜，应该刚刚停止案头的工作，坐在门廊里，双眼平视前方，神情无比坚毅。布拉兹抓住了智者深思的时刻，让他的精神永远栩栩如生。

契诃夫生前就喜欢这样坐在庄园的白色门廊里欣赏周围的一切，静悄悄地思考，尤其在日落时分。

屠格涅夫曾对他说过——你这个人很适合日落时分。

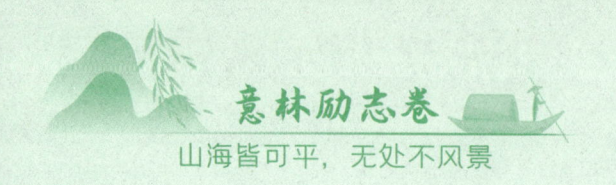

芹菜凭什么能稳坐影视剧"蔬菜组C位"

□大饼子

芹菜，实打实的影视剧的老演员。

菜篮子里放芹菜，菜市场里挑芹菜，厨房里择芹菜……影视剧中要用到蔬菜做道具时，芹菜似乎经常有出镜机会。于是有网友调侃芹菜"带资进组"，也有网友好奇为什么不使用其他蔬菜。

要知道，影视剧中的道具设置各有作用，所以，想要呈现演员挎菜篮子买菜的镜头时，相比于"小而美"的多巴胺配色的西红柿、胡萝卜等蔬菜，芹菜又高又好看，自然脱颖而出。

那莴笋、大白菜不也挺高吗？高是高了，但也更重了。从数据看，单株莴笋重669.42~1033.58克。而单株莴笋的叶子外观上达不到芹菜"花团锦簇"的效果，多来几株又太重。大白菜更别提了，不少单株重量能达3千克。

那换成又高又绿又轻的大葱呢？同理，由于更突出的"个性气质"，大葱容易受到特定题材和剧情背景限制。比如，《乡村爱情》中谢广坤一口一口吃大葱，小品《若是买菜，流程很烦琐》里的商贩愤怒时举起"三根大葱"指向顾客。试想，如果是温馨的母女择菜情节，大葱就不合适了。

值得一提的是，芹菜因其特殊的寓意，也有机会成为"主角"。古代行拜师礼时弟子需赠予师父六种礼物，即"六礼束脩"。芹菜，谐音"勤"，通常寓意勤奋好学、业精于勤，自然成为"六礼"之一。

当然，芹菜超高的出镜率更得益于其综合性价比。芹菜不仅产地分布广，采收期更是长。光是长江中下游平原地区芹菜就有四种栽培类型，包括春芹菜、夏芹菜、早秋芹菜、秋芹菜，与之对应，全年几乎都有相应栽培类型的芹菜可采收。

此外，镜头之外的芹菜，还能兼职剧组后期工作。综艺《高手在民间》中，拟音师就通过挤压扭曲芹菜，来模拟电影《战狼》中主角身体被刀扎入的音效。

第三章 孤勇者

于高山之巅，方见大河奔涌

不想让人瞧不起

□ 赵盛基

两支篮球队在一场比赛中相遇，其中一队目前保持不败，排名第一，另一队则排名垫底。双方实力悬殊，胜负似乎没有悬念。然而，面对强敌，那支较弱球队的球员毫不畏惧，奋力抵抗，打出了血性，拼到了最后一秒钟，致使对方赢得并不容易，仅以微弱优势险胜。

在赛后的发布会上，输球一方的教练说："面对强队，我们抱着什么态度去比赛，这是很重要的。全力以赴去拼搏，人家会尊重你；如果一上来就缴枪，人家便会瞧不起你。我们不想让人瞧不起。"

的确，正如这位教练所说，比赛结束的哨声刚一吹响，全场立刻掌声四起，既表示对赢球一方的祝贺，也是对输球一方的赞扬和尊重。明知自己不是对手，但也决不轻易放弃，此时的关键不是输赢，而是精神。无论是竞技体育，还是职场，抑或生活中，无不需要这样的精神。有了这种精神，有了"不想让人瞧不起"的决心，就会有拼搏的勇气，就没有人敢瞧不起你。

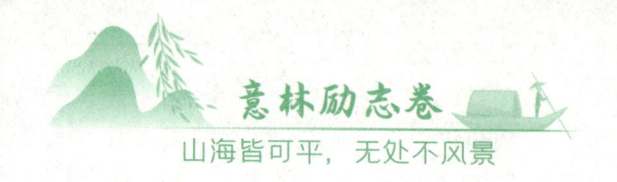

从贫民窟垃圾堆走出来的"天籁乐团"

□一人一城

说到交响乐团，你会想到什么？整齐的队列、激昂的指挥家、高雅的旋律……但若登上维也纳金色大厅演奏的乐团成员，手拿的大提琴的琴身来自一只圆滚滚的油桶，萨克斯的按钮是花色不一的饮料瓶瓶盖，吉他是红薯罐拼接而成的，你敢相信吗？没错，拿着这些"破铜烂铁"的，是"再生乐团"的演奏者们——这一切，也是他们未曾想到的。

一把小提琴通常由三十多个零件组成，从面板到琴弦都是挑剔的音乐家们考究的细节。然而再生乐团演奏者们手里的乐器，每一个零件追溯到源头，会发现竟来自流满污油脏水、臭气熏天的巨型垃圾场——这个地方叫卡特乌拉，它并不是真的垃圾回收站，而是巴拉圭首都亚松森市郊的一个贫民窟，也是前面那些在舞台上发光的乐手的故乡。

在这里，每天有1500吨的垃圾从四面八方涌来，而生活在垃圾山上的2500个家庭，靠拾荒、变卖垃圾为生。2006年的一天，环境工程师法维奥·查韦斯出差来到卡特乌拉，参与一个垃圾回收的项目。刚下车，他就下意识地捂住了鼻子。垃圾、垃圾、垃圾，环顾四周，这里除了垃圾，什么都没有。每天垃圾车一到，这里便热闹得像是过年：大人们蜂拥而上，试图从这些垃圾中找到一些可以变卖的废品，或者吃剩一半的食物；孩子们则聚在漂满垃圾的河边玩耍，除了吃一顿饱饭，没有别的念想。

看到这些本该去上学的孩子每天只能在垃圾堆里追逐打闹，法维奥感到很心痛。有一天，他突然想到自己从小学习弹吉他，并成为合唱团指挥的经历。既然有这些经历，何不教孩子们音乐呢？但很快，这个想法就遭到了现实的暴击——在卡特乌拉，一把小提琴的价格比他们的房子还贵，而且这里连基础教育都没有，想学音乐就像是痴人说梦。没钱，怎么办？那就自己动手做！至于材料嘛……法维奥的目光落在了不远处的废品回收站，对啊！垃圾是最好的资源，什么稀奇古怪的小零件都能淘出来。四处打听后，他找到了当地的资深老木匠尼克。在垃圾堆里淘了半辈子"金"的尼克有一双慧眼——毕竟，谁能想到一张X光片还能做鼓面？法维奥试着交给了尼克一把小提琴，虽然在这之前他压根没见过乐器。

之后，老木匠尼克就开启了垃圾场寻宝之旅。废弃金属桶虽然胖了点儿，但做琴身再合适不过；被丢弃的木板可以成为各种弦乐器的按板；厨房里用的肉槌可以用来调音……所有被宣判了"死刑"的垃圾，在他的手里活了起来，裁一裁，扭一扭，再粘一粘，第一把Made in Cateura（卡特乌拉制造）的小提琴就这样诞生了——也许尼克连莫扎特是谁都不知道，但是由他改造废弃物制成的乐器，声音品质甚至比寻常人家购买的木质乐器还好。

摸索出乐器里面的门道后，尼克魔法般地变出了一整个交响乐团——木板、叉子、铝质烧盘、罐子，三下五除二变身成一把吉他；硬币、纽扣、啤酒瓶盖、玉米罐、通道管，被做成了一把萨克斯……

乐器有了，乐器的教学开始步入正轨。零基础也没关系，法维奥从识谱开始一点儿一点儿教。这是一个漫长枯燥的过程，反反复复练习同一支曲子还是有小差错。这时，法维奥会故作严肃，给他们布置家庭作业，直到没有差错为止。法维奥上课的地方离垃圾山有一段距离，但无论日晒雨淋，孩子们都会穿过泥泞的道路，翻过垃圾山去上课，一路上紧紧抱着手里的乐器，生怕被溅起的泥水弄脏。

慢慢地，乐团初具规模，法维奥思来想去，决定就叫它"再生乐团"——再生的不仅是垃圾，还有在很多人眼里，这些被打上"无用"标签的孩子。后来，他们走出了垃圾场，第一次站上拥有华丽灯光的舞台；再后来，他们的足迹遍布全球，甚至走进了维也纳金色大厅。

他们在世界各地演出的收入，大多数都捐给了当地政府，用来帮助那些和曾经的他们一样，被忽略、放弃的人，他们正在一点儿一点儿把自己收获的善意和爱，回馈给社会。

就像法维奥所说的：世界以痛吻我，我报之以歌。

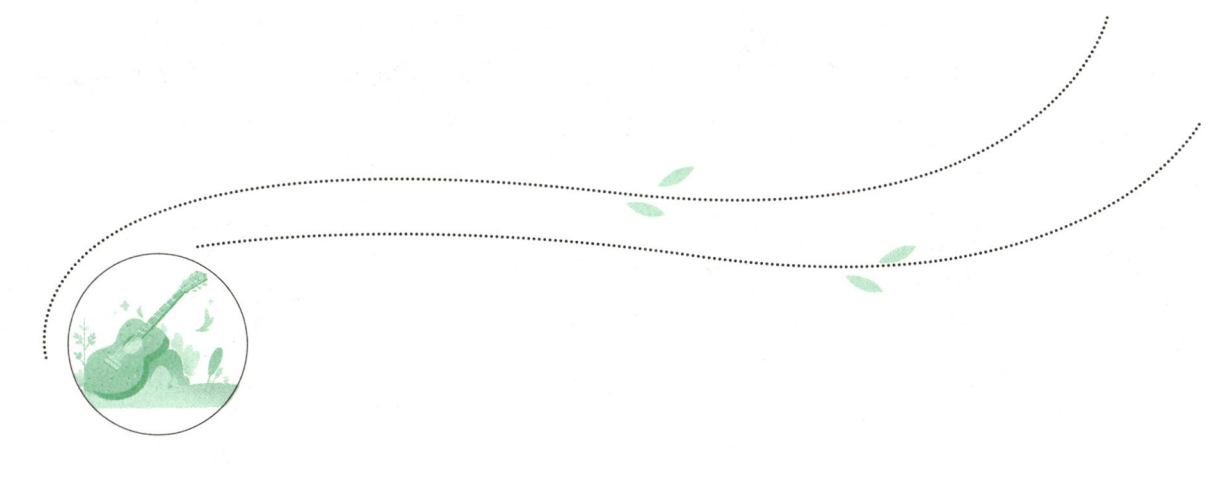

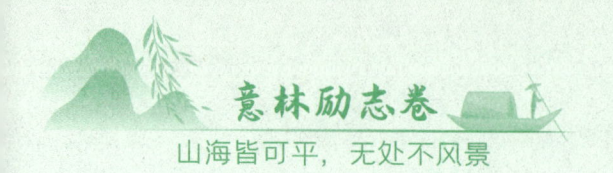

世界杯上的中国"名哨"

□付玉梅 云成章

2023年2月12日，世界俱乐部冠军杯赛（以下简称"世俱杯"）随着西甲豪门皇马的夺冠落幕。本届世俱杯，中国裁判组执法了埃及开罗国民队与新西兰奥克兰城队的揭幕战，马宁成为首位"主哨"世俱杯的中国裁判。

2022年11月22日，在卡塔尔世界杯小组赛美国队战平威尔士队的比赛中，马宁出任第四官员，这是继2002年韩日世界杯后，中国裁判时隔20年再次参与世界杯执法。

2018年，马宁、曹奕、施翔三人正式"成团"，接受国际足联的考察。那年，马宁已经39岁。为了入选，他开始"魔鬼训练"。他每周进行6次体能训练，哪怕是出国时被隔离在房间里，也会保持每天6000~8000米的跑动距离，保证在赛场上的充沛体能。2019年，马宁总共执法了43场国内外比赛，每场的跑动距离在12000米以上，这对他的体能要求非常高。

不过，能跑只是门槛，移动和选位才是裁判水平高低的分界线。四年里，三人接受了极为严格的体能与执裁能力考察，他们的能力得到了国际足联的认可。

2022年5月，国际足联裁判委员会公布2022年卡塔尔世界杯的裁判名单：中国主裁判马宁和两位助理裁判曹奕、施翔入选。44岁的马宁是辽宁阜新人，1999年考入沈阳体育学院体育教育专业，是个狂热的足球迷。马宁从小练习三级跳，跑跳能力很强，上大学之后每天坚持训练。2003年马宁从沈阳体育学院毕业后，在2005年通过中国足协组织的考试，以理论、体能双科第一名的成绩晋升为国家级裁判。

2008年，马宁进入北京体育大学攻读足球专业硕士学位，2011年晋升为国际级裁判。"执法世界杯是我的梦想。现在，我的目标实现了，执法好世界杯的比赛成为我的责任。"马宁说。从中国走向世界，中国裁判组即将面对世界顶尖球员，但马宁表示，他们只考虑执行规则，而不是球员的名气。"当我进入工作角色，我考虑的是执行规则，对方是谁跟我没有太大关系。"

结束2022年世界杯执法任务后，中国裁判组接连在国际赛场亮相。马宁也成为当之无愧的"名哨"。对中国球迷来说，能够在世界杯赛场上看见中国裁判的身影，已经十分激动。

为何成为"学习博主"

□谭宛宜　朱晓珂

SA，即"Study Account"的缩写，是流行于网络的一种集体学习行为，所谓的"SA圈"正是Z世代（互联网世代）线上共同学习的大本营。他们在这里实时直播学习过程，分享学习笔记等，热衷于将自己的学习以多种形式分享出来，"学习博主"成为这个群体的共同称号。

一些网友认为，有些学习博主只是为了让流量变现，以学习的名头赚钱；也有网友提出疑问，这些博主是否真的能从中获得预期的学习效果？而他们的观众是否能从中获得积极影响？

暮霭在微博上拥有近4万粉丝，高三那年，他转到了一所新学校。在新学校里，每一位同学都异常优秀，暮霭曾经引以为傲的成绩变得非常不显眼，这让要强的他备受打击。班主任了解到暮霭在做学习博主后，鼓励他继续认真地去做这件事。

"很多人在默默地看着你，虽然这可能是一种压力，但是你要把它转化成一种动力。"他开始拼命地学习。同时，在周末，他会抽出时间发布博文和自己的学习笔记，也会仔细去看粉丝的留言。评论区里都是"好棒""加油"这些鼓励的话语，这让暮霭觉得温暖。

"有很多朋友在背后支持我，我得给他们一个交代，不能让他们失望。"2021年，他如愿考上了中国计量大学。

高考后，暮霭写了3篇学习攻略，不仅总结了自己的学习经验，还邀请考上浙大的学霸同学分享了学习方法。暮霭希望这些内容能对关注自己的粉丝有所帮助。

暮霭经常收到一些私信，有的粉丝会跟暮霭倾诉一些学习过程中遇到的困难，询问一些学习方法。除了私信，暮霭会不定时在tape提问箱（一款手机应用）发布帖子。在提问箱里，粉丝会提出各种问题，还有一些粉丝只是单纯地倾诉自己的烦恼，而暮霭总是会耐心回复，为他们提供解决办法，帮助他们缓解焦虑，给他们鼓励。

一次，暮霭收到一封来自母校学妹的信。学妹是暮霭众多粉丝中的一个，她在信中提到，在学校里，她会将暮霭的名字写在课桌上，以此激励自己学习。这封信对暮霭的触动很大，他第一次直观地感觉到，原来自己对别人有这么大的影响，同时他很欣慰，自己的努力没有白费。暮霭说："做学习博主，就是一个从以别人为动力变成给别人动力的过程。"

面对网上对学习博主的质疑，暮霭认为，真正的学习博主，首先自己要认真学习，如果无法展现出学习的价值，那么发布的作品就会变得毫无意义。

癌症手术后，她靠运动重生

□佚 名

很多得过癌症的人，往往身材羸弱、脸色不好，但张萍不是；很多年近花甲的人，都是头发斑白，脸上有沧桑的痕迹，但张萍不是。56岁，得过乳腺癌的她，现在是个身强体壮、精神十足、敢去挑战马拉松和铁人三项的"铁娘子"。

年轻时，张萍也曾是个常常应酬、熬夜的"亚健康人"，三十多岁就得了乳腺癌。后来虽然做了手术，但身体素质一直很差。担心癌症复发的张萍下定决心开始运动，先是快走，然后是慢跑，体能渐渐锻炼出来后，52岁的她把目光放到了马拉松赛事上。

回忆起第一次"跑马"，张萍坦言："从来没想到我会在生命过去一大半时开始涉足马拉松。"她说自己与很多跑友一样，是因为看了村上春树的《当我谈跑步时我谈些什么》后，开始喜欢马拉松的。最初，张萍是想体验一下这本书里关于跑步时的感悟，没想到一发而不可收，短短两年里，她就参加了海内外的10场马拉松赛事。

对马拉松，她还有另一种独特体验——"马拉松赛道会尽量让你看到一个城市所有的精华"。比如在雅典跑马拉松，经过42.195公里的奔跑，最后会跑进有800年历史的大理石体育场，"看台上坐满了欢呼的人群，会特别有成就感"；在温哥华"跑马"，全程都可以看到远处的雪山，赛道穿过这座城市最美丽的史丹利公园；在日本"跑马"，发自内心喜爱马拉松的民众会自发带着各种美食在路边为选手补给……

当然，张萍最喜欢的还是北京马拉松："（发令）枪响前几万人合唱国歌，中国人、外国人一起。那个时刻，你会不由自主热泪盈眶，会由衷地产生自豪感。"

到了55岁，她又开始涉足铁人三项（简称"铁三"）。张萍的第一次比赛，是因为看到青岛缺一名女队员的消息，她想，自己会游泳又会骑车又能跑马拉松，为什么不去试试？谁也没有想到，在没有经过系统训练、连装备都是借来的情况下，张萍竟真的顺利完赛了。

之后的一场铁三赛事里，游泳项目遭遇大风，团队中一名男队员因呛水被送去抢救，张萍也在风浪中差点控制不住自己，但她还是拒绝了前来救援的快艇："不管怎样，我都要到终点！我不能因为自己让全队没有成绩！"最终，坚持完赛的她获得了年龄组第三名。

张萍说，在不断的高强度运动下，她变得更加认同自己——那个战胜困难、坚忍不拔到达终点的自己。并且，现在她的身体变得更加强壮，以前的一些小毛病也没了。比如她原来有日光皮炎，不能见太阳，而现在她可以在阳光下自由奔跑，皮肤也被晒成了健康的小麦色。运动还让她变得更加自律，有时候晚上和朋友吃饭，到一定时间她会说"对不起，要早走了，明天要训练"，这个理由让她觉得自己"很酷，像真正的运动员一样"。

如今，张萍已经完成了马拉松领域的"最高目标"——波士顿马拉松。她又把目光放在了铁三领域的"最高目标"——KONA世锦赛。曾有医生找张萍去给病友做演讲，她从来不介意告诉别人她得过癌症："我也是一个病人，你们也可以和我一样活着。"

周围有同样50多岁的人嘲笑张萍，这么大年纪还这么折腾，肯定是为了作秀；还有人会说张萍太瘦了，不好看，一点儿也不富态。但是张萍从来没有做过多的解释，因为只有她自己知道，忙着训练、"跑马"、铁三，是因为她喜欢。而且，她从不觉得自己年纪大："按照癌症重生后算，我才15岁，正是年轻人，正是要活得精彩的时候！"

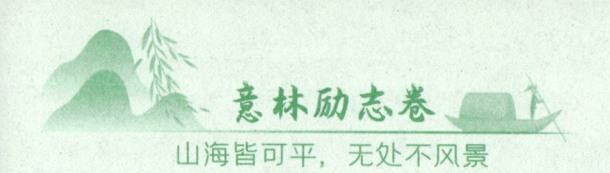

能给我一美元吃个汉堡包吗

□［日］村上春树　译／施小炜

在檀香山小住时，独自去超市买东西，路上，我被一个看似流浪汉的中年白人男子叫住了。他很瘦削，头发很长，晒得黝黑，穿得单薄朴素，脚上穿双凉鞋。从服装上看，他与当地的普通市民的确难以分辨，但那肤色绝非在宾馆游泳池边喝着戴吉利鸡尾酒晒出来的，这一点儿从整体感觉上是可以推断出来的。

"对不起，我饿坏了，想吃个汉堡包，能给我一美元吗？"他用平静的声音问道。我大吃一惊。虽然时常看见流浪汉立在街角喊着"行行好吧"，但还是头一回遇到如此明确地说出目的和金额来寻求援助（可以这么说吗）的人。环顾四周，只见停车场前方有一家"汉堡王"，还有烹肉的香味微微飘漾过来。

自然，我给了那人一美元。一是因为我不禁萌生了恻隐之心：正当饥肠辘辘时，有汉堡包的香味飘拂而至，想必令人难以忍耐（我对此感同身受）。二是因为他采取了与其他流浪汉迥然不同、独具匠心的求助方式，我由衷感到钦佩。

于是我从钱包中摸出一美元，说了声："请享用汉堡包吧。"那人依旧用平静的声音，全无笑意地说了声"谢谢"，把钱塞进衣兜里，朝着汉堡王的方向走去，凉鞋发出很酷的声响。事后我忽然想到，或许应该递给他三美元，对他说句"吃汉堡包的时候，请再喝杯奶昔吧"，然而为时已晚。我这个人生来就比别人脑筋转得慢。当一个念头浮上脑际时，大多已是时过境迁了。

可是，由这个故事得出的教训又是什么呢？其实就算你问我，我也不太清楚。说不定就是"人的想象力，如果不限定在某个范围内，便不能充分发挥功能"。如果人家仅仅是含糊其辞地说："我肚子很饿，不管多少，给点儿钱吧。"没准我们就不会有所触动，兴许只是义务性地给二十五美分就了事了。

可是当人家具体而直接地提出："我想吃个汉堡包，能给我一美元吗？"我们就无法认为事不关己了，甚至还会思前想后：要是自己不巧沦落到对方那种境地的话，又该是什么心情呢？便几乎条件反射般递给他一美元，并且在内心一隅，祈愿他用那钱吃个汉堡包，变得稍稍幸福一点儿。不过，反正都要掏钱，还是想让他再多喝上一杯奶昔。

用"低处练"换来"高处见"

□张珠容

对于即将到来的巴黎奥运会，宋懿龄说过这样的豪言壮语："咱们高处见！"这里的"高处"，既指自己将在奥运赛场上爬得更快、更高，又指中国运动员将在攀岩项目上一次又一次地突破，站在世界的"高处"。那么，宋懿龄说出"高处见"的底气，来源于哪里呢？

2008年，宋懿龄与攀岩结下了不解之缘。彼时她年仅7岁，一次与家人外出时路过一个俱乐部的攀岩墙，一试便喜欢上了这项运动，随后她加入了俱乐部的攀岩训练。因为身体协调性好，上肢力量足，心理素质过硬，加上肯练，宋懿龄逐渐展现攀岩的优势。

2016年，攀岩被国际奥委会确认为2020年东京奥运会比赛项目。宋懿龄经过两个月的短暂训练后参加了全国赛，取得了第8名的好成绩，随后就被通知入选中国攀岩队。进入国家队之后她才发现，自己是里面成绩最差的。面对这种落差，宋懿龄并未退缩，而是顶着巨大压力跟着教练一点点地练习。

"除了练还是练"的日子虽然苦，却卓有成效。那段时间，宋懿龄克服了十分困难的起步动作，从更擅长的难度磐石转型到了速度特长。此外，她还掌握了一套高难度的蹿跳动作，并成为她的"独门绝技"。

在国家队的训练之下，宋懿龄在多个大赛上斩获好成绩——2017年亚洲青年攀岩锦标赛，她获得女子A组速度赛冠军；2019年4月，在国际攀联世界杯攀岩赛（莫斯科站）中，她拿到个人第一个世界杯冠军；在随后的国际攀联世界杯攀岩赛（重庆站）速度赛中，她以7.101秒的成绩打破了女子速度赛世界纪录，被冠以"世界攀爬速度最快女孩"称号；同年11月，她在法国图卢兹举行的攀岩世界杯奥运资格赛中，以速度第2、攀石第20、难度第19的好成绩拿下2020年东京奥运会攀岩项目的参赛资格……

宋懿龄的这些高光时刻，与她脚腕、手腕、腰部、肩部等部位的伤，是她努力的最好证明，因为那都是她在拼命训练时留下的。在2020年东京奥运会攀岩女子全能预赛中，宋懿龄虽然因为受到肩伤影响无缘前八，却仍然底气十足。在说出"咱们高处见"这句话之前，她早就做到了这些：在低处训练时，不断去尝试，不断去刷新，不断去提高，把攀岩动作刻进身体里，将每一个动作做到极致。

用"低处练"换来"高处见"，这就是坚韧女孩宋懿龄的底气。

"中国鲁滨孙"漂流记

□翟 墨

1968年11月,我出生在山东泰安的一个矿工家庭。在这样一座内陆城市长大,我一度对海没有任何概念。

小时候,我跟着父亲去山里的小河沟旁钓鱼,有时会在一旁用树枝和石块描摹父亲的样子。父亲便给我买来颜料和画板,送我去学绘画。

后来,我考上了山东工艺美院,逐渐养成了"画抽象的"风格。毕业后,我先是在珠江电影制片厂做起了摄影,后来开始单干,拍起了广告和实验电影,最后还是回归了绘画的老本行。

2000年,我去新西兰奥克兰办画展,发现那里是地道的帆船之都,平均每三人就有一人拥有一艘帆船。到了双休日,海面上的帆船一直延伸到天际线。奥克兰的海是藏蓝色的,沙滩也是深色的;晴天时,海上的云触手可及,风景实在好。

不久,我协助当地的朋友拍摄一部航海相关的纪录片时,认识了一位叫戴维的挪威航海家。戴维看起来70岁,面部线条粗糙,棱角分明,颇具海明威的气质。他说他为躲避台风季,暂歇在奥克兰,而此前他已驾驶帆船绕地球1.5圈了。

我十分惊奇,问他,航海是否需要执照?他说不需要,只要有一条船。要知道,地球上70%的面积被海洋覆盖。这意味着,只要我有一艘船,这个蓝色星球就属于我。这强烈地吸引了我——我要自由地在海上航行,自由地穿梭于大洋之中。

因此,结束这场谈话后,我立刻请戴维为我挑一艘价格便宜、能够一人驾驶的帆船。一个月后,我们在奥克兰附近的一座小岛上找到了合适的卖家,我以折合人民币不到30万元的价格,买下了一条船龄20余年的帆船。这是我当时大部分的积蓄——那条船长7米,宽不到2米,我为它取名"白云号"。

从小岛回奥克兰有约莫五小时的航程，在此期间，原船主教我掌舵、升帆、调帆等航海的基本技能。近岸时，我已经可以自行控船了。而后我将奥克兰的出租屋退租，把少许行李搬上了"白云号"。船舱空间不到十平方米，只能放一张折叠沙发、一个马桶和少许存粮。但这条船就是我的家了。

　　彼时，我对真正的航海尚一知半解，但已经按捺不住了。购船不到二十天，我就起航环游了新西兰北岛，又顺势进入南太平洋。我一边旅行一边继续自学航海，从指南针、航海图的解读，到判断风向、潮流、洋流等，不一而足。

　　考验来得很快。当我航行到汤加附近海域时，突遇低气压天气，下大雨，刮十几级大风，浪打到十几米高，船体倾斜有35至45度，像过山车一样颠簸。舱里的碗盆被打碎了，我也跌了一大跤，脚底板被划了道口子。

　　这场风暴持续了两天，我自己缝了伤口，操作着船勉强前行，心想，我为什么要买这艘破船？如果我能平安地漂到一个地方，就再也不航海了。然而，在雨过天晴的第一个黎明，海平线上出现第一道曙光时，我仍然忍不住欢呼，那种景致盖过一切壮丽的绘画。退缩的想法消失殆尽。我又驶向图瓦卢、塔希提岛等南太平洋各岛，走走歇歇一年多，才回到中国——从此，我的航海生活再无法停止。在环航北冰洋以前，我已经完成了中国海疆、环球等数次航行。

　　帆船上不宜洗澡，只有下雨天能接些水冲冲身子，若用未经处理的海水冲洗，皮肤会黏腻。受伤更是家常便饭，骨折及暴露性伤口我都经历过。娱乐也很有限，除了休息与开船，我偶尔钓鱼，时常画些画。海往往是创作的主题。

　　小时候，我曾依托想象描绘过大海，画上朵朵白云、飞翔的海鸥，还有高悬的太阳。真正出海后，我发现大海远比这要丰富许多。比方说，南太平洋的深海是灰色的，近海、浅海则是碧色；南太平洋多有飞鱼出没，就像电影里的那样，它们会成群结队地飞上我的小船。而当我在西伯利亚以北的喀拉海区域航行一周，竟没有见到一块浮冰——这在过去是绝不可想象的，正是在途中，我发现全球气候变暖的效应正逐日加剧。

　　在这种种精神力量的加持下，航海所受的肉体的苦难已显得不那么重要了。2010年我成了家，曾带爱人在日照与青岛之间航海，她晕船厉害，自认不适于船上生活，却不反对我航海。也有赖于科技，除了在北纬75度以上时断绝信号，其余的航海途中，我都能通过卫星通讯与家人保持联络。

　　目前，我的"全球通号"正停靠在上海白莲泾码头，我也仍在船上居住。我在陆地上没有房产，曾买卖过五艘帆船，这艘"全球通号"上，压着我的大部分积蓄。我计划于2023年10月独自驾驶"全球通号"去南极洲，用7个月左右完成南极洲的环航。

　　"把房子建在海上，我只有一生漂泊。"这是我很有体会的一句歌词。在海洋之上，我永远能感觉到自由的快乐。

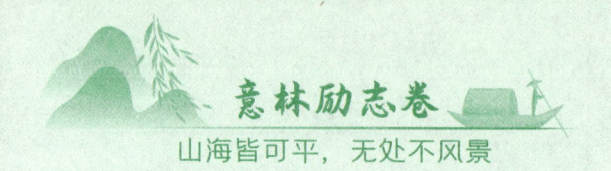

文坛巨匠们的"B面"

□刘 越

作为诺贝尔文学奖得主，莫言在文坛的地位自不必赘述。外界总认为这是位不苟言笑的老爷子，但他其实是个不折不扣的冷幽默型的"段子手"。

因为口音问题，有网友给他留言："莫言老师说的是普通话吗？"而来自山东的莫言老师并未生气，而是回应："当然是普通话，不过是'高普'，高密普通话。"在人物专访中，主持人问他："您现在最希望的一种状态是什么？"

莫言一本正经地说："我们结束采访。"

莫言的好朋友余华，同样是个"喜剧人"，"把悲伤留给读者，把快乐留给自己"，甚至连《活着》也不放过。《活着》这部著作畅销两千万册，许子东曾在私下问他《活着》的版税收入，余华开玩笑说："我靠《活着》活着。"接受采访时，主持人问余华给《活着》打多少分，他回答9.4分。对方追问原因，余华一本正经道："剩下的0.6分问豆瓣，他们打的9.4分，我也给它打9.4分。"

一个"段子手"莫言，一个"喜剧人"余华，凑到一起，倒霉的反倒成了史铁生。有一次，几人一起去沈阳参加活动，在沈阳文学院和孩子们踢球。眼看要输得惨不忍睹，他们突然心生一计——让坐着轮椅的史铁生当守门员。后来提起这件事，余华和莫言大笑不止："沈阳文学院的孩子不敢踢，怕把铁生踢坏，我们告诉他们，你们要是一脚踢到史铁生身上，他很可能就被你们踢死了。"

张岱曾在《陶庵梦忆》中写道："人无癖不可与交，以其无深情也。人无疵不可与交，以其无真气也。"的确，过去课本上给我们呈现的文坛巨匠形象虽然"高大全"，但也有点儿将将"羽化而登仙"的距离感。让读者了解他们的喜怒哀乐，挖掘他们更生活化、更有血有肉的一面，不失为一种品鉴作品的别样视角。那么，这些不完美，会将已功成名就的大师们拉下"神坛"吗？

《清华园日记》面临出版时，出版方曾询问季羡林，要不要删改其中一些过于"放飞自我"的词句。季羡林坦然回答："我七十年前不是圣人，今天不是圣人，将来也不会成为圣人。"

真实的力量，远远大于完美的力量。

我的父亲程砚秋

□程永江

  我祖父荣福公原居德胜门内正黄旗界后海南沿的小翔凤胡同官房，祖父40岁时突患暴病去世，遗下祖母带着四个孤儿靠官府少许钱粮生活。清末皇朝经济每况愈下，进入民国，祖母的长子、次子因宣统出宫也从紫禁城禁军班上遣散回家，祖母被迫从小翔凤胡同祖宅迁出。

  老祖母带着年仅六七岁的两个幼子——我的三大爷和父亲，靠自己给人缝衣维持一家生活。父亲眼见得这么下去一家子非饿死不可，就央告我祖母允许自己去卖身学戏。那时人们都认为唱戏能挣钱，唱红了成了"角儿"，更能挣大钱。祖母是名门望族出身，怎么能让孩子去做"下九流"的事由，更不愿把儿子送进火坑受罪。架不住父亲苦苦哀求，这才狠了狠心同唱武旦的荣蝶仙先生签了为期九年的卖身契。

  谁知老师把徒弟当"小催巴"使唤，也不教戏，祖母急了，多次找荣先生催促。经过六年苦学熬炼，父亲两条大腿内侧因练功时挨师父毒打瘀血不散，落下成串的血疙瘩，阴天下雨痛得走不动道儿。

  母亲在父亲去世以后，每当忆及父亲的时候，总满怀深情感慨地说："你父亲这一辈子没有享过几天福，他全身心扑在艺术上，下的那个功夫，受的那份苦，就没法说了。"

  父亲卧室犄角放着一个涂了褐色漆皮的瘦高长腿木架子，架子顶端装有半月牙形的木托，托着一个绿釉绳纹饰粗陶敞口坛子，其高度恰恰与父亲一米八的身量相合。最初我们不知道这是作什么用的，也不敢当面向父亲问询，日子长了，对这奇怪的装置也便习以为常了。

  父亲每天起床晨练之后，便回屋洗漱，不久，便从他卧室传出念白的响亮声音。我常趴在窗户玻璃上向屋里偷窥，看到父亲站立在木架子前，面向坛子，一板一眼地念道"督廷大人……"，接着从一念到十。念白的喷口从坛子反弹而出引起全屋强烈的共振，声音传至户外犹如撕云裂帛般，父亲每一轮练声长达40分钟，每天上午下午各练一次，从无间断。

  京剧界常说"七两道白，三两唱"，即使剧场最后一排的观众，也能清清楚楚地听到演员的每段唱腔，每句道白，可见老一辈京剧演员是如何注重道白的功夫。

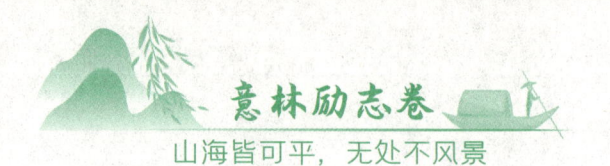

怎样让坏习惯难以养成

□［美］詹姆斯·克利尔 译／逯东晨

1830年夏天，维克多·雨果面临着一个无法回避的最后期限。十二个月前，这位法国作家向他的出版商许诺要写完一本书。但是他至今一个字都没写，时间都用来寻求别的项目，招待宾客，因而耽搁了正事。雨果的出版商也无可奈何，只好又设定了新的截止日期，在今后不到六个月的时间里，即1831年2月前必须完成那本书。

雨果制订了一个奇怪的计划来克服他的拖延症。他把自己所有的衣服归拢到一起，并让助手把它们锁在一个大箱子里。除了一条大披肩，他没有任何衣服可穿。1830年秋冬期间，由于没有适合外出的衣服，他一直待在书房里奋笔疾书。《巴黎圣母院》于1831年1月14日提前两周出版。

有时候，成功不是简单地让好习惯简便易行，更重要的是，让坏习惯难以延续。这是行为转变第三定律的颠倒：让它难以施行。如果你总是不能严格履行事先制订的计划，那么你可以借鉴一下维克多·雨果的做法，通过创造心理学家称之为承诺机制的东西，让你的坏习惯变得难以维持。

承诺机制是指你当下的抉择左右着你未来的行动。这是一种锁定未来行为，约束你养成良好习惯，迫使你远离不良习惯的方法。当雨果把衣服收起来以便专注于写作时，他创立了一种承诺机制（也被称为"奥德修斯合约"或"奥德修斯约定"）。

有许多方法可以创建承诺机制。你可以通过购买小包装食品来减少过量饮食。你可以自愿要求加入在线游戏网站的黑名单，以防止自己将来沉迷。我甚至听说过一些运动员为了在赛前"降体重"，会在称重前一周把钱包留在家里。

我的好友、习惯专家尼尔·埃亚尔购买了一个电源定时器，每天晚上10点，电源定时器就切断路由器的电源。当互联网关闭时，每个人都知道该睡觉了。

承诺机制是有用的。举例来说，每当我想减少摄入卡路里的时候，我都会让服务员在给我上饭菜之前就分成两份，其中一份打包带走。如果我一直等到饭菜端上来之后，再告诫自己"只吃一半"的话，那就太晚了。

不过，我们其实还能做得更好。我们可以让好习惯不可避免，坏习惯难以养成。

这群人，应该被看见

□ 令狐空

这个时代还有大侠吗？看到他们，突然有了答案——

随着台风"杜苏芮"一路北上，京津冀狂降暴雨，引发多年不遇的洪涝灾害，灾情牵动着14多亿国人的心。截至2023年8月1日6时，强降雨造成20人遇难，另有20多人失联，包括4名蓝天救援队的队员。8月1日下午，噩耗传来，其中的女队员王宏春被找到，但已不幸遇难。

41岁的王宏春，是房山蓝天救援队第一批队员之一，2013年至今她参加过无数次救援。这次灾难来袭，她安顿好6岁的女儿和家人，带着自费购买的水饺、方便面，冲向救援一线……

王宏春的牺牲，令人心痛。更令人震撼的是，她的身后，还站着5万多名志愿者，他们有一个共同的名字——蓝天救援队。这份工作没有收入，没有补助，没有奖金，还要自掏腰包购买装备，甚至要冒生命危险。怎么算，都是赔本的买卖。但偏偏有这么一群"傻瓜"，毅然决然地投入其中，已经默默坚持了16年。哪里有危难，哪里就有他们的蓝色身影。是什么样的大爱，才会让她和他们义无反顾？

对大家来说，蓝天救援队，可能既熟悉又陌生。蓝天救援成立于2007年，是由民间专业人员推动的纯公益紧急救援机构。虽然不是官方组织，但他们的反应速度、救援装备、知识技能，都达到了顶尖水准。凭借满腔热忱，他们每年执行超1000起救援，还从中国走到了国外，让世界看到了中国志愿者的责任与担当。迄今为止，该组织已经覆盖了31个省、区、市，拥有50000余名登记在册的志愿者，受过专业培训与认证的超过10000名，是中国最大的民间救援机构。

2021年夏天，河南暴雨，全国各地的蓝天救援队队员都紧急驰援河南，累计救出被困群众13000多人。同样是2021年夏天，甘肃白银举行马拉松百公里越野赛，遭遇突发极端天气，21名参赛者不幸遇难，其余100多人性命攸关。蓝天救援队共39名队员负责了救援工作。

救灾工作困难重重，灾害地点普遍具有很高的危险系数，哪怕是专业人员，有时也会遇到危险，甚至牺牲。2022年4月，遵义蓝天救援队队长邹鑫，带领队友打捞沉到暗河洞里的乘船时不幸失联，被找到时已经离世，上百人自发站在高速出站口接他回家。

有网友说："为什么我们根本不需要外国那样虚构的超级英雄？因为我们的人民，就是英雄的人民。"他们可能是发型师，可能是快递员，可能是程序员，可能是个体户，平常湮没在人群中，但危急时刻，他们总会挺身而出，以凡人之躯抵御所有灾难。

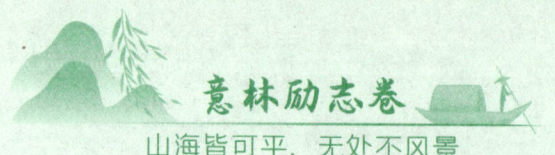

我们爱的英语老师口头禅是"now"

□马 拓

和中学同学聊天，聊到了曾经一个特别可爱的老师。

老师是教英语的，甚得学生爱戴，和教学水平无关，只是因为她从不在乎被学生"说三道四"。比如这位老师上课的口头禅是"now（现在）"，动不动就说"now open your books（现在打开你们的课本）"。有同学统计过，一节课她整整说了52个"now"。老师知道后，不仅不生气，还觉得很有意思。再上课，每每忍不住说"now"，她都会冲台下忍俊不禁的学生们会心一笑，同学们一看老师自己都绷不住了，立刻哄堂大笑，那上课氛围绝对是"网红"级的。

后来有一次，这位老师晚上遛弯，不知怎的掉到了井里，我们疯传她事故经过的各种版本，幸灾乐祸者不在少数。老师康复上班后，知道同学们对她的遭遇很好奇，特意把她掉到井里的经过用很猎奇的语气讲了一遍。

从那以后，这位老师的江湖地位更高了，我们不仅都喜欢上她的课，私下里还会找她说心里话，毕业之后都有很多学生回校找她玩。

想起我曾在网上刷到过一个叫尼克·胡哲的人的视频，他出生的时候没有四肢，从小受尽非议甚至是霸凌，但他凭借着顽强的意志力长大成人，还成为一名演说家。演讲时他毫不避讳自己的生理缺陷，甚至多次以此自嘲，比如他讲到有一次自己乘坐汽车，车外的一名女士很好奇地从窗口打量过于矮小的他，他便很任性地扭动身体，在座位上打了一个转，搞得那名女士以为他的脖子旋转了三百六十度，吓得落荒而逃。台下的观众听到此处，笑得前仰后合。

能直面调侃并且勇于自嘲的人，总会给人强烈的亲近感。他主动捅破那层八卦的窗户纸，让自己身上的那些隐晦成了光明正大的分享，展示出了强大的自信，同时也在宣告，无论你们怎么添油加醋，我都不care（关心）。

我们始终要明白，很多时候生活中的八卦就像是海水里的水母，当你在黑暗中借着波光望去，发现它们是那样灵动夺目、摄人心魄，然而真正拿在手里，也不过是一摊软趴趴的胶状物而已。是远远地被人长久好奇凝望，还是干脆袒露出一眼看到底的真实，取决于你自己。

因为淋过雨，所以更想为别人撑起一把伞

□非凡君

试问最近这段时间什么东西最火，无疑是AI。就连制作梳子这种听起来八竿子打不着的领域，AI都出手了。

2023年3月底，知名梳子品牌谭木匠举办了一场梳子设计比赛，有网友用AI生成了一些设计图发到网上，惊艳了许多人。乘着AI设计的东风，谭木匠这家民族品牌再次引起广泛关注。大家这时才发现，谭木匠一直都在为弘扬优秀传统文化做出自己的贡献；谭木匠这个品牌诞生的故事，也令人敬佩……

谭木匠的创始人谭传华，是一名残疾人。18岁毕业那年，为了帮大哥捉鱼，他尝试自制雷管，却不小心把右手炸没了。在农村失去右手，意味着丧失干农活的能力，因此他被当地人视为"废物"。

尽管失去了一只手，母亲仍然鼓励他闯出自己的路。经过努力，谭传华成为一名教师，凭借优异的教学成绩，成为全县有名的教师尖子。但因为残疾，他并未赢得同事的尊重。那一年，他感情不顺，偶然听到同事对他冷嘲热讽，导致他的骄傲崩塌。心灰意冷之下，23岁的谭传华辞职，怀揣仅有的50元钱，告别家人，踏上寻求尊严之旅。然而一路的追寻，他没有找到梦想的路径。一路艰辛，一路颠沛流离，谭传华几近饿死街头。一场大病之后，他不得不结束寻梦之旅，回到位于重庆市的老家。

所有人都以为，经历过这么大的波折，谭传华该认命了。可尽管命运给了这个可怜人不小的挫折，但他似乎并不接受那苦涩的命运。他尝试过许多行业，最终发现，自己还是更适合做一个木匠。

1993年，谭传华贷款20万元，租下一个国有养猪场做车间，这便是谭木匠工厂的雏形。

在有了一定能力后，谭木匠选择招收更多残疾人士进入工厂。谭传华坦言："谭木匠真正的价值不是这把梳子，也不是多少亿市值，而是谭木匠工厂里那群残疾人员工，让他们做出世界上最好的梳子，才是谭木匠这个品牌真正的价值。"

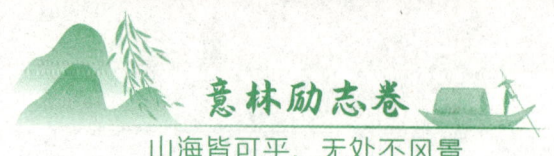

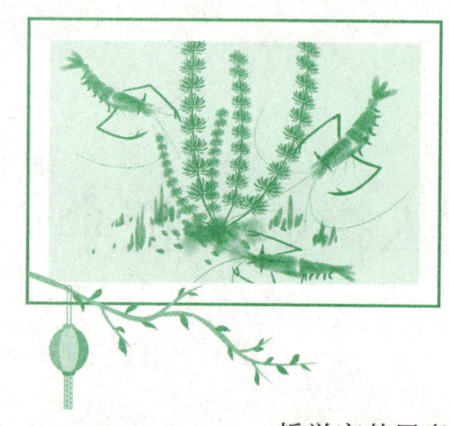

"学"与"创"

□欧阳中石

哲学家艾思奇先生是我的老师。有一次上课之余,艾思奇先生还留在教室里。他知道我认识齐白石先生,就问我:"齐先生的虾子是怎么画成的?你看过他画吗?"我说:"我看见过。"

艾思奇先生要求我说说白石老人画虾的过程。我就解释白石先生如何用淡墨,如何画头,如何画身子,身子是如何弯曲,又如何画虾的那小腿儿。

艾思奇一直点着头,不说话。最后他问我:"画虾头的要点就你刚才说的这些吗?"我说:"不,齐白石先生还在虾头上用了一点稍微浓的墨。"

艾思奇"噢"了一声,好像觉得我说到要点了,我也很得意。艾思奇追问:"你再想想这黑墨是怎么画的。"我说:"笔放在纸上往后轻轻一拖,不是一团黑,而是一条长长的黑道儿。"

他追问:"还有别的吗?"我想不出来。艾思奇说:"你找时间再去看看。"那时候我已经不常到白石老人那里去了,再看他画这个的机会太难得了。

我就找白石老人的现成作品看。我认真地推敲,惊讶得很,有了过去不曾注意到的新发现:在虾头部的黑墨之中,可能在它干了或者快干的情况下,白石老人又用很浓的墨——几乎都浓得发亮的墨——轻轻加了有点儿弧度的一笔。这个弧度神奇地表现出了虾头鼓鼓的感觉。如果用手把这一笔盖上,虾的透明性就不那么明显;把手拿开,一露出那一笔,透明体马上亮了。

啊呀!我马上感叹,一个哲学家在观察一件国画作品的时候,居然比我们亲手操作的人还要看得精到,太了不起了!

所以一个人在学东西的时候,不是光在当时学,事后还要学,发现一点特殊的地方都很了不起。跟着老师学东西不是瞪着眼睛就能学会的,没有一定深度是不行的。

艺术不是真的,但是比真的还可信,还值得玩味,这是了不起的"创"。怎么把死的变成活的,这是白石老人了不起的地方,也充分展现了"创"的魅力。

她只靠声音在家族群刷屏了

□碳酸钙

不久前，一条毕业演讲视频在家族群刷屏了，并且这条视频引得新华社、人民日报点赞转发。发表演讲的是一个眼睛看不见的女孩，但她的演讲字字铿锵，充满力量。女孩名叫董丽娜，是全国首位视障播音硕士毕业生，也是拥有20多万粉丝的UP主（内容上传者）。

在中国传媒大学（简称"中传"）2023届毕业典礼上，她作为研究生代表走上了演讲台。能有这样的惊鸿一现，对董丽娜来说实属不易。

董丽娜出生在辽宁大连，患有先天弱视的她，不到10岁就彻底失去了视力。去盲人技术学校上学的第一天，老师就叮嘱同学们，"你们一定要好好学习推拿，这将是你们未来唯一的出路"。董丽娜心中却有疑问："为什么所有人都只做同一件事情，去过同一种人生？"老师解答不了的问题，她决定亲自去寻找答案。她抓住工作之余的一切时间，找机会学习英语、心理学、计算机……

2006年，一次偶然的机会，她得知了一项招聘盲人主持人的公益计划。当时她还不清楚"主持人"三个字到底意味着什么，只是内心有一个声音在回响："也许这是一个能够改变命运的机会。"于是22岁的董丽娜，坐上了开往北京的列车。看不到，她就用手一点点摸着老师的嘴形，一点点拼凑出字词正确的发音。终于，2007年，董丽娜以97.8的高分获得了一级甲等普通话等级证书。

2011年，视障人士还无法通过参加高考走进普通大学的校园，但中传给了她免费继续教育的机会，最终她通过自考获得了播音主持专业的本科学历。从中国传媒大学本科毕业后，她想过考研。但对任何一所学校而言，接收一名视障学生都绝非易事，好在，当董丽娜亲手将一封考试申请信递到研招办老师手中后，老师告诉她，"来吧，只要你考得上，中传绝不会拒绝你"。

正式读研后，在完成课业任务之外，董丽娜还注册了B站账号"@董丽娜的声音世界"，分享各种关于播音学习、日常普通话和视障人士关怀的内容。无意被她温柔朗诵"话疗"过的网友，都成了她的"铁粉"听众。她坦诚地分享自己的感受："命运虽然给了我们一双看不见明天的眼睛，但是他并没有给我们一个看不见明天的未来。我可以接受命运特殊的安排，但是决不能接受自己还没有奋斗就接受宣判。"

痛

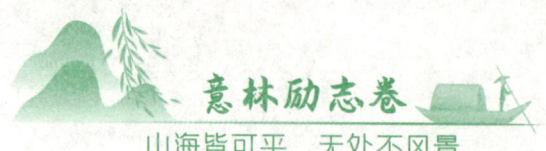

□余 华

一九七八年，我获得了第一份工作，在中国南方的一个小镇上成为一名牙医。

我是医院里最年轻的，除了拔牙，还需要承担额外的工作。就是每年的夏天戴着草帽背着药箱，游走在小镇的工厂和幼儿园之间，给工人和孩子打防疫针。

当时还没有一次性的针头和针筒，只能反复使用。消毒也是极其简陋，将用过的针头和针筒清洗干净后，分别用纱布包好，放进几个铝质饭盒。再放进一口大锅，里面灌上水，像蒸馒头似的蒸上两个小时。因为针头反复使用，差不多每个针头上都有倒钩，打防疫针时扎进胳膊，拔出来时就会钩出一小粒肉来。

我第一天做这样的工作，先去了工厂，工人们卷起袖管排好队，挨个上来伸出胳膊让我扎针，又挨个被针头钩出一小粒肉来。工人们可以忍受疼痛，他们咬紧牙关，最多也就是呻吟两声。我没有在意他们的疼痛，心想所有的针头都是有倒钩的，而且这些倒钩以前就有了，工人们每年都要接受有倒钩的防疫针，应该习惯了。

可是第二天到幼儿园打防疫针时，孩子们哭成一片，由于皮肉娇嫩，钩出来的肉粒也比工人的肉粒大，出血也多。所有的孩子都放声大哭，没有打防疫针的孩子的哭声，比打了防疫针的孩子的哭声还要响亮。孩子们眼睛见到的疼痛更甚于自身经历的疼痛，因为对疼痛的恐惧比疼痛还要可怕。我震惊了，而且手足无措。

那天回到医院以后，我没有马上清洗和消毒，找来一块磨刀石，将所有针头上的倒钩都磨平又磨尖后，再清洗和消毒。

这些旧针头使用了多年，已经金属疲劳，磨平后用上两三次又出现倒钩了。

于是，磨平针头上的倒钩成为我经常性的工作，我在此后的日子里看着这些针头逐渐变短。因为长时间在水中浸泡和与磨刀石摩擦，我的手指泛白起泡。

为什么我不能在孩子们的哭声之前就感受到工人们的疼痛呢？如果我先将有倒钩的针头扎进自己的胳膊，再钩出自己带血的肉粒，那么我就会在孩子们疼痛的哭声之前，在工人们疼痛的呻吟之前，就感受到什么是疼痛。这样的感受刻骨铭心，而且在我多年来的写作中如影随形。当他人的疼痛成为我的疼痛，我就会真正领悟到什么是人生，什么是写作。

第四章 锦智库

走出去，世界就是你的家

天黑了，黑不掉所有的光

□ 黄小平

记得一次跟奶奶走亲戚，时至傍晚，虽然亲戚一再挽留，奶奶还是决意回家，说是不放心家里养的猪呀鸡呀什么的。

我怕天黑之前赶不到家里，一路走得很急，奶奶在后面有点跟不上，说："奶奶老了，赶不上啰。""不快点，天就要黑了。"我说。奶奶看了看天，说："天黑下来，也黑不掉所有的光。"

天渐渐黑下来，我走得更急了。"莫急，你抬头看看。"奶奶的声音从我身后传来。我抬起头来，看见不少星星在天空中亮起来。"你再看看远处。"身后又传来奶奶的声音。我向远方望去，看到了别人家中透出的灯光。靠着灯光的指引和星光的照耀，我和奶奶顺利地走回了家。

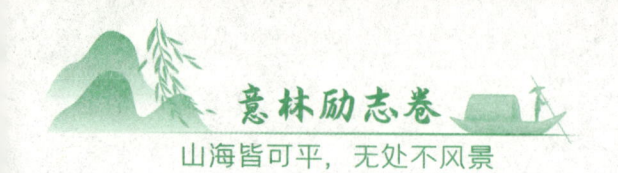

古今考场：出不了"神作"也别"乱作"

□邱俊霖

如今，在中考和高考考场上，学子们往往急得抓耳挠腮，而古人在考场上也不轻松。

科举制始于隋朝，在唐代发扬光大。唐代的诗人们在考场上写出的诗歌叫作省试诗，盖因唐代的科举考试是由尚书省主持的，所以得了"省试"之名。

隋朝和唐初省试当中最难的进士科只试策文，自唐高宗时期开始，进士科加试帖经与杂文，杂文当中常有诗赋，到了唐玄宗时期，杂文中要考诗、赋各一首便成为定制，在省试中作的应试诗被称为省试诗。

不过受制于主题和环境，在决定前程的科举考场上产生的佳作实际上并不多，比如刘禹锡、柳宗元等唐代大诗人都有省试诗留下，不过相较于他们的经典名作，他们在考场上的"大作"实在相形见绌。

考场诗让无数大诗人竞折腰，不过凡事也有例外，有的大神也可以在考场上写出神作。

盛唐诗人祖咏曾经参加省试，那次考试的文题是"终南望余雪"。按照规定，省试诗必须写一首六韵十二句的五言排律，但祖咏只写了"终南阴岭秀，积雪浮云端。林表明霁色，城中增暮寒"四句便交卷了。考官当场震惊，问他怎么回事。谁知道祖咏直接回了一句："意尽。"

这在当时简直是将前途当儿戏。不过后来主考官读了祖咏的诗作，细细品味之下，发现这首诗从侧面入手，表现了雪后天气明亮，明度增加的实情，又展现了下雪不冷化雪冷的实在感受，可以说写出了残雪的精髓。最终，祖咏凭借这首格式不太规范但是韵味悠长的诗被破格录取，荣登进士。

唐玄宗天宝十载（751年），被后世誉为"大历十才子之冠"的钱起参加了当时的进士科考试。那届考试的诗题是"湘灵鼓瑟"，摘自《楚辞·远游》中的诗句"使湘灵鼓瑟兮，令海若舞冯夷"。

钱起挥笔写就了《省试湘灵鼓瑟》，这首诗的结尾两句："曲终人不见，江上数峰青。"描写曲终人散之后只有一川江水，几峰青山，极其省净明丽的画面，给读者留下了思索回味的广阔空间，堪称千古"绝唱"。此诗一出震惊诗坛，最终钱起不仅凭借这首应试诗一举高中，而且奠定了自己在大历年间诗坛的地位。

唐德宗贞元三年（787年），当时16岁的白居易前往京城参加科考，在他准备应试的试帖诗习作中有一首《赋得古原草送别》，诗中的前几句"离离原上草，一岁一枯荣。野火烧不尽，春风吹又生"是我们从小便朗朗上口的诗句。

据史料记载，当时白居易去拜谒京城名士顾况，他投献的诗文中便有《赋得古原草送别》。起初，顾况见白居易年轻，便打趣说："米价方贵，居亦弗易。"虽是拿"居易"之名打趣，言外之意，是说京城不好混饭吃。但是顾况读至"野火烧不尽"时，大为嗟赏，说："道得个语，居亦易矣。"毫不掩饰自己对白居易的赞赏之情。

不过可惜的是，虽然这首名作名扬千古，白居易在那届科举考试中却名落孙山，和他一起落榜的还有时年19岁的韩愈。

当然了，应试而产生佳作毕竟是小概率事件，和明清不同，唐代科举考试是每年都有的，但流传下来的省试诗只有几百首，好作品更少。考场诗难作，而且不能乱作，著名的诗人贾岛就曾经吃了"乱作"的亏。

贾岛年轻的时候当过和尚，后来韩愈觉得他是个很有才华的人，于是鼓励贾岛去参加科举考试，受到鼓舞的贾岛还俗参加科举，不过好几次都没考中。元和年间，贾岛再次坐在科举考场上，那次的题目是以"蝉"为题作一首五律。

结果贾岛发挥了自己"发牢骚"的传统，写了一首《病蝉》，诗的结尾写道："黄雀并鸢鸟，俱怀害尔情。"意思是黄雀和老鹰都想害蝉。虽然这首诗总体上还不错，但是交上去之后朝廷上下觉得这首诗透露出一股子酸味，分明就是以"吟病蝉之句，以刺公卿"，所以贾岛不仅没考上，还被戴上了一顶"考场十恶之一"的帽子，他也没想到一首考场"乱作"居然把自己的科举之路给封了。

宋朝是省试诗由盛转衰的关键时期，这一时期词逐渐兴起，尤其是王安石变法之后，诗赋的内容直接从科举考试当中删除了，省试诗便退出了历史舞台。

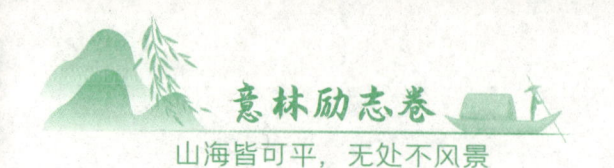

什么东西在"大减价"

□张晓风

这里是一家批发市场，卖些衣架、镜子、网架、组合橱柜之类，价钱则从来不打折，连在结账时抹去尾数也不肯。

终于有一天，也不知怎么回事，我驱车经过，看见店里忽然垂满了鲜红艳绿的小旗子，小旗上写着醒目的"大减价"三个字，旗子排得密密麻麻，想看不到都不行。我非常好奇，便跑进店里打听：

"请问，今天是什么东西在大减价啊？"

"没有！绝对不可能！"老板一本正经地反驳，"我们从来不打折。我们的东西已经够便宜了。"

"那，你贴这么多'大减价'的字条，又是什么意思？"

"啊！你说这个，"他恍然大悟，笑起来，"不是啦！我们只是在卖这种减价条，让店家买去打折用的啦！"

我也不禁大笑起来，原来竟是这么一回事。

但不知为什么，笑完走出店面的时候，心里竟有点酸酸涩涩的——觉得这样的局面好像在哪里见过，这种上当的感觉，居然非常非常熟悉，像是什么听惯的旋律，在耳边反复回放，而你又一时不能确切地想出来。

我回到车上慢慢苦想。

啊！我懂了，是因为在漫长的生命旅途中，有太多人似乎在不断许诺我，说，要给我一些好处。其中有商人、有政客、有长辈、有上级，他们一直给我一种错觉，使我以为我即刻就有什么好处可以到手。然而，一天天过去，我什么也没有得到。所谓"大减价"的字样，原来并不代表有谁要给我一些好处。它本身是一项商品，店主人反而要靠出售它来谋利——总之，没有什么东西在大减价。

是的，没有东西在减价。例如一趟安排得不甚精彩的团队旅行，一桌不鲜洁不美味的酒席；一张耗尽精力才拼成的俗陋的拼图，一个追随几年才发现其人并没有真学问的师长；一本读来读去读不出道理的大书，一件看走了眼的、不合适的衣服，一封保证你即将中奖的广告信……

"哦！原来……"

一个人一旦口中吐出这三个字，有时可以是喜剧，有时也可以是很凄伤的悲剧……我还好，只是心中有几分酸恻："哦！原来是这么回事！"

想到这里，再远远反望那店中飘扬的小旗子，仍然一片色彩缤纷、喧嚣热闹："大减价""大减价""大减价"……啊，原来我什么便宜都不会占到。真的，虽然眼前一片满满的炫目的"大减价""大减价""大减价""大减价"……但事情的真相没有改变，那就是，并没有东西在大减价！

虫 声

□张恨水

谷中多草，本聚虫声。

而邻家种瓜播豆，菜畦相望，虫逐菜花而来，为数愈伙。

每当星月皎洁，风露微零，则绕屋四周，如山雨骤至，如群机逐纺，如列轴远征，彼起此落，嘈杂终宵，加以树叶萧萧，草梢瑟瑟，其声固有如欧阳修所赋者。

然习闻既惯，颇亦无动于衷。唯秋雨之后，茅檐犹有点滴声。

燃菜油灯作豆大光，于案上读断简残篇，以招睡神。时或窗外风吹竹动，蟋蟀一二头，唧唧然，铃铃然，在阶下石隙中偶弹其翅，若琵琶短弦，洞箫不调，倍觉增人愁思。

予卖文佣书，久废吟咏，尝于其间，灵感忽来，可得小令绝句，自诵一过，每觉凄然。顾年来忌作呻吟语，随成随弃之，亦不以示人也。

听虫宜以夜，宜以月，尽人而知矣。然清明之夜，黎明早起，时则残月如钩，斜挂山角，朝日未出，宿露满枝，披衣过桥，小步竹外，深草之中，微虫独唱，其声丁丁，一二分钟一阕，绝似小叩金铃，闲敲石磬。

妙在小，又妙在能间断也。

此非城市人所能知，亦莫能得此境遇，盖造物以予草茅之士者耳。

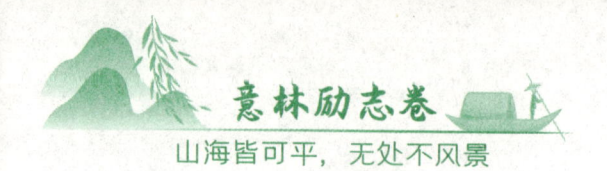

杜甫见过哪三位皇帝，我必须知道吗

□ 薛 巍

我儿子上初一，爱上历史课，经常拿课上学到的东西考我。

比如，关于赵匡胤有哪些典故？燕云十六州是哪十六州？我经常答不上来，遂被他取笑。为扳回一局，我可以给他出题：杜甫见过哪三位皇帝？或者我可以更狠一点儿，对他说，凡是能查到的事实都不用去记忆。爱因斯坦说的。

我没瞎说。

据说，爱迪生给求职者设计了一个测试，包括大约150个实际问题，比如说皮革是如何鞣成的？哪个国家喝茶最多？古腾堡活字是由什么制成的？1921年，爱因斯坦访问美国，一位记者拿爱迪生测试中的第一个问题问他：声音的速度是多少？他承认自己并不"总是记得这些信息，因为它们很容易在书中查到"。

不过事实真的不重要吗？就像你不断背诵乘法表，可能无助于你理解数学概念，但它可以让你利用已经记住的东西，在更复杂的心算中取得成功。所以说，了解事实，有助于我们将其他问题置于背景知识中，以获得更高层次的思维技能。

什么叫背景知识？举个例子：当一个朋友走进别人的厨房，他能用手边的任何食材迅速做出一顿美味的晚餐，这是因为他对食物和烹饪有着广泛的背景知识，在看到堆满食物的储存室时，就能看到许多可能性，例如将山核桃与烤鸡馅料一起压碎，做成鸡肉面包，或用茶来给米饭调味。

根据美国教育家本杰明·布鲁姆的分类法，认知从低到高有六个层次：事实、理解、应用、分析、评价和综合。事实固然最基础，但也是前人综合出来的，比如布鲁姆的分类法如今已经变成了一个事实，他为我们的认知节省了很多力气。

回到开头杜甫的问题：李隆基，李亨，李豫。

生于大山却不困于大山！
贫瘠土壤中开出的向阳花

□佚 名

崔思敏所在的拉乌乡是一个相对闭塞的小山村，整个村子群山环绕，到县城就要100多公里。两岁时，爸爸给他买了一个可以听古诗的玩具，里面虽然仅有五首古诗，却在少年的心中埋下了一颗诗意的种子。

虽然小小的他没有出过大山，但诗词，让他看到了万家灯火。他会在爸爸叮嘱他好好读书时，调皮地说道"黑发不知勤学早，白首方悔读书迟"；他也会悉心地教弟弟背诵"功盖三分国，名成八阵图"，并耐心解释什么是"八阵图"；他从不抱怨家庭条件的艰苦，放牛时还会悠悠地吟诵："骑牛远远过前村，短笛横吹隔陇闻。"

纵然条件艰苦，没多少机会看看外面的世界。但从"待他自熟莫催他，火候足时他自美"中，他早就了然世人为何对东坡肉垂涎欲滴、念念不忘；从"日啖荔枝三百颗，不辞长作岭南人"中，他亦听到了赶路的马蹄声声，"品尝"到了荔枝的鲜甜；即使没见过瀑布，也不妨碍他从"飞流直下三千尺，疑是银河落九天"中，身临其境欣赏瀑布的雄奇壮美。

印象中，大山里的孩子淳朴如一张白纸，单纯如一本易读的书。不承想，他们的内心世界如此丰富、深刻，那些意味悠长的诗句，正是他们被低估的一面。

2024年的热播剧《山花烂漫时》中，有一个镜头，给了一个叫宁华的孩子，临近高考时，她在黑板上写下"400分，清华大学"几个字。

对此许多人嗤之以鼻，认为真是"不自量力"；但有人道出了实情："你们可能想象不到，缺少眼界的大山女孩儿，甚至还不知道高考的起跑线在哪儿，而这也正是张桂梅建设女高的意义啊！"一语中的。人生向上流动的通道必然艰辛，而向下流动的大门却永远打开——突围的路，确实难走。但好在，不论是剧里还是剧外，女孩儿们都拿到了大学的入场券，得偿所愿通往了一个更大的世界。

崔思敏和华坪女高的故事，何尝不是大山里无数孩子的缩影？

他们渴望，热切。他们想走出大山，去看外面的世界，去追寻未来。

他们昂扬，向上。他们的内心如诗如画，不曾黯淡无光。

求大神把我照片里的其他人P掉

□和菜头

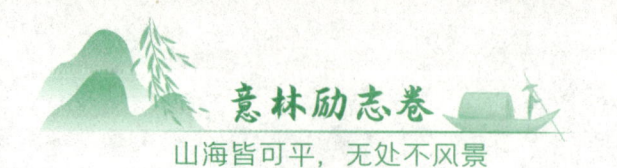

求大神把我照片里的其他人P掉。

这句请求在网上很常见，意思是请求Photoshop（图像处理软件）高手精修自己的照片，把照片里的其他人全部抹掉，让照片里只剩下自己处于焦点位置，独占一片风景。

我没有做过类似的请求，也从未有过这样的打算。去到一处风景，人群是风景的一部分，拥挤杂乱同样是风景的一部分，如果到处都是乱哄哄抢角度拍照的游客，那么事实就是如此，我那天见到的风景就是如此。

我不需要独占美景，像是一个土财主在自家花园里漫步。拍一张人头攒动的照片，没有任何问题，甚至可以说，有那么多人和我分享同一处风景，因为我是他们中的一个，反而让我感觉风景更美、更壮阔、更动人了。

不只是PS照片，人们还喜欢PS现实，想要P掉现实里的一切麻烦和障碍。我也曾经动过这个念头，搬去一个山明水秀的地方，搬去一个只有寥寥几户人家的小镇，就可以获得内心安宁，避开"内卷"，用很少的钱就能生活下去。对了，说不定我还可以买套自己的房子，面朝大海，春暖花开。

我有这个能力，我的确可以PS现实世界——不过，当我看到"PS先行者"先是纷纷出走，然后又纷纷回归时，我就知道PS现实会出问题。因为，人们理所当然地觉得只有远方才有答案，等到真去到远方，按照自己的理解去生活时，满眼又都是缺陷，人们又开始想要逃离。

所以，我曾好言相劝逃离的朋友："很好，等你心脏病发作，大家把你拉上拖拉机，估计能够出村，但是还没有到镇上，你就已经够呛了，来不及到省城的医院，省下不少汽油钱。"

说完这些话，我忏悔了好几个月。但是朋友也为之默然，取消了PS现实的计划，突然觉得自己现在周围的拥挤、喧嚣、压力也不是那么难以接受。

是啊！海棠无香，杨梅有虫，全看你盯着哪一部分看了。

看抖音和读书是矛盾的吗

□佚 名

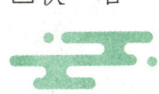

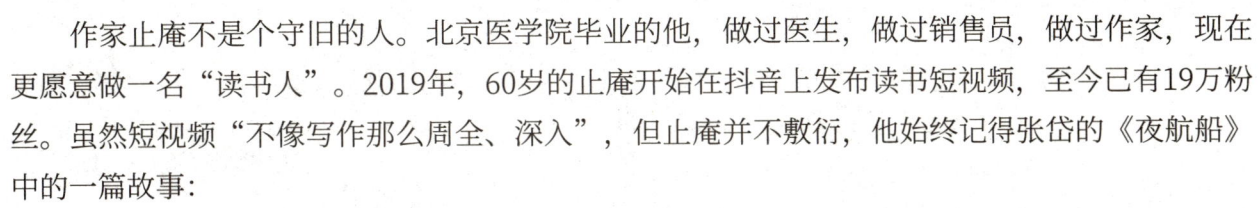

　　作家止庵不是个守旧的人。北京医学院毕业的他，做过医生，做过销售员，做过作家，现在更愿意做一名"读书人"。2019年，60岁的止庵开始在抖音上发布读书短视频，至今已有19万粉丝。虽然短视频"不像写作那么周全、深入"，但止庵并不敷衍，他始终记得张岱的《夜航船》中的一篇故事：

　　有个读书人在客船里高谈阔论，听的人当中有个和尚，小心翼翼地蜷着腿。听久了，和尚大着胆子问："请问，澹台灭明（孔子之徒）是一个人还是两个人？""是两个人。""那么，尧舜是一个人还是两个人？""当然是一个人！"和尚乐了："且待小僧伸伸脚。"

　　止庵常用这个故事告诫自己：不能信口开河，不能胡言乱语。想要把短视频做好，"也得好好琢磨"。

　　止庵琢磨出的上百个视频里，有的讲《红楼梦》里的儿化音，也有的讲20世纪80年代的老北京，还有的讲他对一些作家的评论。

　　讲陀思妥耶夫斯基："如果说世界文学是大地，那么俄罗斯文学相当于青藏高原，陀思妥耶夫斯基就是珠穆朗玛峰。"

　　讲东野圭吾："《白夜行》是部反成长小说，《恶意》是探讨人性的没有底线，《红手指》是探索底线之下剩余的一点人性。"

　　讲卡夫卡："他写出了20世纪所有的荒诞，他或许是这个世界人散灯灭，最后那个锁门的人。"

　　讲陀思妥耶夫斯基那期的抖音视频，时长有近10分钟，仅点赞就超2.4万，观看量达上百万。面对"泼天的流量"，止庵认为这正是短视频的一个优点，它降低了普通人接触文学的成本，在画面与字幕的共同作用下，让观众与作者之间产生共鸣，这样的效果比单纯的文字更加直接。

　　或许有人会说：短视频使我们的时间碎片化，以致很难适应长时间阅读了。

　　但止庵的话戳破迷思："我觉得并不是这么个逻辑。一个真正爱读书的人，不会因为看了短视频就不读书了。如果他不读书，那是因为他原本就不想读书。但是不读书的人能够从短视频里获得一些书里的知识，不也是件好事吗？"

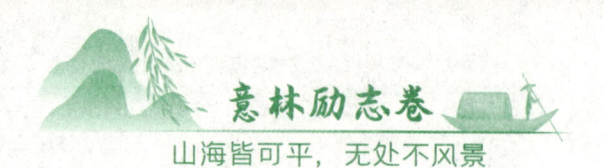

语言是刀

□尤 今

语言是刀。用语言赞美他人，犹如用刀子从事雕刻。

倘若那赞美是真诚的，那么，雕成的便是不朽的艺术品。把这样一件艺术精品赠送给他人，承受者铭感之余，会更加地努力，务使自己能在上一层楼之后，更上一层楼。

倘若那赞美是虚伪的，送出去的雕塑品宛如冰雕，转瞬间冰融水泻，承受者在一番惊喜之后，手上空无一物，只剩下十指无情的冰冷。

用语言来抨击他人，犹如用刀子来刺人。有些语言，表面上凶猛，但是，说的人功力不足，没有伤及要害。这样的语言，好似一把在空中飞舞的大刀，明晃晃、亮闪闪的，尽管声势逼人，可是，没有伤人的实力。

有些语言，初听时微痛，然而，事后一想，痛不可当，因为说话的人在"语言的刀刃"上抹上了剧毒，你以为你只受了轻伤，没有想到毒已攻心。

劝谏的话语，亦像刀子。

见好友长了脓疮，便用刀为他刮一刮。倘若朋友领情，一刀毒脓流尽，不药而愈。然而，碰上不领情的朋友，那一刀医不好他的疮，反而伤了他的心。

所以，以刀行医，须三思而行。

也有些刀子，因想象而生。一个无伤大雅的玩笑，然而，对方以为你口衔尖刀，肆意伤他，结果，怀恨在心，伺机报仇。等有一日他有备而来欺近你时，你手无寸铁，又无防人之心，他一出手，你便应声倒地，死得不明不白！

明白话语如刀的道理，就明白了为什么孔夫子会殷殷交代"慎于言"。

慎于言呵慎于言！

海南鱼茶好，人坏，婉拒了哈

□槽值小妹

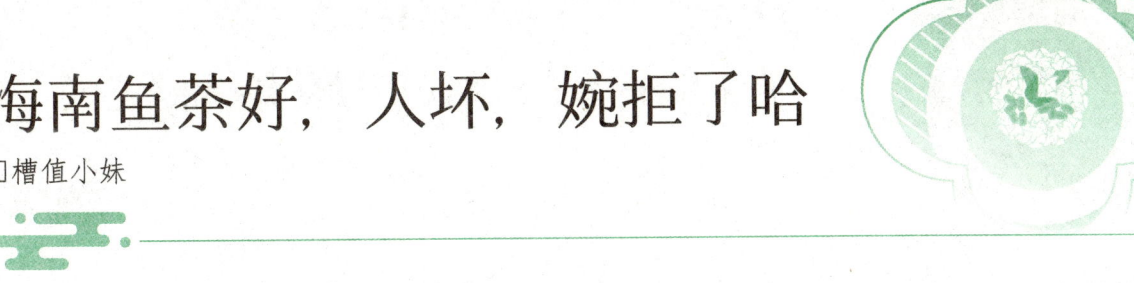

要说这届网友有什么超能力，"什么奇怪东西都敢往嘴里送"绝对算一个。前有折耳根、黑蒜、臭酸酱，后有椰壳炭、青梅精……而每当你以为他们不会再有什么幺蛾子时，又一"食物顶流"横空出世：海南鱼茶。"脚踢鲱鱼罐头，拳打蓝纹奶酪"成了谦虚说法，网上关于它味道的最新形容刚刚更新："直接给淡人臭成浓人了。"

关于它的来历，海南民俗学家认可的一种说法是：很久前的一次黎族丰收宴上，人们为了不浪费食物，无意间将剩余米饭与生鱼混合在坛子里储存。数日后开坛，奇特的异香俘虏了黎族人的味蕾，鱼茶的制作工艺便流传下来。后来经过演变，用高山熟稻米加上鲜鱼肉、鱼腩、猪肉、牛皮或鸡蛋等做配料，加盖密封发酵即成。

而关于"鱼茶"的叫法，则更多是一种讹变——东汉许慎编著的《说文解字》载："鲊，藏鱼也。"海南黎族人以"鱼鲊"称呼这种发酵腌制而成的食物，传至外地逐渐变成了"鱼茶"。

当地人喜欢鱼茶，和环境不无关系。海南省气候炎热潮湿，鱼茶作为酸酵鱼类食品，味酸、甘、咸，性平，当地人在长期实践中，发现它开胃消食、化积除滞。

而就像折耳根之于云贵川，土笋冻之于福建人，海南人懂鱼茶的美味。酸鱼在发酵的罐中散去了腥味，炼成了化骨绵掌；肉身溶解于汁水，挟裹米粒之后的米香、鱼香游离于唇齿间。爱上它，都是再正常不过的事——当地也有这样的说法："初尝怯之，二次适之，三次瘾之。"意为第一次吃害怕它，第二次吃适应它，第三次吃爱上它。

而且，对当地人而言，鱼茶更意味着"珍贵"。千百年来，作为海南岛最早的居民，黎族人在这片土地上刀耕火种，以自然食材为原料，是人们生长在椰树林的成长记忆；以简单工序酿美味，构成了独属于他们的味觉密码。

或许只有来到当地，才会发现在奇食的外表之下，真正吸引人的是那无法磨灭的生存智慧，以及火热的生活态度。

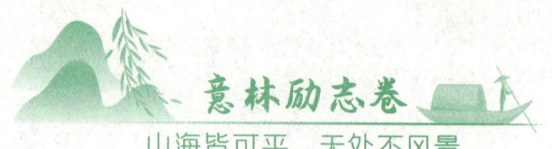

妖界"草根"白骨精：人情世故胜过刀枪棍棒

□贾 欣

《西游记》里，白骨精很是出名。但白骨精本事大吗？论兵器，她赤手空拳，没有芭蕉扇、金刚琢这样的宝贝；论势力，她形单影只，连个随从和坐骑也没有；论人脉，她上不识天庭神佛，下无亲朋至交当后援会；论地盘，更是小得可怜，只有白虎岭四十里左右的地方。总结起来，白骨精的本领，仅有解尸法、变化术、腾云，想评个妖界中级职称，都很勉强。

无势力、无人脉、无地盘……白骨精着实是个"草根"妖精，但她拥有一个特殊武器——利用人性，挑拨人心。她对付取经团队的招数，招招对准了人性的弱点。

第一招，用的是"美色"加"美食"。白骨精变做一位美少女，她娇媚俊俏，又拿来美食，引得八戒动了凡心和贪念；再描绘出一个美满的家庭背景，引得唐僧动了善心。这两个"动心"，轻易地戳中取经团最软弱的两点。

孙悟空识破白骨精的招数后，她迅速使出第二招——变化成八十多岁、形容憔悴的老妇，哭哭啼啼地要寻女儿，主打"哀"字诀。虽然孙悟空发现了破绽——哪有八十多岁的妈妈，十六七岁的女儿？但大善人唐僧禁不住猪八戒的挑唆以及良心的拷问，很快，他的"慈悲心"演变成对孙悟空的痛恨，将紧箍咒念了二十遍。

白骨精的第三招更加犀利，她变化成口念"阿弥陀佛"的老公公，使得唐僧引为同道。此时，唐僧对少女、老妇的愧疚越发强烈。尽管孙悟空又哄又劝，但他对大徒弟的恼恨已经达到了顶峰。

白骨精勘破世情，充满智慧，她一次次变化，一次次寻找进攻点，一次次让取经队伍的弱点暴露。一向强悍的孙悟空，反而成了孤独无助的受害者。在白骨精的精心布局下，这个队伍的矛盾彻底爆发，最终以孙悟空被逐离收场。

遍观《西游记》群妖，尚未有深入人性、善用人心如白骨精一般的妖精，白骨精不愧是离世相人情最近的妖精。

如何反驳"你连父母的委屈都受不了,那社会上的委屈怎么办"

□咩咩羊

曾经有个人问了个问题:"如何评价中国国家供暖冬季室温标准为18摄氏度±2摄氏度?"

问题下,有一些南方网友不理解,为什么在南方冬天室温6~7摄氏度也能生活,北方就一定要把暖气开到接近20摄氏度的程度,非要暖烘烘的才可以。

有个回答很好:不是因为北方人比南方人怕冷,而是因为北方室外温度,寒冷的时候是零下十几摄氏度到几十摄氏度,若室内只有7~8摄氏度的话,从外面回来的人是依旧会保持冻僵状态的。

这种状态下,人是没有办法多次外出的,因为每次外出都会损耗元气,而室内不够暖和的话,人是不会从冻僵的状态恢复正常的,出去一次,冻僵的程度就更进一层,所以人会尽量躲在屋子里瑟瑟发抖不敢动弹,整个城市就会因为寒冷而失去活力。而室内温度近20摄氏度,人回来后,十几分钟就暖和了,相当于满血复活了,这时候人才有能力继续进行冬天的活动,才会出门,去工作,去吃饭,去买东西。

换作这个问题,也是如此。

家就像北方的屋子,而亲人就像屋子里的暖气。当人们从寒冷的社会生活中回来,很可能会遍体鳞伤。他们把家当作了回血的地方,他们希望有个港湾赐予他们坚强。

那么抱有题目上观点的人是怎么想的呢?他们想,在家里一点儿冷都受不了的话,还怎么抵抗屋外零下几十摄氏度的寒潮?所以干脆就把暖气给关了,打算好好让他们锻炼一下抗寒能力。于是他们回家后,没有得到亲人的一句关心关爱的话,甚至连一句安慰都没有,反而遭受了辱骂和指责。

设想一下,你玩团队协作类游戏,打了一场大团战,血条全空,结果九死一生的你回补血地回血时,不给你加血反而还扣血。你的心态会不会爆炸?

不是因为连亲人给的委屈都受不了,而是唯独不想在最亲的人这里受到伤害和委屈。

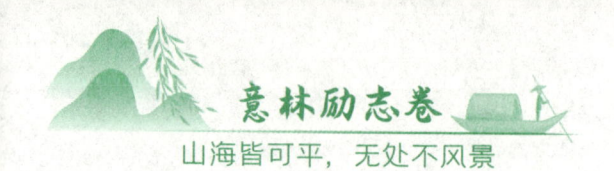

当"电车难题"被做成游戏，无人轻松通关

□张文曦

想象一个场景。

一个疯子将五个无辜的人绑在了铁轨上，一辆行驶的列车在不断逼近。而此时此刻，你站在两条道路的分岔路口，手握列车控制杆，你可以选择拉下控制杆，让列车驶向另一条轨道——这能救下那五个无辜的人，但另一条铁轨上也被绑了一个无辜的人。

是救一个还是救五个？五个人的生命，一定比一个人的生命更宝贵吗？

上述，是一道经典的哲学辩题，名为"电车难题"。很难抉择啊！可这只是个不会发生的假设，跟我有什么关系呢？但如果有人将诸如此类的哲学难题做成一款游戏，只等你按下选择按钮，参与进来呢？那时候，六个人的"生或死"，就在电光石火的一瞬，无论你推动拉杆与否，都必须面对自己在这一伦理问题中选择的后果。

这大概就是身临其境的魔力所在，在这款名为"哲学模拟器"的游戏中，将很多哲学辩题搬到了你面前，请你亲自操刀——

比如，在"西西弗斯的巨石"一关，玩家需要帮西西弗斯慢慢把巨石推上山顶，然后眼见巨石滑落至山脚，如此循环往复五次以后，有玩家到此已经感到无聊烦躁，恨不得立马退出，但对比神话中西西弗斯必须推动巨石的宿命和"也许在这永恒的循环中，他找到了属于自己的幸福，每一步的前进都拥抱着荒谬"的游戏对白，玩家对西西弗斯的悲惨命运的理解，也多了一分。

再比如，我们可能只知道"公地悲剧"的官方释义：指资源被过度使用或滥用时，会导致资源枯竭或质量下降，最初由加勒特·哈丁在1968年提出。但游戏让你摇身一变成为一个公用牧场的牧民——起初，你想得很简单，和其他牧民一样，想要更多的牛羊，一个简单的"+1"按钮，就能让自己的牲畜数目增加。可渐渐地，你发现越来越多的牲畜不仅带来了更多的金钱，还可能会让牧草长出来的速度跟不上牛羊消耗的速度，导致牧场荒废。不仅如此，你还需要手动操作让牛羊吃草，否则它们就会因饥饿而死——一顿手忙脚乱的操作后，"公地悲剧"的内涵自然显现。

在"无知之幕"一关，则设置了一个资源分配者也不知自己置身何处的社会，所有人站在幕布之后，地位、财富、学历等一切要素被遮盖，做决策的人不知道自己是其中的哪一个。玩家可以豪赌一把，将所有金币都赌到一处，寄希望于幕布拉起后成为得利者；也可以采取保守战术，通过绝对的平均实现分配正义。总之，自己分配，自己承担后果，与该概念的提出者哲学家约翰·罗尔斯一起，探求公平公正的可能性。

在探索哲学的过程中，鲜有人啃得动卢梭、康德的原著，但这并不妨碍我们用自己的方式思考问题——诚如我们在游戏中做出的不完美的决策一样，虽然无论怎样权衡，都有遗憾，但这并不妨碍我们思考，进步，然后顿悟。最后，说一个游戏中十分令人触动的细节：堪称神来之笔的"西西弗斯的帽子"——它的设计是，玩家在每一次推石头的时候，都能找到一点儿新东西，可以是掉落的帽子，可以是丢掉的围巾，也可以是一对脚印……在这个世界中，大部分人都像西西弗斯一样，每天循环往复进行三点一线的生活，重复地推着各自的石头，但正因为我们能在不快乐中找到"帽子"一样可人的小惊喜，才能继续坚强地推下去。

游戏想要传递的东西，或许就藏在这个"小小的帽子"里——你的内心，自成一个世界。在人生这座苦役的高峰面前，我们还能因为一顶搞怪的帽子，有了再次重复生活、推进生活的期待。

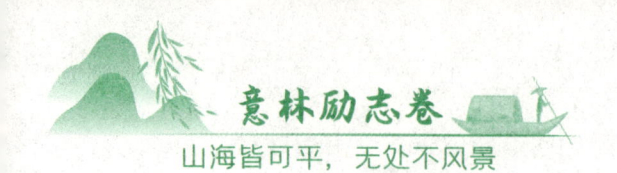

年轻人患上"热度排斥症"

□王景烁

微博热搜告诉我们,越来越多的年轻人患有"热度排斥症"。这是一种看上去冷静的"病症",也叫"审美版权",指对当下大热的东西持观望态度,更愿意用自己的节奏接受"安利"。受众开始对风头强劲的内容保持警惕,并产生天然的排斥。

被吐槽的对象多数是电视剧。一部风头正盛的电视剧,几天之内恨不得上300多个热搜。即使你一集都没看过,也总能在各种社交平台上看见它的碎片。如若不想自绝于众人,你就得跟上热搜词条的脚步。人们追剧不再是单纯为了放松和娱乐,一定程度上源于焦虑及恐慌。宣传方也敏锐地捕捉到了人们跟风的心理,开启强势的营销套路——买好大量细节的词条,霸占热搜榜单,请大V写下一水儿的好评,再熟练地运用大数据和算法刷屏推送,引起粉丝狂欢。

不光影视剧,各种用户分享的平台上,也不乏路数雷同、病毒式好评的传播。一些新式的概念在互联网上也"热"起来了,比如"刷酸""干细胞化妆品"等,闹得沸沸扬扬,人们争相效仿。但没多久,国家药品监督管理局亲自下场"拔草",这样才使这一跟风行为告一段落。

在某平台,北京市东城区东直门内大街一个不起眼的角落突然"火"了。这里的背景墙由红白两色拼接而成,前面还有一棵枝丫分明的树,看着很复古。朋友拉我探访,我才看清实际状况——所谓的景点处于车辆川流不息的街角,拍全景照时拍摄者要退至没有信号灯的人行横道上,严重干扰交通秩序。几日后,标志性的红白背景被整改,近一半红色被涂上白漆,墙上贴满大大小小的纸质广告。不过仍有人后知后觉去合影,把墙PS回原来的样子。

同样快速发酵的还有"爱心红绿灯"。北京市某商场附近的信号灯将原本亮灯的圆形换成爱心的样式,引得博主们纷纷赶去合影、发图分享,称其为"不可错过的藏在钢筋水泥里的都市浪漫"。但仅仅过了几天,这个"网红"灯就被迅速撤下。可这怎么能堵上文案小天才们喷薄而出的灵感呢?又一批博主开始争相发布"爱心红绿灯"被撤的消息,甚至与正在拆除的杂乱背景合影,成就新的爆款素材。

没看过挂在热搜上的电视剧需要勇气,错过热度、忍住不收割流量也不容易,在千篇一律的好评声中逆行更难。到头来,人们连娱乐的自由都没有了。别说这届年轻人不会反思，连续多日的包场式热搜让人审美疲劳，实在不满被强制按头"安利"，人们造出"热度排斥症"这样的词，来反抗一些有名无实的虚张声势。

有网友留言说，为了躲避新剧的狂轰滥炸，她已连续几日不登微博了，在百度新闻点了好几回"不感兴趣"，但仍有相关消息出现在手机的推荐页，她形容自己从"怕了"到"麻了"，最后仅有的一丝看剧欲望也被磨掉了。

越来越多的受众选择等宣传期过去，风平浪静，大量的评论沉淀下来，再去补课。毕竟娱乐嘛，不用选热的，选自己认为对的就足够了。

先吃哪颗葡萄

□ 韩松落

　　三十年前，心理学刚刚进入我们的生活时，坊间流行一道测试题：吃葡萄时，先从最小的吃起，还是先从最大的吃起？据说，这是用来测试人乐观还是悲观的。三十年后，这道题目有了变种：在淘宝搜索商品的时候，是依照高价到低价进行排序，还是依照低价到高价进行排序？

　　两道题目，产自不同的时代，带着各自时代的烙印：葡萄测试，简单明了，带着初识心理学时的实用色彩；价格排序测试，把复杂的心理活动外化，给出了一个简单的标准。但两个测试的核心部分，是一样的——你是否愿意见识好的生活，是否敢于肯定自己能够接得住好的生活。其中还藏着重要的提示：你做出的选择，是不是在见识过更好的生活之后发生的。

　　人的选择，不是天然成形的，必然要在经历无数次学习、试炼之后，才能真正成形。见识过好生活，必然不甘于埋头在崩坏的生活中；知道有更好的选择，自然不会追求次等的人生。一切退而求其次，往往发生在不知道自己所追求的是次等生活的前提下。没有退，没有求，而是天然适应，因为不知道有更好的生活。

　　丹麦电影《巴贝特之宴》讲的就是这回事：从巴黎归隐的著名女厨师，为了让村民从灰暗的生活中抬起点头来，用中彩票的钱，招待全村人享受了一场盛宴。尽管，盛宴过后，所有人必须回到自己的生活中，承受空幻之感，但心头的尘埃从此就剥落了一点儿，生活也从此多了一点儿念想。

　　即便经历过更好的生活，也要经常重温，就像心理学家弗洛姆说的："人不但有向善、向爱、向生的本能，也是有向下、向死的本能的，两种本能，时时在坐跷跷板。"

　　在崩坏的生活中沉浸久了，如若没有及时回到好的生活中，可能就顺流直下了。

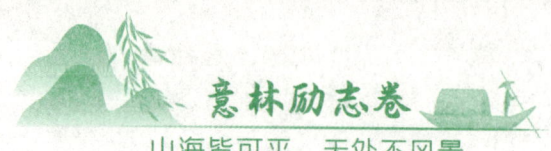

浮动的锚点

□岑 嵘

在普希金创作的童话《渔夫和金鱼的故事》中,渔夫的老婆最初只是想要一个新木盆,她这个愿望的锚点是自己当时的生活,因此一个新木盆就能给她带来喜悦。但之后,她的锚点不断发生变化、不断提升,她比较的对象变成了贵妇、女王……于是,她提出的要求也相应地不断发生变化,渐渐远离了现实生活,以至于最后又变得一无所有。

很多时候,我们之所以对生活不满意,是因为有了新的比较对象。

菲利普·布里克曼是位美国的社会心理学家。他发现,中了百万美元彩票大奖的幸运儿并非我们想象中那么高兴。尽管中奖之初,他们的确会很开心,生活也会有很大变化。可很快,由于对比机制的作用,他们不再和自己过去的生活比较,他们向真正的百万富翁看齐,于是幸福感便消失了。

美国国家经济研究局的一项调查显示,近20年来,欧美的大多数彩票头奖得主在中奖后不到5年内,都会因挥霍无度等变得穷困潦倒。该项调查同时显示,美国彩票中奖者的破产率每年高达75%,每年12名中奖者中就有9名破产。

浮动的锚点让人容易迷失,我们常常忘记出发时的想法,失去自己的目标,忘记来时的路。原本,我们只是想要简单的幸福,可是随着我们参照的锚点不断变化,有了木盆想要房子,有了房子想要宫殿,野心越来越大,脾气也越来越坏。

就像金庸的小说《笑傲江湖》中任盈盈说的:"一个人武功越练越高,在武林中名气越来越大,往往性子会变。他自己并不知道,可是种种事情,总是和从前不同了。"

宋词里的"微型小说"

□莲间鲤

宋词里有一个篇幅极其简短的词牌——"十六字令",顾名思义,它只有十六个字。这么短的篇幅,要表达一个完整的事件或情绪,几乎可以算是宋词界的极限挑战。

但对南宋著名的爱国词人张孝祥来说,"十六字令"不但可以叙事、言情,还可以搞成系列词,分成上、中、下三集,反复强化主题,比如以下三首送别词:

第一首:归。十万人家儿样啼。公归去,何日是来时。

——你将要离开我们,百姓们纷纷像孩童一样啼哭,不舍得让你离开。你这一走,什么时候才能回来呢?

第二首:归。猎猎薰风飐绣旗。拦教住,重举送行杯。

——你将要离开我们,为你送行的这一刻,猛烈的大风吹卷了绣旗,同僚们早已跟你喝过了送行酒,可当你真要起程的时候,大家又忍不住将你拦住,共同举起酒樽,再敬你一杯。

第三首:归。数得宣麻拜相时。秋前后,公衮更莱衣。

——你将要离开我们,大家都回忆起你辉煌的往昔。你曾经出将入相,早已登上过事业的巅峰。相信你很快就会走进新的人生阶段,将公侯的礼服换为娱亲的五彩衣。

上述"十六字令"已经算是登峰造极了,但是,还有一些"无名氏"留下的"金句",论篇幅之迷你,含意之深远,可一点儿也不输大牌。

比如有些人是辛辣犀利的吐槽高手。北宋末年的曹组曾是徽宗的宠臣,擅长写滑稽词,有以《红窗迥》为代表的百余篇作品传世。北宋亡国后,曹组的儿子曹勋代表南宋出使金国,就有人写了句词嘲讽:"单于若问君家世,说与教知。便是红窗迥底儿。"——如果金主问你的家世,你就说你爸爸的代表作,大家就都懂了。

可见,写得短不一定写得不好。真正的人才,即使只用两位数、个位数的篇幅,也能写出打动人心的佳作,秀出强大。

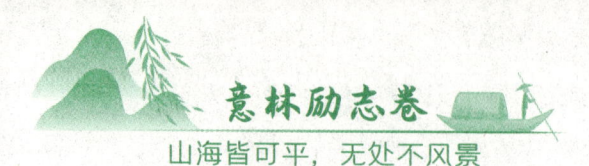

中国最魔幻的县城，挤满了外国人开的餐厅

□佚 名

无数年轻创业者的精神故乡、充满传奇色彩的"国际小县城"——义乌，在2024年的"五一"假期又一次走红了。只不过，这次是因为美食。有人为了一口正宗烤肉，等位320桌，排队5小时；有人为见识各国美食共襄盛举的大场面，自驾数小时从邻市赶来；有人为了一杯果汁大排长队，让果汁店老板累得向记者求助……

第一次来到义乌的游客，或多或少都会产生一种"穿越感"。在这里，土耳其烤肉与印度咖喱交相辉映，埃及果汁与尼泊尔奶茶肆意碰杯；街边的店面招牌写着阿拉伯语、土耳其语和波斯语；身穿长袍的外国店员穿梭于餐厅里，却能用中文与你对答如流，甚至还带点儿浙江口音……这种奇异的错位感，让你不由自主地觉得自己正身处一个汉化版的游戏世界，但身旁飘过的异国美食的香气，又将你迅速拉回现实。

土耳其餐厅里，烤肉与大饼的组合是永恒的主题，蓬松的"匍匐大饼"和焦香的烤肉，每一口都是对味觉的极致诱惑。印度餐馆则是香料的王国，无论是各种口味的大饼、茴香味的印度抓饭，还是绿到发光的薄荷泥鸡块，在这里应有尽有。叙利亚餐厅的重头戏则是甜品，可丽饼包裹着大颗草莓、香蕉等水果，再淋上一层浓厚的巧克力酱，完美演绎了中东人对甜点的喜好。

《一千零一夜》的故事里，辛巴达总能从身边人那里获知关于藏宝地的传闻，继而踏上冒险之旅。而义乌这座不靠海的小县城，正是在外国商人们的口耳相传中，成了"贸易兴盛，客商云集，遍地都是机遇"的"宝藏城市"，进而因贸易建起了全球美食的根据地。

揭下"小商品之都"的标签，义乌超乎所有人的想象。如何消化这样精彩蓬勃的世界文化，随意挂着无国界料理招牌的街边小店已经给出了很好的答案。

人生无意义？陶渊明笔下的木槿花点了个"踩"

□黄晓丹

《红楼梦》的结尾是"落了片白茫茫大地真干净"，这是一切无意义的象征。有名的戏曲《桃花扇》里也有一首点明主旨的曲子："眼看他起朱楼，眼看他宴宾客，眼看他楼塌了！"这是讲明代灭亡之后，南京已经是一片断瓦残垣了。把人生意义寄托在男女情爱或者家族盛衰上不靠谱，把人生意义寄托在社会上也不靠谱。

那什么是靠谱的呢？这点，陶渊明或许知道。

陶渊明有篇《荣木》我很喜欢。荣木就是木槿花，古人认为这种花的寿命只有一天，所以又叫它瞬华——瞬间的芳华。陶渊明觉得，我们人生就和这种花一样，那么脆弱，那么渺小，那么难以把握命运！那我们人生的意义在哪里？

陶渊明神奇的地方在于，他没有添加任何新的东西，只是用不同的叙述方式说了两遍，就显现出了同一种生命，具有有意义和无意义两种可能。

第一节他说"采采荣木，结根于兹。晨耀其华，夕已丧之"：它早上还在炫耀自己的花朵，晚上就已经凋落了，生命对于它，就像是一个笑话。

第二节他换了一种说法，他说"采采荣木，于兹托根。繁华朝起，慨暮不存"：荣木一大早就知道自己晚上要凋落，所以它在叹息，在思考，这一生要做什么选择。

你们看，死亡催促荣木产生了对于意义的思考，它就变成了意识的主体，而不是臣服于死神的芸芸众生。所以它进行了一个主动的选择："非道曷依？非善奚敦？"也就是圣贤之道当遵循，勤勉为善是本心。

陶渊明的逻辑，不是有好报所以我才行善，而是既然生命短暂而虚无，我就干脆去做我认为对的事吧。陶渊明的选择用民间的话来说，叫作"但行好事，莫问前程"，用叶嘉莹的话来说，叫作"以无生之觉悟，为有生之事业"。

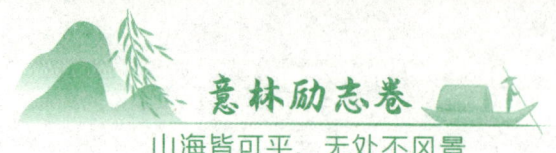

说到读书，我真有"金句密集恐惧症"

□博士老青年

常有一些小朋友跟我说，什么书什么书是经典，可我读后往往大失所望，读了大半天都读不到值得画线和摘抄、能启发思考的"金句"。或者因为看了某段"金句"被一本书吸引，可买来读后发现，书中像这样的金句太少，感觉被忽悠了。

我知道，不少人热爱这种"金句驱动式"阅读。但这种功利性阅读，不是一种能汲取到知识营养的好方法。寻章摘句生吞活剥碎片化的金句，效率其实非常低，糟蹋了时间，也糟蹋了好书和阅读。

"金句"往往是一长段材料铺垫和扎实论证后的"飞跃性概括"。

比如阿多诺说：在一个从众的大众社会中，偶像崇拜往往通过某种"伪个性化"的方式来操纵，并以此掩盖了文化工业本身的标准化和同一性。——这句话是"金句"吧？但金句不是孤立的，而是在翔实的材料和论据中得出的结论，认真读了前面的铺垫与论证，这个结论才是顺理成章的、有理论活性的，你也才真正理解了这个判断。经历了这个过程，"金句"才能进入你的知识体系，成为知其然更知其所以然、有活性的思想，让你在写作时自由调用，支撑你的输出。否则，割裂了它的来源，只把这一句当金句摘抄下来，在笔记本上形成记忆假象，很快会成为被遗忘的"死教条"。

我一直觉得，"金句"不仅是作者辛苦论证的结果，也是读者沉浸到一本书中、辗转反侧辛苦跋涉后豁然开朗的一种阅读报偿，众里寻他千百度，踏破铁鞋无觅处。也就是说，"金句"不是作者喂养的产物，而是有读者的参与。沉浸于读者的逻辑中，读通了，读透了，读到了作者的深层意涵，读懂了逻辑关联，读到了与现实对应的思想，理解了自己长久以来的一个困惑，"金句"就出来了。

如果没有注入自己的思考，那么便和"直肠式"吸收没什么区别——读了，作为答案，立刻去现炒现卖，那只是假肢假牙。通过深入思考获得的知识，才是为我们所用的天生的四肢。金句才不是金牙、高级皮带、LV（奢侈品牌路易威登）包包、金丝边眼镜。

我读书，是有"金句密集恐惧症"的。全是金句，哪受得了啊？说明根本没有论证和讲道理，不过是将你已经知道的事情用你不知道的说法说一遍，全是鸡汤般的、迎合你的、巧言令色的结论。就像华而不实的PPT，充斥着"好听却空泛的漂亮的词"。

我也不喜欢那种"寻找标准答案"式读书，如果把书的内容当成"可以抄的答案"，就没有什么营养。越是好书，你越是无法从中得到"标准答案"，却能产生很多问题——这些问题能帮你摆脱"无知的确定性"，挑战大部分潜藏于你思维中的"天经地义"和"不证自明"。

何兆武先生在《上学记》中说："读书不一定非要有个目的，而且最好是没有任何目的，读书本身就是目的。读书本身带来内心的满足，好比一次精神上的漫游，在别人看来，游山玩水跑了一天，什么价值都没有；但对我来说，这个过程本身就具有最大的价值。"

嗯，读书绝不是功利的、速成的、热闹的、立竿见影的。但我也觉得，读书绝不会辜负你，享受了过程，沉淀了思考，总会在某个时候某个地方滋养你。

数字系统为什么会压榨人

□罗振宇

有一个话题很"热"，就是数字系统对劳动者的压榨，比如说外卖小哥。说压榨，不是指工作忙，收入低，而是说这种工作不能给人对生活的掌控感。你想，一个外卖小哥工作了几年，不会有什么技能上的增长，因为数字系统太厉害了。

还有，他就算搞出了什么创新，比如这次送餐他抄了一条近道儿，数字系统会立即吸收这个创新，变更路线。所以你看，一个劳动者不能因为自己的聪明才智积累出来优势；他也很难交到朋友，因为在数字系统里每个人都是孤立的个体。

还有，他也很难有成就感。一位建筑工人，即使收入不高，但是他知道，他在建筑一座大楼，这种意义感能给一个劳动者非常重要的心理支撑，而外卖小哥是没有的。

现在大家都在搞数字化转型，为数字系统带来的这些问题找到解决方案，也是数字化转型的一部分啊。

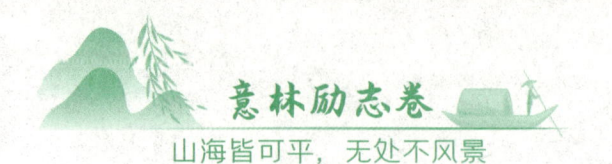

训狗？不，"训"自己

□ sweet dreams

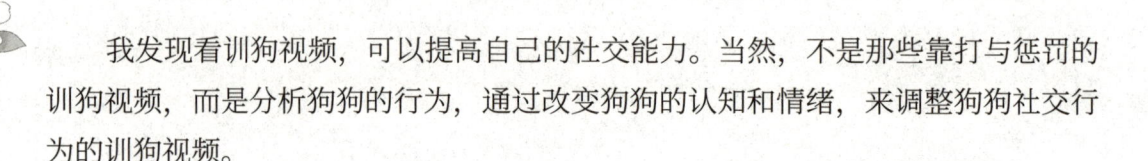

我发现看训狗视频，可以提高自己的社交能力。当然，不是那些靠打与惩罚的训狗视频，而是分析狗狗的行为，通过改变狗狗的认知和情绪，来调整狗狗社交行为的训狗视频。

本人以前"玻璃心"，非常在意外界评价，不会社交又渴望社交；经历了一段友情破裂之后，痛定思痛，看了很多心理学的书籍，但都是纸上谈兵。直到某天偶然看了一次训狗视频之后，我才发现它和人类社交有很多共同点，而且狗狗和人类相比不会隐藏情绪，更容易观察到社会化差的狗狗在狗群中的问题所在，对我这种社交小白来说更好入门。

直接看那种人际关系解说的视频，我会产生畏难情绪，而训狗博主会解释狗狗行为背后的逻辑，然后演示解决方案，可以说是间接地提供了"训"自己的方法。

举个例子，一只焦虑敏感型边牧，面对不确定的事物时第一反应是逃走，而在它逃走过程中一旦被阻拦就会触发攻击行为，这个时候不能因为它的攻击行为就放任它逃走，否则它就会认为攻击可以解决所有问题。

让狗狗发泄完，平静下来，然后重复会触发攻击的行为，这样它才明白一些不确定的行为并不会对它造成伤害，所以不必紧张，不必攻击；在狗狗放松下来以后，对它进行肯定，重要的是全程人要坚定且温和。

这对人也很适用，由稳定的内核引导自己，而不是放任情绪控制，强迫性重复。狗狗社交中很神奇的一点是，它们的地位并不像人类想象中那样按体型、凶猛程度排列，狗群中的老大可能是体型最小的狗，但是稳定性强、能量高的狗狗，往往能在狗群中排在前列的位置。我想人类也是，能量的高低不取决于外表和财富，而是取决于内心。

"大时间"和"小时间"

□ 刘　墉

一个十五六岁的男生，迎来了九天假期。

"你有什么计划吗？"男生的爸爸问。

"我就知道你会问我这个问题。"男生得意地说，"我早想好了。第一，我要准备功课，因为放完假第二天就要考试。第二，我要去图书馆借一本世界名著。第三，我要找同学聊天，看场电影。"

转眼六天过去了，男生突然要他妈妈开车送他去图书馆，却不是为还书："我要写参加'西屋科学奖'评选的报告，要借好多参考书呢！"只是重要的书都被别人借走了，他们只好去书店买，花了不少钱。剩下的两天假日，男生不眠不休地又读又写，总算在星期一清晨写完一份报告，打个小盹，就赶去学校交了。

当天放学，本该好好睡一觉了，男生却皱眉说："不能睡啊！我得准备明天的考试。"他爸爸跳起来问："你不是一放假就准备了吗？""是啊！可是，经过一个礼拜都忘得差不多了。"

你说他那样计划九天的假期，聪明不聪明？不聪明！

因为他没有分事情的缓急轻重，没有把时间分成"大时间"与"小时间"。想想，如果他能一放假就去图书馆借书，一次把写报告的参考书和消遣的小说都借来，先看参考书，用六七天去写报告，中间找同学聊天、看电影、翻小说散心，再利用最靠近考试的两天复习，不是好得多吗？

而他用大而完整的时间，做了细碎的小事；等"事到临头"，才用有限的两天，赶大的报告。这样赶出来的东西，怎么可能得奖？不眠不休好几天，再准备考试，效果又怎么会好？

都说"杀鸡焉用牛刀"，可许多人在用时间上，都犯了"杀鸡用牛刀"的毛病，等杀牛的时候，却发现只剩杀鸡的小刀。所以当你有一段假期，别急着办小事。静下心想想，有多少需要"大时间"完成的大事。先把那些大事完成吧！

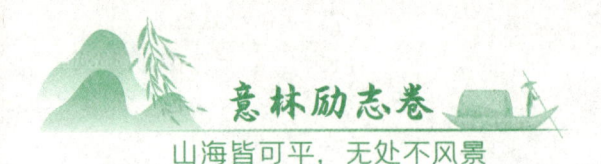

那些结故事的李子树

□邱俊霖

提到"竹林七贤"里的王戎,大家可能会想到"神童"和李子。李子是中国原产的一种水果,自古以来就备受人们的喜爱,《史记》里便提到过"桃李不言,下自成蹊"。人们最开始认识王戎,或许大都源于"不取道旁李"的故事。

这个故事在《晋书》中有明文记载,而在《世说新语》里,王戎和李子天生更有着不解之缘,长大后还做起了李子生意。七岁的王戎看得出路边的李子是苦的,长大后也能种出一树好李子。王戎自家院子里就有很多李子树,结出来的李子非常甜,想吃的人很多。但王戎的李子绝不白送,而是拿来卖。

为了提升销售业绩,王戎还开创了一个新的李子品牌——"无核"牌李子,这种理念相当超前:吃的时候不需要吐核,一口进嘴,嚼碎了就能往肚里吞。因为独特,王戎家的李子生意爆火,无核李子也成了当时热度极高的"网红李子"。

之所以要开创"无核"这个品牌,完全不是王戎真的想要提升自家买卖的服务质量,而是为了保护商业机密:王戎害怕有人得到李子核后种出同样甜的李子来,把自家生意给抢了。"无核"李子火了,但王戎"吝啬鬼"的名声也跟随着李子的热度传了出去。童年的王戎因为李子成了神童,上了年纪后,却为了几个李子掉进了钱眼里,成为众人皆知的小气鬼。

偏偏不巧的是,《世说新语》另外一个和抠门有关的故事里也有李子的戏份:王戎有位叫和峤的同事,他家里有很多李子树,李子很甜。不过和峤很抠,他妻舅王济慕名来吃李子,双方坐下来聊了半天,王济多次暗示自己想尝一尝和峤家的李子到底有多甜。结果和峤磨蹭半天,才拿出几十个李子。因为这事,和峤也成了"抠门一哥"。人家送几十个李子给亲戚吃都被人觉得抠门,而王戎这种卖李子还得挖核的行为就只能算奇葩了。

但也有人认为王戎的这种抠门行为只是一种行为艺术,因为魏晋时期是一个腥风血雨的时代,所以王戎是在以"自黑"的方式自保。东晋美术家戴逵就曾经认为王戎的抠门是在装疯卖傻,为的是明哲保身。

不过,同样都是抠门,和峤的遭遇可比王戎要悲催得多,因为他遇上了一个蛮横的亲戚。话说王济拿着和峤给的这几十个李子出门之后,感觉还不够塞牙缝。于是，他有一天趁着和峤去上班了，纠集了一伙年轻小伙子一起带着斧子偷偷潜入了和峤家果园，一群人尽情地把李子当饭吃，吃饱之后还把和峤的李子树给砍掉了。这还不算，把李子树砍后，王济还嚣张地给和峤送去了一车树枝。

最后又问："这比起你家的李子树来怎么样？"和峤收下了树枝，只是笑一笑罢了。看来，和峤家的李子虽然很甜，但是李子在魏晋时期肯定算不上珍贵或者稀奇的果子，而是非常常见。王戎小时候不就和伙伴们在路边见到了李子树嘛！倘若李子非常名贵，和峤得知自家的李子树被人砍了，肯定也很难一笑而过。

《世说新语》里的李子，不仅体现了这种水果在魏晋时期人们日常生活中的地位，也见证了那个时代里人们的酸甜苦辣。

"耗点钱"与"费些时间"

□张珠容

网购的一件小西装到货，我试穿后觉得袖子长了些，便来到附近的一家裁缝铺，问老板能否将袖子剪去一段。老板接过衣服看了看，说："可以，就是要耗点钱，15块。"

我嫌他要得贵了，就拿着衣服来到第二家裁缝铺。这家老板也认真地看了看衣服，说道："改这袖子恐怕得费些时间，要一个小时左右。"然后她给我解释道，"小西装的布料有里外两层，又是容易崩线的材质，剪完多余的布料后需要里外对整齐，再密密地缝合。另外，袖口那里还有几枚别致的扣子，想留住它们就需要挪位，只能一一剪下，再重新缝到新的位置上去。"其实她的要价也是15元，但听了她的解释，我已经不觉得贵了。

"耗点钱"就能做到的事儿，体现不出时间的打磨；"费些时间"才能做到的事儿，却尽显时光流逝的沉淀。

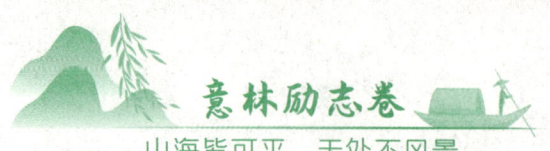

我们真的对漫天杨絮束手无策吗

□ 媗 媗

春天的华北地区，往往会出现两种人：一种在满城飞絮里，与满街路人一起走到白头；另一种戴着口罩、流着鼻涕、打着喷嚏。大家可能都会在心里质问：为什么要种这么多杨树、柳树？

原因其实有些无奈，因为在中国华北的广袤区域，除了杨树、柳树，实在没有性价比更高的行道树了。

以杨树为例。它的优点，一是长得快——杨树平均每年可以长高两米，两年生苗木即可长到五米高。换句话说，北方常见树种没有比杨树能长的；南方的桉树倒是长得更快，但很少被用做行道树，因为它需水量极大，并且富含挥发性精油，到了炎热的夏季，这些"急躁"的树木容易被点燃。

二是杨树易生根发芽。杨树靠扦插萌蘖成为最成功的复制粘贴玩家之一，因此杨树苗特别便宜，五毛钱就能以批发价拿下一株地径一厘米的杨树苗；这也意味着它不会成为根系浅的"花盆树"，干旱、水淹和大风对它来说都不足以致命。

其实还有第三个理由，那就是杨树确实适合北方，尤其是北京这样的城市。北京夏季湿热，冬季干冷，三面环山，八面来风，绝大多数植物在这样的环境里生存艰难，更不必说长得好不好了。

事实上，我们也曾引进过不少外援，不过非我族类，心不一定异，但技能点倒是真的不配对。比如槭属树木，虽然姿态优雅，叶形精致，但长不高，过冬也困难；火炬树尽管有着超强的耐性、抗性，甚至可以生活在干旱边坡，却可能会导致生物入侵；悬铃木长得快，扛得住八级大风，也不会遍地播种，到处发芽，不过它的种子也带毛，且飞絮要比杨树"坚硬"许多，更容易让人过敏。所以，根据目前北方的气候状况，再综合比较各个树种，似乎暂时没有比杨柳更合适的行道树了。

所以，备好口罩和抗过敏药，再忍一忍吧。

向狐狸讨教"狗熊掰棒子式学习"

□ 得 到

英国哲学家以赛亚·伯林有个著名的"刺猬与狐狸论"：刺猬之道，一以贯之（一元主义）；狐狸狡诈，却性喜多方（多元主义）。传统社会，显然更青睐刺猬式的专家，那时候，狗熊掰棒子式的学习，是大忌，但今天，东一榔头，西一棒子，很吃香。

原因很简单：第一，人类的知识总量实在太大了；第二，知识的确定性正在丧失，可能今天还是共识，明天就不是了。

那怎么办？美国作家威廉·庞德斯通在《知识大迁移》这本书里，提出了一个办法：你要当一只知道很多事的狐狸，而且一知半解就好。

好比你是个爱下围棋的数码工程师，过去，下围棋只是他的业余爱好，但是现在，正因为他对两边都懂一点儿，所以，击败人类棋手的人工智能阿尔法狗可能就是他研发的。

在这个时代，有"盲点"不可怕，可怕的是有"盲维"。那些一鳞半爪的知识，孤立地看可能没有用。但它们极有可能在机缘巧合下，填补一个你认知世界的空白维度，让你的一个认知盲维透进一丝亮光。

举一个著名的例子，福尔摩斯第一次见到华生时，立马断定华生是一名刚从阿富汗回国的军医。为什么？因为华生有医务工作者的风度，还有军人的气概。左臂动作僵硬，说明刚受过伤。当时什么地方刚刚打完仗，并有可能让一名军医受伤呢？只有阿富汗了。你看，福尔摩斯只需要一个片段的知识，甚至并不需要深入细致地了解这场战争——

这就是"破案式学习"。

还有一个关于收入的调查结论很有意思：在专业能力相当的情况下，谁知道的乱七八糟的杂事越多，谁的收入就越高。

凭什么？因为他/她的手里通往陌生领域的钥匙更多呀！

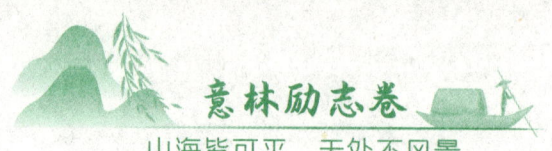

"捕鼠达人"不敌"断粮高手"
□甘正气

不知道从什么时候起，家里常有老鼠光顾。

一天晚上，已经关灯睡下了，突然听到老鼠啃家具的声音；一开灯，声音就立马消失了，好像声音是光控的。反复几次，差点让我怀疑自己是幻听。于是我一个个柜子、一个个抽屉巡查，一只灰色的长尾巴小老鼠不知道从哪里窜了出来，我一脚踏出，想执行不经判决、不许申诉的酷刑，可惜一只脚终究没有四条腿快，一道灰色的影子一闪而逝，比灵感和青春跑得还快。我只好打开房门，不再理睬。

后来还常常听到老鼠在天花板上打斗，仿佛在追逐、跳跃、抓扑、撕咬，在躲闪、逃跑、迂回、潜行、偷袭，不像嬉戏打闹，而像生死决斗，有时好像是一对一单挑，有时好像是三三两两群斗，有时又像是不断有老鼠加入、退出、叛变、投敌，阵营突然瓦解又重新联合的多方混战，我担心有一天它们会挤塌天花板。看来，做不速之客已经不能使它们满足，它们不仅要喧宾、喧主，而且打算反客为主，鸠占鹊巢。

我去杂货店买了几块粘鼠板，两块放在卧室门口，一块放到灶台上，还有一块放在空无一物的壁柜底下——壁柜就是我自己的内阁。结果还真粘住过几只，但还是无法禁绝。

我又买来老鼠笼，我想，如果老鼠被关进了老鼠笼，别的老鼠看到肯定会反躬自省、望而却步吧？这就是最有效的示众。可这些老鼠真是老奸巨猾，虽然贼眉鼠眼、獐头鼠目、鼠目寸光，却能明察秋毫，就是不入吾彀中。

后来，我想，这些老鼠不就是为了吃的吗？我把各种它们想吃的都藏起来不就行了吗？这样坚持了几天，真的再没有老鼠来过的痕迹了，天花板上也没有老鼠打架，想必它们都搬家了吧。

一天，一位在大公司从事管理工作的朋友和我讨论如何对付公司蛀虫，我就向他讲起了我捕鼠的故事。

名誉高处

□ 余秋雨

已经取得名誉的人，一般被叫作名人。身为名人而做着不名誉的事，大家就会有一种受欺骗的感觉，因为名人早已与大家有关。所谓"欺世盗名"的恶评，就很难用到一般骗子身上。鉴于此，人们在向名人喝彩的同时，往往保持着潜在的警惕性、监视性乃至否定性。名声越大，这方面的目光就越峻厉，因而产生了"楼有多高，阴影就有多长"的说法。

常听人说，名人太嚣张。但据我观察，出名后很快萎缩的名人，更多。萎缩不完全是害怕，大多是应顺和期待——应顺着众人炯炯逼视的眼，期待着众人欲说未说的嘴。贝多芬在一篇书简中说："获得名声的艺术家常受名声之苦，使得他们的处女作往往是最高峰。"这就说明了成名之后萎缩的普遍性。

不管萎缩还是嚣张，都是病态。要克服这种"名人症候"，唯一的办法是在名誉上"脱敏、消炎"，平平稳稳地找回自己。

我们原本是寻常之人，周围突然响起了喝彩声，抬头一看居然是针对自己的，不免有点惊慌，那就定定神，点头表示感谢，然后继续低头做自己的事吧。如果觉得要为喝彩声负责，那么今后的劳作也就成了表演。万万不可为延续喝彩而表演，因为哗众取宠从来就没有好结果。

按一般规律，喝彩声刚刚过去，往往又会传来起哄声和叫骂声。面对这种情况，仍然要气定神闲地把持住自己，好在未曾进入过表演状态，你对这种声音也就没有义务去关注。但是，尽管你不予理会，一阵阵声浪仍会使你渐渐孤独。即便是喝彩声，也会成为一道影影绰绰的围墙，一种若有若无的距离，使你难以像以前那样融入四周。这种孤独不会导致自闭，因为你心中还有终极原则，还有茫茫众生。但终极原则无形无貌，茫茫众生也不会向你走近，因此你只能寂寞。一个人，如果能够领悟名誉和寂寞之间的关系，两相淡然，他也就走出了病态，既不会萎缩，也不会嚣张了。名誉的高处找不到遮身之地。人们常常误会，以为那里也像平地一样，总会有一些草树可以阻挡一点什么，其实正是高度把一切阻挡物都舍弃了。因此，要接受高度就要准备接受难堪。但是，难堪也只是心理感受罢了。不把难堪当难堪，难堪也就不成为难堪。

如果实在消受不了名誉的重压，那还不如悄然从高处爬下，安顿于人间万象的浓荫里。

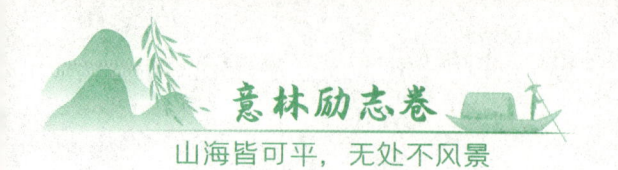

生活，该不该有点儿"边界感"

□周珊珊

买东西、理发时却要被强行聊天，不分时间早晚给你拨视频电话，不征得同意就摆弄甚至拿走你的东西，明明不熟却百般追问你的分数、读什么学校、体重多少……当你面对这些情况时，会有不适感吗？

物理学意义上的边界举目皆是：学校、小区常常有围墙，不同类型的车在有不同车道的马路上通行，排队时也能看到一米线标注……醒目的界线，标示了各自的领域。但是，我们讨论的"边界感"，更多是无形的边界。比如感官的边界——公共场合播放音乐、视频合不合适？再比如个人隐私的边界——餐厅包厢里装摄像头的做法违不违规？还有角色的边界——纵然关系亲密，父母与子女之间，朋友之间该不该有把"尺子"？所有这些问题，都指向了边界感。

与边界感相关的问题，通常能引发大量关注与讨论："好朋友考砸后天天找我哭，我累了可以糊弄他吗？""室友总是不经同意就用我东西，该不该跟他撕破脸？"……可以说，人们越来越重视边界感的现象，恰恰说明了边界感的稀缺。相较于传统的熟人社会，如今偌大的城市中人潮汹涌，生活中越来越多陌生人的出现，让不少人迫切需要一定程度的边界感，进而获得一丝安全感。

要看到，现代社会生活中愈加明显的边界感，本质上来自愈加清晰的空间感。一方面，越来越多的人开始重视个人空间，习惯保持必要的社交距离。甚至有人类学家发展出空间关系学，并在研究中道明了4种人际关系边界及其大致数值：亲密距离为0至45厘米，个人距离为45厘米到1.2米，而社交距离分别为1.2~3.65米和3.65米以上。另一方面，科技的发展、社会的进步，也使得人与人之间的距离被大大缩小，边界与边界的间隙却被更多地放大。当互联网让地球成为"村"，边界感的保持反而日益成为一个问题。

事实上，所谓边界感，并不是现代社会的特有产物。千百年来，"君子之交淡如水""远而不疏，近而不狎"等古语，也体现了当时的人们对人际边界感的思考和探索。当然，对边界感的需求可以理解，但过度敏感大可不必。有人将边界视为社交的蜜糖，也有人觉得这是感情冰冷的体现。问题的关键是如何用好边界感以建立合理的人际边界。有研究个体心理学的专家提出了一个观点——"课题分离"。

他强调每个人在社交关系中的有限责任——每个人都是独立的，都有自己的课题，既不能随意干涉别人的课题，也不要随便让人干涉自己的课题。这是一个有益的启示：别过度、宜自律、巧沟通，通过合作共同建立起良好的公共生活。

或许，还要从另一方面理解边界感。从陌生到熟悉，从抗拒到接受，边界感的林立和消融，也是当今人与人关系如何和谐融洽的一个难点。步履匆匆的你，埋头苦学的你，加班加点的你……在追求个人小世界喜怒哀乐的同时，也要留心周围大世界的稻香蛙鸣。毕竟，一个圆只能孤芳自赏，两个圆甚至更多的圆，才会产生包含外离、相切、相交在内的位置关系，才能创造丰富多彩的众多可能。这是数学的魅力，也是这个世界的魅力。

羞于说话之时

□李修文

一个大雪天，我坐火车从东京去北海道，黄昏里，越是接近札幌，雪就下得越大，就像我们的火车在驶向一个独立的国家，这国家不在大地上，不在我们容身的星球上，它仅仅存在于这场雪中；稍后，月亮升起来了，照在雪地上，发出幽蓝之光，给这无边无际的白增添了无边无际的蓝。

有一对年老的夫妇就坐在我的对面，跟我一样，也深深地被窗外的景色震惊了，老妇人的脸紧紧贴着车窗玻璃朝外看，看着看着，眼睛里便涌出泪来，良久，她对自己的丈夫，甚至也在对我说："这景色真是让人害羞，觉得自己是多余的，多余到连话都不好意思说了。"

多年下来，我的记忆中着实储存了不少羞于说话之时：圣彼得堡的芭蕾舞、呼伦贝尔的玫瑰花，又或玉门关外的海市蜃楼，它们都让我感受到言语的无用，随之而来的，是深深的羞愧。

害羞是什么？有人说，那其实是被加重的谨慎和缄默。不不，我要说的并不是这种害羞，这是病，是必然，就像不害羞的人也可能患上感冒和肝炎；我要说的，是偶然——不单单看自己的体内发生了什么，而是去看身体之外发生了什么：明月正在破碎，花朵被露水打湿，抑或雪山瞬间倾塌，穷人偷偷地数钱。所有这些以细碎而偶然的面目呈现，却与挫败无关，与屈辱无关，如若害羞出现和发生，那是我们认同和臣服了偶然，偶然的美和死亡……它们证明的，却是千条万条律法的必然：必然去爱，必然去怕，必然震惊，必然恐惧。

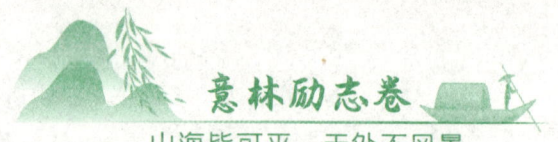

有利速度点

□ 周 岭

在航空领域，有一个"有利速度"的概念。意思就是，假设飞机在跑道上从零开始加速，随着速度不断增加，飞机就可以离开地面进入稳定上升的状态；到达一定速度后，飞机就可以进行各种机动飞行了。这个速度增加的过程可以用一条曲线表示。

速度曲线的最低处有一个点，我们称之为有利速度点，它把飞机飞行的状态分为两个阶段：在它之前的速度区间被称为"第二速度范围"；在它之后的速度区间被称为"第一速度范围"。

在第二速度范围内，飞机维持平飞需要消耗极大的能量，推力稍微减弱，速度就会很快下降，飞机就有坠落的危险，而一旦突破有利速度进入第一速度范围，飞机就可以用较少的能量轻松飞行，而且很容易保持稳定，几乎不用担心飞机会"掉下来"。可以说飞行员在空中的所有操作都要首先保证飞机在第一速度范围内工作，并极力避免进入第二速度范围。

再如，汽车起步的时候，需要低挡位加大油门，而达到一定速度之后，挡位升高，再轻轻一点油门就可以让它极快地加速。还有人们跑步，刚开始跑步时会非常痛苦，极容易放弃，而一旦跑到一定程度，身体就会持续感受到多巴胺带来的运动快感，从此爱上跑步。

事物底层之间的规律居然如此相通——要想获得"自由"，就要在起步阶段全力加速，快速突破那个领域的"有利速度点"。

如果我们脑海中没有这个概念，就可能让自己长期无意识地徘徊在低水平状态，然后在极其艰难的处境中走向失败。如果飞机达不到有利速度，即便全程保持最大推力，耗尽能量，最终也只能摇摇晃晃地回到地面或坠毁；如果火箭达不到环绕速度或逃逸速度，就会永远被地球引力束缚，无法进入自由状态；如果跑步训练没有让身体持续体验多巴胺带来的快感，那断断续续跑再久，也无法获得跑步的乐趣。

智能时代，学什么

□ 俞敏洪

面向未来的世界，中国的孩子们到底应该学什么？我觉得知识体系是要进行重构的，但这不意味着传统的知识学习对孩子来说不重要，为什么？比如孩子的语言习得的过程，文化习得的过程，数理学科基本知识、方法习得的过程，实际上是对大脑不断开发的过程。

未来孩子要具备一种自学能力和面对未来世界的创造力、批判力，我觉得这是最重要的。现在存在的问题是他们过去对知识的吸纳过程中所使用的方法问题，以及什么样的知识应该吸纳的问题，而不是说现在知识教学本身不重要，完全不是这样的！

举个简单的例子，现在翻译机器出现了。比如前阶段科大讯飞，你说一句中文经过它整合处理出来就是英文，你说一句英文经过它整合处理出来就是中文。大家因此说在未来，语言是不用学习的，这完全是一种表面现象。因为任何人想要得到世界性的、完备的知识结构，那么语言的能力就是必须具备的，否则，你所有的东西都是通过翻译机器来看的话，到最后你可能就只抓住了皮毛，语言背后的思维能力你可能是学不到的。

比如就算你到哈佛大学去听课，你把这个机器往这一放，完了呢，所有的哈佛的老师讲的课传到你耳朵里的时候已经是中文了，即使能做到这一点，我依然认为，如果你想要拥有学术成就或者真正的知识重构，你要不掌握那门语言是做不到的。

你没有能力整合，所有的东西都抓在皮毛上面，那么大脑就会变得非常浅薄，而我认为面向未来的智能时代，人类的大脑必须有几个特点。第一个是情感应更加丰富，第二个是思考应更加深厚，第三个是创造力应更加厉害。那么只有在这些特点之上，你才能有底气面向未来世界。

现在呢，很多人都产生了一种误解，就是智能时代来了，很多东西都不用学习了，甚至期待着有一天大脑里面植入一个芯片，这样的话，所有的知识就进入人的大脑了。也许这一天会来到，但是我觉得假若这一天真的来到，人类失去了主动学习知识能力的话，那到最后人就变成了傻瓜，极有可能真的倒过来，真的是机器人统治人类了。

我觉得人工智能再怎么通过深度学习和大数据，最后所达不到的，实际上就是人的深刻情感能力和独立思考问题的能力。如果这两个能力失去，人就真的被机器统治了，因为在那种重复性的智慧和智能方面，未来的机器一定是比人厉害的。

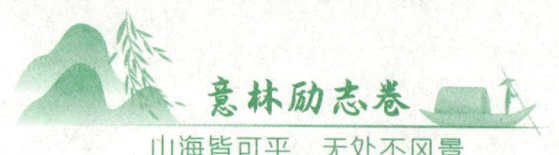

贝多芬没用过的无名指

□杨亚爽

我有一双价钱不菲的鞋子,穿着穿着就开线了,扔了怪可惜,于是抱着试试看的心态,拿给在小区门口出摊的一位老鞋匠。结果一番针线敷绕之后,居然看不出一丝修补的痕迹,我不由得在心里点了个"赞"。

这位老鞋匠的收音机里放着评书,他一边听着,一边嘴巴抿得很紧地忙着手上的活儿。后来,我成了他的老顾客,别看他平日干活的时候表情严肃,眼睛圆睁,而一开口,不是哲理性语言,就是冷笑话。

那次我和旁边一个修鞋的女孩子当面聊起他,女孩子夸他手艺好,他一副淡定的表情,突然伸出左手的无名指。我一愣,莫非手指有什么残缺?正要看个仔细,他悠悠地问道:"你知道贝多芬为什么不用这根手指头弹琴?"

我调动所有的脑细胞:"难道贝多芬弹琴不用无名指吗?没听说过呀。"

他像小孩子一样顽皮地笑了笑,又骄傲地收回手指:"因为这是我的!"

哦,听明白了!贝多芬可以用他的手弹出世上最美妙的音乐,却不能缝补好一双鞋子。

他的摊点很少没有顾客的时候。人们不管是不是彼此认识,或站或坐,说长道短,谈古论今,谈兴甚浓,好像这里是个驿站,人们经过于此,有鞋修鞋,没有需要修的东西也想停下来,歇一歇,聊一聊。如果谁有急事赶时间,马上会有人主动让出来,让修鞋师傅先给他修,而让者自己也收获一两句真诚的感谢。

都说现在的人们由于快节奏的生活,没有时间聊天,但在这里,我感受到,人们不是没有时间,而是对聊天的要求提高了,单纯的客套话、牢骚话,人们早就厌倦了,人们追求的是自然流动的对话,是能相互包容、相互感染的温暖,是发自肺腑、无索无求的快乐。

拿着修好的鞋子离开鞋摊,远远地还能听到他和顾客说笑的声音。原来,我们的人生也需要短暂的休整,而那传播快乐的地方则是我们需要开设和好好珍惜的驿站。

第五章 望山海

与万物同行，星辰指引方向

天寒露重，望君保重

□ 林清玄

我十五岁就离开家乡，在很远的城市读高中，每个星期，妈妈都会写信给我。妈妈的信有固定的格式。春天，她常在信末写"春日平安"；到了冬天，她总是写"天寒露重，望君保重"。在这么简短的语句里，蕴藏了妈妈深浓的爱意，爱是弥天盖地的，比雾还浓。

与内心深刻的情意相比，文字显得无关紧要，作家想要描摹情意，画家想要涂绘心境，音乐家想要弹奏思想，都只是勉力为之。我们使用了许多复杂的技巧、细致的符号、美丽的象征、丰富的比喻，到最后才发现，往往最简单的最能凸显精神，最素朴的最有隽永的可能。

我们花许多时间建一座殿堂，最终被看见的只是小小的塔尖，在更远的地方，甚至连塔尖也看不见，只能听到塔里的钟声。"天寒露重，望君保重。"这是母亲给我的生命的钟声，在母亲离世多年以后，还温暖着我，使我眼湿。

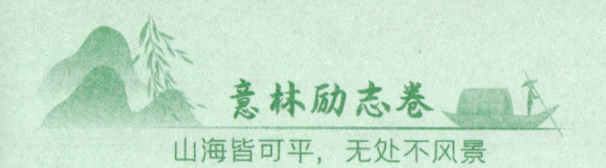

"普鲁斯特效应"：气味才是时光机

□钟立春

气味不仅能把我们带到不同的时间，还能把我们带去不同的空间，唤醒发生在那里的情感故事。这一点，我深深地认可，因为我对童年记忆最深的居然是刚削过的铅笔的味道。

一小堆螺旋形状的木质刨花，混杂着灰色石墨屑的味道，牢牢占据着我八九岁时的童年时光，就连跳皮筋和丢沙包也不能与之争夺。

这种感觉实在是很奇妙。同样地，有人闻到泥土的味道，就会想起小时候和小伙伴们挖土，揉捏，将它变成城堡和沟渠的日子；闻到冷空气中混合着鞭炮的火药味，就会想到过年……网上有人说，她有时成心不把一瓶香水用完，留一点点，在一年后的某个时间再翻出来，洗澡后喷在身上，换双拖鞋下楼倒垃圾，仿佛走在去年夏天的那个时空里。

这不是错觉，科学上真有这样一种说法，叫作"普鲁斯特效应"，说的是只要闻到曾经闻过的味道，就会开启当时的记忆，它能一下子把你拉到那段时光里，就像过去的记忆突然活了过来。

气味具有很强的叙事能力，而且是一种强烈的、包罗万象的和浸润式的叙事。气味的超能力是你不容易察觉的。它总是给我们时间去忘记它，降低对它的防备，然后更有力地击中我们的心。

普鲁斯特在《追忆似水年华》中写道："唯独气味和滋味，虽说更脆弱却更有生命力，虽说更虚幻却更经久不散，更忠贞不贰，它们以几乎无从辨认的蛛丝马迹，坚强不屈地支撑起整座回忆的巨厦。"所以，气味才是时光机。

时光流逝，很多往事被慢慢尘封，气味却是记忆生动的锚点，一直在为我们承接过去与未来。

即使在火星上写作，仍然是中国故事让我保持创造力

□ 莫 言

我前段时间做了一个梦。

梦到有人来中国招募第一批移民火星的志愿者，我没有犹豫，立刻就报名了。他们通知我去面试，面试的人竟然是我的小学启蒙老师。

她问我："你为什么要去火星？"

我说："因为我没去过。"

她又问我："你去了想干什么？"

我说："我去写小说。"

接下来老师就问："你到了火星上，写的内容是什么？"

我说："我写的还是地球啊。"

尽管我去火星，尽管我周遭的环境发生了翻天覆地的变化，但我写的还是地球的生活和回忆。我写的还是我熟悉的中国的历史、中国的现实，中国人民几千年来创造的文明，中国人民伟大的奋斗，中国人民在这片土地上创造的所有奇迹和我们数千年里涌现出来的一批批英雄豪杰、仁人志士，各种各样生动的、丰富多彩的人物形象。

我这样的想法是发自内心的，是不假思索、脱口而出的。当然，在火星上写地球生活，这个崭新的角度必将会对写作产生深刻影响，必将会让文学具有新质。所以这个梦尽管虚幻，但我觉得还是有积极意义的。

朋友们，我们处在一个日新月异变化着的时代，处在一个人类的智力不断进步、知识不断更新的时代。这样的时代为我们的学习提供了非常有利的条件，让每个人都可以上知天文下知地理，让每个人都能扎根大地，放眼世界。

所以，要准确、多侧面、更加丰富多彩地反映这个时代，就需要各个年龄段的作家共同努力。我们有我们的视角，年轻人有年轻人的视角，大家共同努力，就能够书写当下，甚至预见未来的人类生活的变化，使文学不仅能够反映生活，甚至能从某种意义上改变生活。

我希望将来，假如我们在座的哪一位青年作家真正到了火星去写作，希望你拿起笔来的时候，能够想起今天上午我的发言。

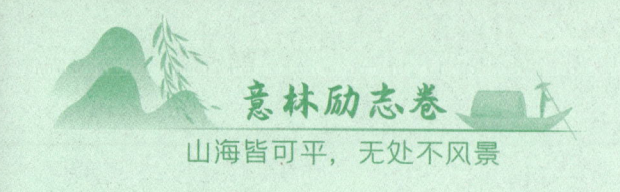

《楚辞》是华尔兹

□ 蒋 勋

相对于北方的文化来说，（南方的）楚人是比较年轻的，个性比较强烈、爱恨分明，富于梦想色彩，构成了楚文化的特色。比如《诗经》中的大部分民歌都和现实生活有关；《楚辞》则比较浪漫，很多内容跌宕起伏。

我们那个年代跳舞分两类，一类是布鲁斯——四步舞，节奏是"蹦恰蹦恰……"，一类是华尔兹——三步舞，"蹦恰恰……"。你会发现《楚辞》是华尔兹，三步的最后一步是旋转，是踮脚。你读《楚辞》的时候整颗心都飞扬起来，里面充满浪漫和梦想，充满对美好理想的追求。

读《楚辞》时，我们也不应该被所谓注释限制，而是要从字面上去感受。比如《东皇太一》和《东君》里用了很多文字来表现光线、表现创造的力量、表现伟大的精神；而《大司命》中用了很多阴暗、困顿的句子，来形容生命的衰老。其实，《九歌》讲的是人生必须面对的几个重要因素，比如生与死。从这个角度重读《九歌》，也许能够摆脱章句带来的困扰。

我在读《楚辞》的时候，通常会让自己被一个氛围包裹。比如《东皇太一》和《东君》给人的感觉是太阳升起和人们繁衍与创造的力量。东皇太一的"一"是一切创造的起源，宇宙酝酿的原始力量在这部分中爆发出来。我希望大家能对中国文学史持一种审美态度，而不是注解态度，并且在这个过程中去发现《九歌》感动我们的力量。

那我们究竟该怎么做，才能让大家觉得《九歌》还活着？云中君的美是早期人类在观察云的流动时得到的体会，《九歌》对云中君的描述充满翩跹和流连，讲的是云飘忽不定的美，讲的是云的速度、流转和变化。今天，我们是不是能把对云中君的欣赏变成对街上穿直排轮滑鞋的小孩的欣赏？他也有云一样的速度，也可能翩跶，也可能流连，可能就是现代的"云神"，只是我们从来没有在意他，甚至看到他就骂，骂到他不敢穿直排轮滑鞋。其实从创作的角度来看，很多美学都在延续，今天也有太阳神、湘夫人、云神，这些"神"一直都在我们周遭。

《九歌》仍以不同形式活在今天。当下我们还可以在初民的文化中感受到对太阳、河流、山林，乃至天地万物的敬拜。《九歌》涵盖我们每个人不同时刻的不同情感：风和日丽的时候，你觉得自己就像太阳神一样；心情很郁闷的时候，自己就很像山鬼。"山鬼"可能是我们心灵中所隐藏的孤独和悲哀，还有很多与自己的纠缠，没有朋友，没有阳光，在一个阴暗角落里活着，很像古希腊神话里变成回声的女神厄科。《九歌》不只是大自然中万事万物的象征，还能变成我们心情的不同状态。

春秋战国以后，中国早期大量的神话都消失了。但《九歌》是中国古代的神话记忆，能帮助我们恢复对大自然的丰富情感，使我们更富想象力。

被筛选的历史

□张笑宇

有人曾经问我："作为历史写作者，你最感惋惜的是哪段历史？"

我回答说："最惋惜的不是哪段历史，而是每一段历史。"

历史，其实是一门漏斗式的学问。这个世界每时每刻发生那么多事，但只有极少数的事会被极少数有心之人记下来，并以此抵抗人类健忘的属性。而且，什么样的事情被记下来，什么样的事情没被记下来，也经常是由记录者的认知与好恶决定的。不幸的是，人们总是愿意记住聚光灯下的，而忽略了隐在角落的。

更不幸的是，这些有心之人记下来的，只是历史材料。从材料到历史著作，还要经过层层筛选，倘若这些历史学家仅仅留下他们认为重要的少数内容，那么，我们读到的历史恐怕就更加狭隘和偏颇了。

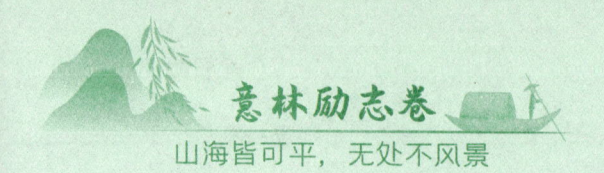

紫色跑道亮相巴黎奥运会！人类的"紫色自由"太难了

□佚 名

普罗旺斯薰衣草花田的梦幻色彩照进现实——巴黎奥运会，铺设了紫色跑道！

如今，我们可以轻松地调制出薰衣草紫。但在过去，紫色可是十分稀有，因为，它实在是太昂贵了——以至于很少有国家会用紫色作为国旗的颜色。

人类最早使用紫色颜料的历史，可以追溯到新石器时代。大约在距今2万年前，在法国的佩奇梅尔及周围一些洞穴中，当时的人用含锰矿物留下了他们的手的紫色轮廓。

而到了3000多年前的欧洲，生活在地中海周边的腓尼基人发现了一种名叫骨螺的海螺，其腮腺受到刺激后可以分泌出一种紫色黏液，并且很难擦掉。当时的古罗马人尤其喜欢这种紫色，但大约1万只骨螺才能生产约1克的染料。这也让紫色成为"高贵"的符号：传说，古罗马国王都曾不允许他的妻子买紫色的丝绸披肩，因为换算一下同等重量的金子也不过是其价格的三分之一。

而来到大陆的另一端，《韩非子》中记载："齐桓公好服紫，一国尽服紫。当是时也，五素不得一紫，桓公患之，谓管仲曰：寡人好服紫，紫贵甚，一国百姓好服紫不已，寡人奈何？""五素不得一紫"就是说五匹素布换不回一匹紫布，可见，紫色在我国古代也是贵得没边呀。

而人们如今实现"紫色自由"还得归功于英国化学家威廉·亨利·珀金。1856年，他在自己简陋的实验室中试图用煤焦油合成奎宁，不出所料地失败了。但他在用酒精清洗烧瓶时，无意中发现烧瓶中出现了一种很难清洗的紫色溶液。这次偶然的发现，造就了世界上第一种合成染料苯胺紫——它物美价廉，一时风靡欧洲。

至此，紫色才真正走进千家万户，成为我们颜色搭配的寻常选项。

《黑神话：悟空》中的无头菩萨和那段疼痛的历史

□佚 名

在大"火"的《黑神话：悟空》里，让我印象最深的，是游戏第二回的一幕——荒山老树前，有一尊坐在石头上的无头菩萨。这位名为灵吉的菩萨弹着三弦唱道："黄风岭，八百里，曾是关外富饶地。一朝鼠患凭空起，乌烟瘴气渺人迹。无父无君无法纪，为非作歹有天庇……"

在《西游记》原著里，灵吉菩萨用如来佛祖赐予的飞龙杖，帮师徒四人降服黄风怪。他还借给孙悟空定风丹，对抗铁扇公主的芭蕉扇。可在游戏中，菩萨竟没了头。

好奇的玩家觉得这段场景和唱词背后，是一段隐喻，其中一个让人痛心的说法是："现实中灵吉菩萨的脑袋被西方列强偷走，放在了大英博物馆里。"

不过在佛教经典和教义中，我们并未发现关于"灵吉菩萨"的记载。而且没有任何可靠的历史文献或考古发现能够证明其存在——这点我们需要明确，不能将小说与现实混淆。

现实中虽然没有"断首的灵吉菩萨"，但国宝佛像惨遭肢解、被迫流落海外，是真真切切发生过的。一个世纪前，山西省太原市天龙山石窟，就发生了佛首失窃案。

1922年，一个叫山中定次郎的人第一次参观天龙山石窟，就被深深地吸引了，两年之后，他再次来到天龙山，用两辆牛车拉来了满满的金银财宝，送到天龙寺住持净亮和尚面前，然后就带走了部分佛头。不仅如此，在1928年出版的《天龙山石佛集》一书中，他又得意忘形地写道："每当我带着工匠进入一个石窟，凿下一个佛首，那种喜悦，超过了得到黄金万两。"

不光是天龙山石窟，随着游戏中灵吉菩萨的唱词火爆全网，国内一众石窟博物馆工作人员也来"认领"这段历史。比如，河南洛阳龙门石窟内有600至700尊佛像遭到过人为盗割；河北邯郸响堂山石窟内的102件雕塑，流落欧美等国……

在游戏里，黄风大王被天命人悟空打败，佛头回到了灵吉菩萨身上，完璧归赵。而现实中，中国仍有1000万件文物流失海外，石窟里仍端坐着许多无头佛像。遗憾留在历史中，疼痛未曾减轻半分。

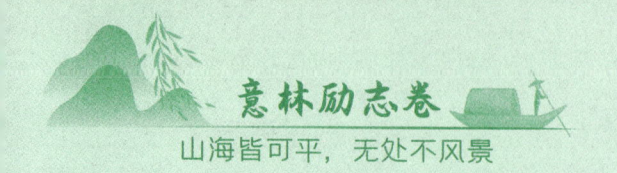

阿勒泰是一种传染病

□王 动

这个夏天，北疆的阿勒泰挤满了追风的人。没想到奔向自由的第一步，却是在路上堵了2小时！是的，阿勒泰的游客，比想象中的要多。

好在，中国人的智慧是无穷的。阿勒泰太挤又太远，那就重新定义阿勒泰。唐代诗人王昌龄说，春风不度玉门关，这是老皇历了，如今阿勒泰的风，不仅吹度玉门，还一路吹到了北京。"××人自己的阿勒泰"，已经成为全新的流量密码。

旅游攻略里，从包头到呼伦贝尔，全是复制粘贴的阿勒泰。曾经京郊纯玩团的目的地，如今也纷纷摇身一变，成了小阿勒泰；黄花沟草原逐渐取代了乌兰哈达火山，成为有关乌兰察布的笔记封面，博主们脱下宇航服换上长裙：阿勒泰到了。从北京出发，一路向西或向北，"沿途的阿勒泰"比检查站还要多。

阿勒泰是一种传染病，沿着公路传播。如今连北京郊区，也已经被阿勒泰占领。房山百花沟、海淀凤凰岭、门头沟东灵山……都成了北疆遥远的"飞地"。当你发现阿勒泰已经波及你家楼下的社区公园，你就知道事情已经开始变得不对劲。

在小红书，连大兴的南海子公园，如今也是"五环边阿勒泰"了。上一次我去南海子公园的麋鹿苑，是因为博主说，那里是"京郊小奈良"。如今"小奈良"变成了"小阿勒泰"，只有麋鹿不知道自己换了"国籍"，依然在认真吃草。

我们可以在北京找到"瑞士"，在郑州看到"镰仓"。有鹿就是"奈良"，有水就是"马尔代夫"。高碑店的通惠河可以平替鸭川，到Costco（全球最大的仓储超市）门口推一辆购物车，就可以假装在洛杉矶。其实，连阿勒泰自己也曾经是"东方小瑞士"。如今情况却是有点倒反天罡：北美和澳洲的国家公园，成了留学生和中国游客cosplay（角色扮演）阿勒泰的地方。

作家早就道破天机：生活在别处。

王小波写了一部小说《万寿寺》，主人公说"我曾生活在灰色的北京城里"，为了抵抗乏味的生活，他为自己虚构了一个与薛嵩、红线、长安有关的故事，因为"一个人只拥有此生此世是不够的，他还应该拥有诗意的世界"。

在北京城里想象一个阿勒泰，怎么不是一种浪漫主义呢？

用四根弦代替大炮

□ 田 青

人类历史上，用音乐描写战争的作品有很多，比如柴可夫斯基的《1812序曲》。为真实地再现战争场面，有的版本甚至在这首管弦乐曲的配器里用了真的大炮，这张加了真大炮的录音唱片卖得非常好，叫作"《1812序曲》大炮版"。

但中国的艺术，不是百分之百地描摹真实世界，而是以抽象和写意为胜，用苏东坡的话说，即"论画以形似，见与儿童邻"。

据我所知，只用一件四根弦的乐器表现战争，并且表现得非常出色的只有琵琶。有趣的是，中国现存的两首著名琵琶曲《十面埋伏》和《霸王卸甲》，描写的是同一场战争，即公元前202年楚汉之争中的垓下之战。同一场战争，同一件乐器，留下了两首并行不悖、无法互相取代的乐曲，这是世界音乐史上的一个奇迹。

王猷定在《四照堂集》里记录了一个人称"汤琵琶"的演奏家在演奏《十面埋伏》时的场景，形容是"声动天地，屋瓦若飞坠"，声音宏大、惊天动地，屋顶上的瓦好像都飞落了下来。不但如此，"徐而察之，有金声、鼓声、剑弩声、人马辟易声"，慢慢仔细听，还能听到金鼓齐鸣、刀剑相击、弓弩响箭、人马进退的声音，诸音并作，声如画图，似乎那逼真的战争场面就在眼前。

但两相比较，《霸王卸甲》更注重的是战争当中主角的心理和感情。

《霸王卸甲》里有一个段落"别姬"，描写的是回天无望的项羽和虞姬的生离死别。传说中，项羽最后"力拔山兮气盖世，时不利兮骓不逝。骓不逝兮可奈何！虞兮虞兮奈若何"的浩叹，在《霸王卸甲》中得到浓墨重彩的刻画，化成了一段无比柔婉凄美的旋律。虞姬目睹项羽的败局，为了让爱人能放下自己，逃出重围，东山再起，选择自刎而死。

这两首乐曲都很精彩，但《霸王卸甲》更强调感情，所以更经得起咀嚼、品味。

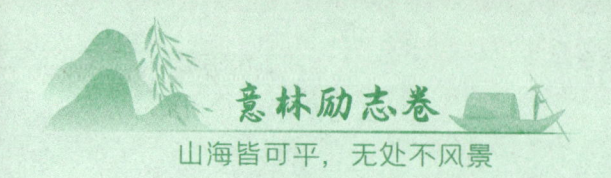

范仲淹的"先天下之忧而忧，后天下之乐而乐"

□张佳玮

范仲淹写《岳阳楼记》时，没去过岳阳楼，没见过洞庭湖。但他是苏州人，见过太湖；他也去过西湖和鉴湖。回看他写太湖和西湖的词句，不难发现：《岳阳楼记》里的洞庭湖，是从太湖、西湖和鉴湖来的。

先来看看范仲淹写的《苏州十咏·太湖》："有浪即山高，无风还练静。秋宵谁与期，月华三万顷。"

何来"有浪即山高"？在《岳阳楼记》里，范仲淹是这样写的："阴风怒号，浊浪排空，日星隐曜，山岳潜形"——大概，他看了太湖山一般高的浪，便觉得洞庭湖的浪，可以遮星蔽山，便写下"有浪即山高"。那么"无风还练静"呢？《岳阳楼记》里又有所谓"春和景明，波澜不惊"。

范仲淹也写过太湖"月华三万顷"，写"万顷湖光里，千家橘熟时"。他也写《忆杭州西湖》："长忆西湖胜鉴湖，春波千顷绿如铺。"西湖的千顷春波，太湖的万顷湖光，范仲淹都曾亲眼见过，所以写洞庭湖"上下天光，一碧万顷"，也不奇怪了吧？

您会说：范仲淹胆子真大，没看过洞庭湖，也敢写岳阳楼！

其实他胆子大的事儿，多着呢。

范仲淹驻在西北时，曾写过一阕著名的《渔家傲》，"浊酒一杯家万里，燕然未勒归无计"——那时他离故乡万里，但还没像窦宪那样勒石燕然，立下大功。他是想做大事的人，因此极有胆气。

他曾写书信给西夏李元昊，晓以利害，希望他听话。李元昊回信，极其无礼。

范仲淹把这事上奏了，把书信给烧了。这事按说是大忌讳，立刻要倒霉。然而命运跟范仲淹开了个善意的玩笑——当时吕夷简与宋庠是正副宰相，吕夷简正好不喜欢宋庠。这天在中书省，吕夷简先开口："臣子不能外交，范仲淹擅自给李元昊写信，得了回信又烧掉，别人敢这样吗？"宋庠一听：哦，吕夷简很讨厌范仲淹吧，记住了！

回头范仲淹上奏，坦陈：我开始听说李元昊有悔过的意思，所以写书信诱谕他；但他回信傲慢，我认为内廷看了他的回信如果不能讨伐他，丢脸的是内廷，所以我烧了，这样内廷不知道，丢的就不是内廷脸面，而是我的脸面了。他就这样自己扛下了一切，等着上头治罪。

宋庠听了，想到头牌宰相吕夷简讨厌范仲淹，便说：范仲淹犯下如此大罪，可斩！杜衍却认为：范仲淹做这事固然胆大，根子却是忠于国家，怎能怪罪他？宋庠有恃无恐，觉得吕夷简会帮他一起打压范仲淹；不料吕夷简从头到尾，一言不发。宋仁宗问吕夷简的意思，吕夷简同意了杜衍的意见。于是范仲淹只稍微降级。宋庠遭了这一折，不久就离开了中书省，去扬州当地方官了——或许只到那时他才意识到，自己是被吕夷简坑了吧？

这事细看，是吕夷简与宋庠的风云变幻，范仲淹夹在中间，恰好走了好运，侥幸逃脱。但细想也挺可悲，如果不是吕夷简和宋庠有矛盾，范仲淹就遭殃了。

而这还不是范仲淹第一次"直率"。据《涑水纪闻》记载，范仲淹更年轻时，在大词人晏殊手下做事。当时礼官想拍章献太后的马屁，要宋仁宗带百官献寿于庭，范仲淹公开反对。晏殊没范仲淹那么大胆，当时吓坏了，怒责范仲淹太狂，范仲淹堂堂正正地回答："我老觉得自己配不上您的提拔，没想到今天会因为正当言论而得罪您！"

这就是范仲淹。

世上有些文因人而传，有些人因文而传。《岳阳楼记》固然是好文章，但其中景致，其实出于虚构与想象。重点还是末尾那段著名的庙堂之高、江湖之远，先天下之忧而忧，后天下之乐而乐——这段话固然好，但因为是范仲淹这种有胆气与经历的人说出来的，才意味深远。

司马光曾说出："文正是谥之极美，无以复加。"司马光是宋朝第三个文正。两宋得谥文正者一共十人，范仲淹是第二个。

最后一件有趣的事：王安石曾吐槽范仲淹"好广名誉，甚坏风俗"。毕竟他做事不拘小节，太豪气了。但等范仲淹逝世，王安石承认范仲淹"由初迄终，名节无疵"。

那些持正做事的人，毕竟无法面面俱到；大到通信烧信，小到虚构洞庭湖。但时日长久，自然明白。大丈夫心地光昭日月，堂堂正正，最终还是会让人回首感叹：

"无疵。"

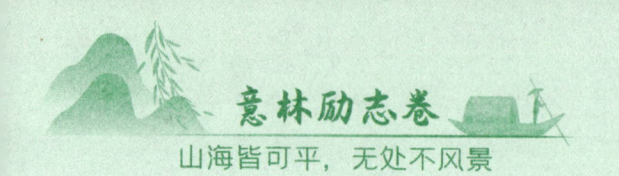

一种新的"文化拖延症"：有什么事，年后再说吧

□张婉馨

2024年春节前，很多人似乎已经步入了独属于中国人的"松弛感时刻"：万事皆可"年后再说"。对此，网友们甚至总结出一个应景热词——"年前冷静期"。

对绝大多数中国人来说，"农历新年"的地位必须承认。这是一个在个体精神层面和社会生活层面都具有强烈意义的重要时刻，更何况在过年期间，可以走亲访友、出门旅游、宅家刷剧、逛街消费……对平日生活单调、倍感压力的人们来说，简直是帮助身心放松的超级疗愈期。

不过，节日的一切也并非全然美好，它也可能引起生活节奏高度规律化的现代人的"节前综合征"。比如，"业绩考核"带来的陡增的工作量会让人心烦意乱；提前规划假期安排、准备礼物等额外增加的事务也会加大压力。

经历着"节前综合征"的人们通常身心俱疲，只要不是极端紧急或非常必要的事情，往往倾向于将其安排到节假日后再完成。

此外，那些"年后再减肥""年后再工作"的"年前冷静时刻"，某种程度上也和人类的"主动拖延"有关系。但是，年后的一切真的会如我们所愿吗？

事实上，在节日结束后人们才会发现，他们早先踌躇满志立下的各种flag（目标）总是受到了无情挑战，并大部分都失败了。根据《时代周刊》的报道，大约只有8%的人全年坚持了自己的新年计划。

对此，加拿大卡尔顿大学心理学副教授蒂姆·皮奇尔表示，新年计划是一种文化意义上的拖延症。拖延是一种以情绪为中心的应对策略，这就是为什么人们喜欢想象新年愿景，因为这是一件快乐的事情，但或许人们制订的计划是一些实际上他们不想做的事情。

而对于那些必须做的事情，正如朱光潜先生所说：应该做而且能够做的事，就得由自己在此时此地赶紧做了，不要推延到未来去做。因此，以后迎来节日狂欢之际，或许可以先稍作思考：有哪些是我们真正需要完成的任务？这样，或许我们能度过一个更加科学的"新年冷静期"。

不是欧洲去不起，而是哈尔滨更有性价比

佚 名

"北境伏尔加庄园里藏着一个加勒比海盗船""去索菲亚教堂来一场权游风走秀""在特色建筑旁做一次在逃公主"……在如今的年轻人眼中，这些"欧"气十足的词语形容的不是北欧城市，而是哈尔滨。

往年，想要体验异域风情，也许人们会选择一场出国游；想要看雪，阿勒泰和长白山的林海雪原也许是更多人的选择。但在2023年，力求将每一分钱都花在刀刃上的年轻人，把目光聚焦在了更具性价比的城市——哈尔滨。尤其是2023年11月，经历暴雪后的冰城秒变童话世界，在每一座富有欧陆风情的建筑下，都能找到属于冬天的"魔幻感"。

哈尔滨在2023年的走红其实并非偶然。最初引起关注的是哈尔滨的早市，一些美食博主发现这里的食物物美价廉，号称两个人花100块吃三天都不重样。于是有网友调侃哈尔滨拥有自己的货币体系，"1块钱可以当3块钱用"，极致的性价比让一些年轻游客大呼"哈尔滨才是我的精神故乡"。

借助社交媒体的发掘传播，哈尔滨的很多景点也逐渐走进了公众的视野。比如，在索菲亚教堂前，花上几百块就可以拥有一套冰雪公主的照片；网友戏称"全国有两个地点适合哈利·波特迷身穿魔法袍拍照留念，一个是北京的环球影城，另一个则是哈尔滨火车站"；再比如"东北人有自己的艾莎公主城堡"——哈尔滨冰雪大世界。

东北的严寒里，主打一个听劝的年轻人打开了新思路——下飞机、出高铁后率先一个猛子扎进大卖场。毕竟，还有什么比购入本地人同款冬日搭配，更能抵御严寒的办法呢？15元起的棉裤、29元起的雪地靴、29元起的马甲……100元不仅能够在早市上吃饱喝足，还能置办一身行头。毫不夸张地说，哈尔滨街头物美价廉的大卖场，解救了一批批在哈尔滨街头冻得瑟瑟发抖的南方朋友。

就这样，在年轻人追求理性消费、高性价比、"平替"商品的情境下，便宜好玩又自带异域风情的哈尔滨，从众多城市中脱颖而出，与游客不期而遇。

有很多人喜欢用一个流行句式表达自己的心情："不是欧洲去不起，而是哈尔滨更有性价比。"其实，亲自去感受过后，你会发现哈尔滨并没有成为哪里的平替，它所代替的既不是欧洲，也不是霍格沃茨，而是那些生活中消失已久的低成本快乐。

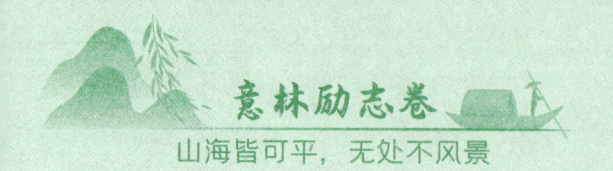

铅华不可弃

□查晶芳

"昨夜裙带解，今朝蟢子飞。铅华不可弃，莫是藁砧归。"唐人权德舆这首诗情态如画，平白如话。可真正令我内心倏然一动的，只是"铅华不可弃"这五个字。当我凝视它，直至它脱离此诗融入无垠，成为一枚独立鲜明的个体时，便觉这"铅华不可弃"是何等令人动容！

它意味着，在任何境况下都绝不放弃自己，哪怕大雪纷飞，哪怕生命荒寒，也永不颓丧，也永远在石壁上看到寸土，在荒漠里寻找点绿，在枯枝上等待苞蕾绽放。永远爱世界，爱自己，永远不忘铅华，永远神采奕奕。这是一种向阳而生的精神，譬如春草，譬如葵花，永向阳光。

想起苏轼。颠沛大半生，但每一次，他都在短暂的困惑之后就迅速张开双臂，以蓬勃的生命激情热烈地拥抱着每一方天空，中国文学史上方有了满面含笑、悠然洒脱的东坡居士。而当苏轼成为"东坡"后，便若挂钩之鱼，忽得解脱。他褐衣芒鞋，吟啸徐行，任凭风侵雨袭，身自岿然不动，心中也无风雨也无晴。岁月洗不去他的铅华，他永远带着它，在黄州，在惠州，在儋州，在生命最后的金山寺。境遇予他风霜雨雪，他总以"铅华"涂之，永远春风满面。他把铅华涂在了历史的签名墙上，那是一个永远乐呵呵的东坡。

想起《孔雀东南飞》的刘兰芝。她美丽，她聪慧，她勤劳，却仍被婆母逼迫离家。临别那日，明明心底的痛楚正排山倒海而来，她却绝不允许自己有半点儿可怜邋遢。天尚未明，她便肃肃起严妆："足下蹑丝履，头上玳瑁光。腰若流纨素，耳著明月珰。指如削葱根，口如含朱丹。纤纤作细步，精妙世无双。"面对如此刻薄寡恩的婆婆，她也没有表现出丝毫失礼失态，举止恭敬有度，一如往昔。这份自尊、自信与自爱，让她的温婉刚烈在中国文学的长廊中卓然挺立，熠熠之光，永垂不灭。

铅华不弃，是不甘，更是不屈；是自发，更是自觉。是倔强，是自爱，是对命运的抗争，是对生命的敬畏。它让灵魂生出双翼，引领人们飞进宏阔辽远的博大境界，最终以一种深厚的信仰之力越过沼泽，打破桎梏，达到自由。自此，生命之树华枝春满，枝枝叶叶，精彩无穷。

超越时间的诗

□王鼎钧

  有人说"我父亲喝酒喝了四十年"不是诗，"酒喝我父亲喝了四十年"是诗。诚然，前一句比后一句好懂，但是，后一句比前一句耐人寻味。"父亲喝酒喝了四十年"，"父亲"是主体，"酒"是附属物，一个人喝酒喝了四十年，离不开酒了。"酒喝我父亲"，酒变成主体，父亲被酒支配了，发人深省。

  从前，读书人动笔之前，先要磨墨，墨块越磨越小，使人联想到那写字的人，墨块磨动的时候，他的岁月也在不停地流失。到了宋朝，苏东坡写出一句"非人磨墨墨磨人"，成为名句。"墨磨人"可以，"酒喝父亲"为什么不可以？

  墨磨人，否定了一个人在书法方面的成就，使人不再想习字；酒喝父亲，使人想应该戒酒，这倒显出后者的境界为何高了。

  "一个人朝东方开枪，另一个人在西方倒下"，是欧阳江河的名句。它不能增加知识，世上绝无此事；它也不能培养判断力，因为太容易下结论了。最后剩下感受，我们又能感受到什么？现代主义使用"荒谬"一词，认为世事荒谬，人生荒谬，"一个人朝东方开枪，另一个人在西方倒下"正是要你我感受世界的荒谬，这种说法新鲜。

  地球是圆的，可以想象射程无限延长，子弹又会转弯，它绕过东半球，来到西半球。还有，这两句诗表面上说枪击，其实也许在说别的事，例如我们舞文弄墨，不知不觉伤害了毫不相干的张三李四。

  有诗云："庐山烟雨浙江潮，未至千般恨不消。到得还来无别事，庐山烟雨浙江潮。"说的岂止两处名胜？王尔德的警句"人生有两个悲剧，第一是想得到的得不到，第二是想得到的得到了"是对这首诗最好的注解，这是诗的"多义性"。艺术作品都应该多义，多义打破空间限制，让天下的人都能接受，也超越时间的限制，让后世的人也能接受。

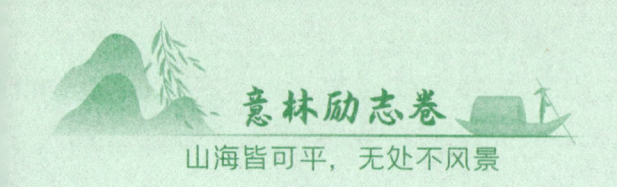

人生无法不记叙

□梅子涵

上小学时我便开始写作文了。写作文从记叙文开始，然后便是记一次春游、记一次运动会、记最难忘的一件事……下乡十年，好不容易恢复高考，我也已经二十八岁了，坐在考场上，发下来的语文考卷，作文考题还是"记二三事"。

看着题目，我想起来，小学升初中时，作文题目是"记一个夏天的傍晚"。

这个记来记去的记叙文一直跟着我进了大学校门，跟进了大学课堂。

上写作课，我们这些离开校园很久的大学生，真是坐得端端正正啊，端正得胜过童年。童年不是都懂得为什么要好好学习的，至少我是根本没有真懂过，怎么会有兴趣在本子上记叙一件事、二三事？可是我还是要认真地写下一句句平淡、呆兮兮的话，记的也是真春游，但编的心情是假的，因为真的心情是我老想着书包里所带的吃的东西，恨不得一路吃，可是我只能写看着路上的树、公园里的花，啊！春天是多么美丽啊！老师一定早就烦透，但是老师没有办法，所以打的分数还不错。

度过了大半个青春年月，心里、身上都有了伤痛，经验、智慧也叠成了微微厚的一小沓，笑容会含蓄，泪水也能藏起……这时我才意识到原来心里很需要记叙，醒着往前走，梦里总返回。

任何一个老师、先生，都是我们眼前的光芒！哪怕是只言片语，她的一点儿由衷的赞赏，我们都会咕噜一声吞下，吞进深深的心里。不是小小的喜悦，是很大的。因为这是大学的、高高的课堂。

我也被老师多提到过两回，夸奖了。虽然考进大学前，我已经被杂志、书籍等登载过几篇所谓的散文、小说，被称作业余作者。但我其实是昂不起头的，因为知道，记叙文跟着我这么多年，可我的记叙能力实际上是弱的，即使那刊载的作品，也是情节有疙瘩，细节无瞳孔，勉勉强强，木木平平，更不要说心理、穿着、神情、举止、语言……

讲评我们这些学生的作文，真是难为老师了。说得太轻，等于没有教；说重些，又担心我们的自尊。老师是个异常温和的人，相信我们听得懂，所以她足够留情，慈善地赠送给我们信心和体面。

大学一年级，每周一次上她的课，我们都心神饱满着认真地听、写。夜晚，我也在阶梯教室固定的座位上，记叙着自己的山和水，努力写得踏踏实实、从容不迫，不浮光掠影，不喊口号，不唱"山歌"，不急急慌慌奔往流行主题，记着事，写着人，情感和诗意在风吹日晒间看不见却触得着地流来又流去，光影闪烁。

一直到后来，慢慢阅读，慢慢练习，成了大学生的写作导师，才有了把握对他们说，抒情、诗意、思想、哲学，在文学里也都是很依靠记叙的，如同天之光，地之绿……有记叙的演讲，最容易成为动听的演讲。所以从小学习写作，第一个要学要写的是记叙文，这真是语文教育的智慧安排，是一个特别经典的成功。

因为人生无法不记叙。人生正是一篇很长的记叙文。哪怕不写下，会用嘴巴记叙的人，也可动听，动情，优雅，令人着迷。

我们平常日子相逢聚会的咖啡、红茶、绿茶时间，在圆圆的餐桌前，要多一些安安静静的娓娓记叙文，不喊叫，在生命的真情细节中安详描述，有喜怒，却宁静，这也当是中国的修养和文化！

请把对待星空的善意，转向地球上的人类

□刘慈欣

面对宇宙，人类显示出幼稚和善意，它们揭示了一种奇特的矛盾：在地球上，人类可以踏足另一块大陆，可以不假思索地通过战争和疾病毁灭同类文明。但当仰望星空时，人类变得多愁善感起来，他们相信如果地外文明存在，那些文明也必然普遍为一种高贵的道义所约束，就好像珍惜、热爱不同的生命形态是不言而喻的普遍行为准则一样。

我认为事实恰恰相反：应该把对待星空的善意转向地球上的人类成员；对组成人类的不同民族和不同文明，应当建立起信任和理解。但是，对太阳系以外的宇宙，我们应该时刻保持警觉，以最坏的恶意来揣测任何可能存在于宇宙空间中的异类。我们的文明如此脆弱，这无疑是最负责任的做法。

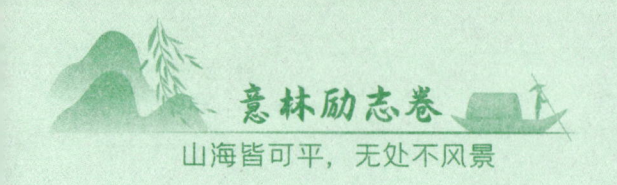

古人也会"演绎推理法"

□唐宝民

国渊此人胆大心细、聪明机智，曾经深得曹操的信赖。

有一年，有关部门收到了一封匿名信，这封信言辞轻慢、极力讽刺朝政，显然是对朝廷有意见的人所写。曹操十分痛恨这种行为，表示一定要查清楚写信的人是谁，想来想去，就把信交给了国渊，让他设法查出写信的人。

国渊接受任务后，将匿名信反复研读了很多遍，有了主意。他召来功曹，对他说："现在喜欢研究学问的人越来越少了，你给我找几个聪明、有知识的年轻人，我想派他们去拜师学习。"功曹领命而去，没过两天，就向国渊推荐了三个年轻人。国渊召见了这三个年轻人，对他们说："你们都是善于学习的年轻人，但你们所学的知识还不够广泛。《二京赋》规模宏大，但世人多忽略了它，很少有能讲解它的老师，我希望你们找到能读懂《二京赋》的人，拜他为师，向他请教。"三个年轻人听罢吩咐，便告辞离开。他们来到街上，通过各种关系打探能讲《二京赋》的人，找来找去，终于找到了一位老者。

这位老者是开私塾的，对《二京赋》非常熟悉。三个年轻人拜见了他，表达了想要向他学习的意愿，老者豪爽地答应了。于是，三个年轻人一边跟老者学习《二京赋》，一边把事情的经过汇报给了国渊。国渊听罢，暗中嘱咐三个年轻人，要他们想办法把那位老者手写的信笺拿出来一张。两天以后，三个年轻人便把老者的一张信笺拿了回来，交给了国渊。国渊把这张信笺上的字迹和匿名信上的字迹仔细对照了一番，确认是出自同一个人之手，便立即派人去将那位老者拘捕审问。

老者被带回来之后，起先不承认匿名信是自己所为，说自己从没写过什么匿名信。国渊便把匿名信上的字和信笺上的字的相同部分指出，老者无话可说，交代了自己写匿名信的经过。

那么，国渊是根据什么线索侦破这个案子的呢？原来，国渊在当初反复研读匿名信的时候，发现那封匿名信中多处引用了《二京赋》的内容，于是意识到写信人对《二京赋》极为熟悉。而当时熟悉《二京赋》的人寥寥无几。所以，国渊便想出了这么一个办法：找几个年轻人，向他们灌输学习《二京赋》的重要性，然后让他们自己出去找能讲解《二京赋》的人做老师，然后设法取得他的手写信笺，以便对照笔迹……如此一来，案子就成功侦破了。

国渊和亚里士多德等人并不认识，但在此案中，他运用的显然是被后世称作"演绎推理法"的办法，通过一番合理的推理，确定了嫌疑人的身份特征，然后发动群众，有目的地去寻找，最终将嫌疑人缉拿归案。许多现象背后都隐藏着因果关系，有心人能够将这些因果关系与现象联系起来，就能得出正确的结论。

舒适不等于快乐

□岑 嵘

很多人以为，舒适就是快乐，快乐就是舒适。事实上，这完全是两个事物。

古希腊人发现，不舒适是快乐的前奏。这点其实很容易理解，当我们饿了一整天，饥肠辘辘时，再平常的食物也会狼吞虎咽；当我们劳累一天后躺在床上，才知道睡觉是一件多么令人快乐的事情……但是，如果没有这些令人不舒适的前提，饮食和睡眠就不会让我们这么快乐。

舒舒服服地"躺平"，最终只会感到人生的无聊，而所有的苦难和挫折却是日后快乐的源泉。在快乐和舒适上，老天对人是最公平的。

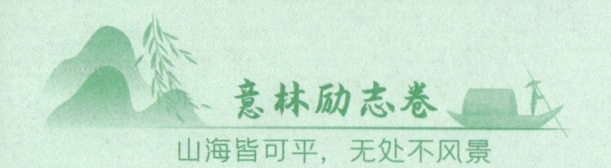

30多年不工作，徐霞客的旅费从哪儿来

□马庆民

翻开《徐霞客游记》，他出游时，不仅骑马，还带仆人，吃饭下馆子，住宿进"酒店"……可谓不差钱的主儿。

不过，他不做官、不经商、不务农，也没挣稿费，那他的旅费从何而来？

要知道，徐霞客出身于江南巨富之家，是有些家底的；但到了蛮夷之地，钱带多了也不安全，遭遇强盗，几度绝粮，是常有的事，不过野外生存技能满分的他，总能巧妙化解。

首先是借。一次被打劫后，他果断弃舟登岸，直奔衡阳的朋友金祥甫家。人家并不富裕，用民间的集资方法东拼西凑了些，这才借给徐霞客20两银子，而代价则是徐家20亩田的田租。

其次是蹭。徐霞客游广西时得了一个好东西——中军唐玉屏"以马牌相畀"。马牌是什么？马牌是明代军事人员给驿站出示的信物。只要出示马牌，沿途驿站就要接待，主要是派人挑行李和管吃住。他使用马牌大概两个月，一直到他离开广西。

当然，名声和个人魅力也很重要，通过好友陈眉公介绍，他认识了昆明名士唐大来。唐大来不仅资助了他游云南的旅费，还为他写了数封"推荐信"，这种"因友及友"一环套一环的接力帮助，很大程度上保证了旅费的可持续性。

不过，当徐霞客用生命完成最后四年万里遐征时，还是出了很大的问题。"是日复借湛融师银十两，以益游资。"刚出门11天就开始借钱，可见其捉襟见肘。不过，他依旧白天行、晚上记，乐此不疲，哪怕险象丛生，哪怕生死未卜，哪怕身无分文……也正因如此，他在沿途遇见的人情风景，终成就了名垂千古的《徐霞客游记》。

他用行走和文字，给我们留下了一种宝贵的精神："大丈夫当朝碧海而暮苍梧。"

当我们看戏时，我们在看些什么

□ 李 楯

中国戏的戏台装置、时空建构、演员与观众的关系，都与西方舶来的话剧舞台有着明显的差异。

戏，是诗、词之后"最中国"的抒情方式，蕴含中国人特有的认知、思维、记忆、表达和交流、互动的方式。

中国戏表达了一种"百年身，千秋笔，儿女泪，英雄血"的文化主题。

什么是"儿女泪"呢？《西厢记·长亭送别》中有："碧云天，黄花地，西风紧，北雁南飞。晓来谁染霜林醉，总是离人泪。"这，就是写"儿女泪"。

什么是"英雄血"呢？《单刀会》中关羽面对大江滚滚而去，想到赤壁鏖兵，想到当年的那些风云人物，说这是"二十年流不尽的英雄血"。

英雄与儿女是相通的。以至于是琴心剑胆，侠骨柔肠，甚至是英雄气短，儿女情长。《玉簪记·秋江》中有"秋江一望泪潸潸……这别离中生出一种苦难言，恨拆散在霎时间"，以至于"心儿里，眼儿边，血儿流……生隔断银河水，断送我春老啼鹃"。

《牡丹亭·游园》中更写出"我一生爱好是天然"，写人对美好的追求；把人，把生命写到了极致，把情也写到了无限美好的境界——由生而死，复由死而生。

中国戏中的"女为悦己者容"，与"士为知己者死"同样惨烈。

我们看京剧《霸王别姬》，写失败的英雄——项羽说"天亡我，非战之过也"；"力拔山兮气盖世，时不利兮骓不逝……"又是何等悲怆、凄厉。昆剧《钟馗嫁妹》中的"沦落英雄奇男子，雄风千古尚含羞"，又是何等感慨、悲凉。

我们看《青梅煮酒论英雄》和《横槊赋诗》中写曹操，《红拂传》中写虬髯客，是何等的情怀与作为。再看看《白水滩》中写莫遇奇，《五人义》中写颜佩韦、周文元，《锁五龙》中写单雄信，《草诏》中写方孝孺，《骂贼》中写雷海青，《刺虎》中写费贞娥，又是何等视死如归——"大丈夫在世，生而何欢，死而何惧""苍天若能遂人愿，打尽人间抱不平"。

有人说：中国人喜欢大团圆。其实中国人也有悲剧情怀：儿女、英雄，是相通的。昆曲表现了这些，京剧也表现了这些。以至于有人专门著文，谈京剧老生唱腔的苍凉韵味，说这是一种人生的寂寞和孤独，内化于歌唱之中。

而中国戏曲中与儿女、英雄同在的，是天地之间、世间百态、人情世故。

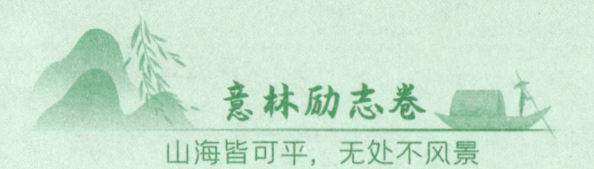

一封来自理想书店的信

□［美］玛丽·曼利 译／曹逸冰

也许有些作家不费吹灰之力就能写出一部杰作。但大多数时候，再才华横溢的作家创作时也不得不经受痛苦与折磨。不仅因为囊中羞涩，时间、孤独、灵感……这些都是痛苦的来源。常有作家得不到应有的评价。写作毕竟是一份工作，它与生活不同，每本书、每一首诗，都是作者一字一句谱写的心血结晶。

作为作家，你的人生一定充满烦恼与忧愁。而书与诗，则为你的生命赋予形状与含义。读者的人生，也会受到书与诗的影响。

每一位作家都有独特的风格。喜欢用的色彩或明或暗，颜料或浓或淡。有时，作家会在我们意料之外的地方点缀一丝星光。

我不会忘记阅读你作品的每一个瞬间。我生在密西西比河河畔的小镇，放眼望去，除了田野空无一物。多亏了你，我才能与哈克贝利·费恩一起沿着密西西比河顺流而下，来到呼啸山庄，经过盖尔芒特的家，在特洛伊平原欣赏希腊军队野营的篝火。多亏了你，我才知道女性也有许多权利。多亏了你，我没有醉心于宗教，而是学习了科学知识。

你一定觉得读者该对你涌泉相报——至少，要让你过上普通水平的生活吧。实不相瞒，我们这些读者中的大多数，都是靠你们过活的（好比我，就是开书店的）。

总而言之，我想告诉你：世界上有数不清的人和我一样，无法想象没有你的人生。即便他们从未这样说过。

诺森伯兰郡安尼克站
巴特书店，玛丽·曼利

古代也有"人生一串"

□金陵小岱

2023年开始，山东淄博的烧烤成为顶流"网红"，几乎是"住"在了微博的热搜上。不少网友冲着这股热乎劲儿专程跑到淄博吃烧烤。烧烤可不是现代人的专属，在马家浜文化遗址中就出土了腰檐陶釜和长方形横条陶烧火架（炉箅），这说明最晚到新石器时代，古人就已经把吃烧烤这件事给安排得明明白白。古人吃烧烤很讲究，他们将烧烤的技法分为三类，即燔、炮、炙。"燔"，"加于火上曰燔"，也就是直接放在火上烤；而"炮"，把食材用草或者湿泥包起来，再放入火中烤；"炙"，是"贯串而置于火上"，与现代人的烤串几乎一致。

"烤技"掌握了，关键的环节当然是选择食材，古人是万物皆可烧烤。先秦《楚辞·大招》里说："魂兮归徕！恣所择只。炙鸹（乌鸦的俗称）烝凫，煔鹑陈只。"古人馋起来连乌鸦都要烤！烤乌鸦就算了，到了汉代，古人又迷上了吃烤蝉。陕西历史博物馆就藏有一架绿釉陶烤炉，上面的沿口两枚扦上分别穿有四只没有翅膀的蝉。

江苏徐州铜山汉王乡东汉墓曾出土了画像石《庖厨》。从画面来看，第一层中间刻有人在案上切肉，而站在右边的人则左手拿着肉串在炉子上烤，右手拿着扇子扇，这跟现代人的烧烤摊并没有什么区别。

食材标新立异，会吃的人还讲究烧烤用的木炭材质，其中"桑炭甚美"。说起桑炭，还涉及一起古代食品安全案件。据张家山汉简《奏谳书》载，一名宰人向君主进奉烤肉时，被发现烤肉上有一根三寸长的头发。君主大怒，要治宰人的罪。负责审理案件的大夫史猷分析道："烤肉用的铁炉和桑炭都是上乘的，烤出来的肉外焦里嫩，唯独一根三寸长的头发没烤焦。这似乎不是烤肉者的过错。"

烧烤在不少现代人看来，是不健康食品，可谁能想到唐代人居然用烧烤作为药膳来治病？据唐代名医咎殷《食医心鉴》，鸳鸯炙、野猪肉炙、鳗鲡鱼炙、炙鸲鹆（烤八哥）居然可以治疗痔疮以及并发症。至宋代，烧烤更是成为皇室的最爱，某日宋仁宗早上起来，对他的近臣说道："昨夕因不寐而甚饥，思食烧羊。"皇帝馋烧烤竟馋到睡不着觉。

有趣的是，中国吃烧烤历史悠久，但"烧烤"这个词出现不过百年。谁能想到，"烤"这个字是著名画家齐白石在20世纪30年代初，为一家烤肉店题名时所创。在写完这个字后，齐白石又加了一行小字作为备注：钟鼎本无此烤字，此是齐璜（齐白石名）杜撰。

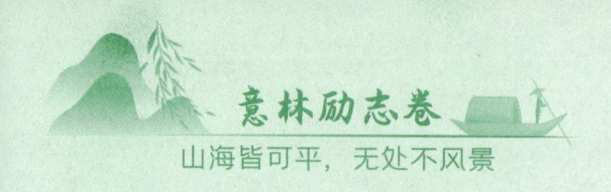

葫芦娃是云南人？
这份"脑洞科普"太有梗

□佚 名

葫芦娃是哪里人？答案是云南人。

至于理由，可是经过了认真的地理分析：葫芦娃家的尖顶茅草屋利于排水，可见当地排水量大，在我国符合这个条件的，只有热带季风气候和亚热带季风气候区；周围环境中出现了钟乳石和石林，属于著名的喀斯特地貌，云贵高原正是以喀斯特地貌著名；动画片中出现过蛇、蝎子、蜘蛛……可见这里生物多样性强，云南省垂直地带性显著，气候类型的多样造成了生物种类的多样。

而给出讲解的，是中国地质大学的大二学生年跃。自2021年起，他陆续更新了近百条科普短视频，累计获赞超过1000万，因讲解清晰又有梗，被很多学弟学妹当作"课代表"。年跃讲解的地理知识，乍看上去都有点儿"离谱"，比如丁真为什么长得帅？对此，年跃倒是"见怪不怪"，在他看来，最近几年看似与课本知识距离越来越远的地理题，其实暗藏着丰富的地理知识，这也是他爱上地理的原因。

不仅如此，如果地理学得好，还能发现平时很多注意不到的"浪漫与诗意"——大一暑假，年跃和同学结伴前往黑龙江省抚远市旅行。太阳升起的那一刻，他心里突然生出几分感动：抚远市是中国的最东端，眼前这温暖的金色将是这一天祖国大地上的第一缕阳光。"这种感觉很难形容，就像你真正理解一句古诗后，和千百年前的诗人跨越时空的限制产生共鸣，这种获得感不是简单背下这句诗可以比拟的。"

从年跃三四岁开始，爸爸妈妈就带着他看各种地图，让他印象最深的，是一本名叫《国家地理（世界版）》的大部头，里面详细介绍了各个国家的面积、人口、民族等地理信息，"看完那本书，会对每个国家有一个大概印象，也激发了我最初对地理的好奇心。"譬如喀麦隆，一个远在非洲的国家，和我们普通人日常生活中的交集并不多，但书里曾提到这个国家有200多个民族，年幼的年跃就很好奇为什么这个国家的民族这么多。

先是书籍，后来是网络，对年跃来说，地理的学习就是这样一个一个满足好奇心的过程，"毕竟我就是学生嘛，所以更能了解怎样才能让大家爱看、看得下去"，他常常在视频里一人分饰多角，尽可能地让讲解有趣一些。

对他来说，最有成就感的事就是学弟学妹们因为自己的视频喜欢上地理。有学弟学妹留言说，自己平时看课本总是记不住的知识点，一看他的视频，居然都牢牢记住了。年跃坦言，做科普是件很累的事，过去一年多里，为了录制短视频自己牺牲了大部分课余时间，也经常被朋友抱怨"失联"，但想到自己的视频能够启发和帮助更多人，一切付出便没有白费。

一山春蝉

□ 舒　州

有人穿袄、有人穿裙的清明，我在一片山林中，被蝉声包围。说包围，是不恰当的，那片鸣唱浮在树冠的上层，地上一层人声，树上一层蝉声。

一只蝉，是辛苦的。地下数载，地上数日，此生就结束了。蝉这个物种，也是辛苦的。与夏天画等号的是夏蝉，它们从早至晚，"知了"不停，火热的歌者接力登场。其实，还有春蝉，农历二月中旬开始鸣叫，正巧挨着春分。当然，还有秋蝉，过了寒露才愿放声，不比夏蝉多言且嗓门嘹亮，它们小心翼翼的，胆战心惊的。这支勤勤恳恳的家族乐队，要从春到秋忙三季，气喘吁吁。

很多植物用花用果来证明自己，证据所在，毋庸置疑。可是，就算没有花与果，蜡梅知道自己就是蜡梅，橡树也知道自己就是橡树，它们并没有忘记自己的名字。

证明自己，是有对象的——证明给谁看呢？草木，证明给风看，给蜂蝶看，给与自己息息相关的一切看。一只蝉，不会为了证明给我看，才会鸣嘶。我不是它的证明对象。它的鸣声的确在寻找听众，被另一只蝉听见，被另外的蝉听见。

"居高声自远，非是藉秋风。"一个藉字好，不是依赖，不是讨好，是自然而然。太多的意义，都是附随的结果。总是蝉之于人，人无法之于蝉。人听读蝉，蝉不听读人。

一山春蝉，是春蝉与一座山、与一个春天的息息相关。我们只好鱼贯而来，又鱼贯而去。

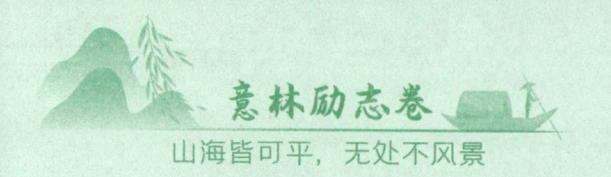

你的生活习惯是天气捏出来的

□［英］特里斯坦·古利　译／周颖琪

回看人类的生活史，天气扮演了举足轻重的角色，或许得出这个结论还为时过早，但我们不可否认两者之间存在某种重大联系。

在西伯利亚，韩国摄影师、博物学家朴秀勇花了20年的时间，对神出鬼没的西伯利亚虎进行追踪，观察这种动物的一举一动。朴秀勇注意到，风能帮松树传播花粉。雌花得到花粉、完成受精后，不久就会长出松果来，松果很快又会掉落。食草动物来找松子吃，而老虎为了追踪猎物，也跟着食草动物的痕迹而来。红色的花粉是风的地图，标示出了一条让朴秀勇认得出的小路。他就是这样找到老虎的。

作家塔姆辛·卡利达斯在赫布里底群岛有一个小农场，她在那里感受到了天气即将发生变化。羊群躲进了附近的森林，鸥群更紧密地围在喂食者身旁。她还感受到了自己身上发生的变化："我的嘴里有一股单调沉闷的味道……这种迟钝的味觉要么预示着麻烦，要么预示着变化。"

此外，天气也是人类内心世界的重要组成部分。冬季的白天更短，会导致数百万人出现季节性情感障碍。突如其来的寒风不仅会让人产生生理上的寒冷感，还会让人产生"该回家了"的心理感受。急匆匆往家赶的人们，步伐的节奏也会随着风的鼓点而改变。

无论是好天气还是带来麻烦的坏天气，都塑造着你我，自古以来就是这样。有些历史学家认为，古埃及、古巴比伦、玛雅等伟大的古文明，都发源于平均气温20摄氏度左右的地方，这是现代人感觉舒适的室内温度。

天气和气候撑起了常青的大国，而小气候创造出了那些奇妙的时刻。一片凉爽的山谷里为什么有这么多葡萄园？

哦，是河水反射了阳光，让葡萄可以得到双重光照。对这样的发现，又有谁能不产生一丝愉悦呢？

第六章 萤光册

赶路人的月，逆流者的桨

夕阳是一粒种子

□明　月

　　老人和孩子坐在一起看夕阳。老人问孩子："夕阳像什么呢？""像一粒种子。"孩子说。

　　老人想，孩子一定是见夕阳圆圆的，而大多数种子也是圆圆的，所以说夕阳像一粒种子。于是，老人有意追问了一声："怎么会像一粒种子呢？""当夕阳落入地平线，落入大地，像不像一粒种子播入泥土呢？"孩子说。"但种子会发芽，夕阳会发芽吗？"老人问。"怎么不会呢？"孩子说，"第二天黎明，那冉冉升起的朝阳，不就是夕阳发出的芽苞吗？"

　　这是老人没想到的：夕阳落下，那是种子在播种；朝阳升起，那是种子在发芽。而朝阳，正是夕阳发出的鲜嫩明亮的芽苞。

　　"夕阳是一粒种子。"老人自语了一声，看着孩子，像是看着一轮冉冉升起的朝阳，开心地笑起来，笑得像夕阳一样灿烂。

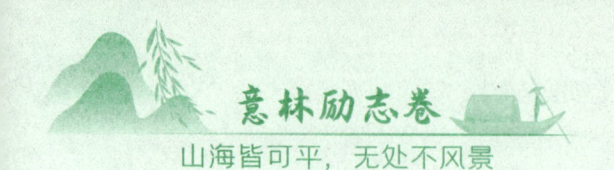

小时候背的诗

□张佳玮

读诗、背诗有什么用呢？

有一次，我与几位久别重逢的朋友在店里吃涮羊肉。夹起一片羊肉，入锅一涮一顿，蘸佐料后，立刻入口。好羊肉被水一涮，半熟半生，不脱羊肉质感，饱蘸佐料一嚼，立刻化了。呼一口气都是冬天的味道，但总觉得还缺点儿什么。

这时，我们中间最年长的一位拿起筷子，开始敲空盘："君不见，黄河之水天上来，奔流到海不复回……"于是大家一起跟着拍大腿："天生我材必有用，千金散尽还复来……五花马，千金裘，呼儿将出换美酒，与尔同销万古愁！"完事之后，大笑，笑到有个人从椅子上滑下去，坐在地上了，还在笑。后来大家都说，从来没有这么痛快过。

年少时背的一首千年前的诗，能在背完十几年之后让我们重新寻回快感，多美妙。

还记得老师说的那句"这首诗全文背诵"吗？

这是一个意味深长的暗号。简直就差告诉我："这些要求背的，是我给你们挑的宝藏。你们现在不一定能懂，但它们太好了，我不能不告诉你们。"

那些诗会埋在心里某个地方，只有到适当的时候，火光一亮，才能明白其中的美妙——年纪越长，懂得越多。那些诗，那些画面和意境，你揣在心里，不一定知道有什么用，但比没有要强出许多。

《倚天屠龙记》里，张无忌离开冰火岛前，谢逊曾逼迫他背下许多武功要诀，还说"虽然你现在不懂，但先记着，将来总会懂的"。

许多东西记下来，就是在心里生了根。日后触景生情时，你总会懂的。

人和冰箱也没什么分别

□张　春

　　整牙之后我有了一样新乐趣，就是看各种矫正牙齿的视频。这类视频会把整个正畸的过程快放——拔掉哪些，拉动哪些，归纳哪些。如果牙齿太挤了，还可以把每颗牙齿的两边都磨切掉一部分；牙齿太长了，会在牙床上打颗钉子，然后用皮筋把它拉进去。

　　如果牙齿不够多，还可以种牙：将牙龈切开，露出颌骨，在颌骨上钻孔，装个螺母进去，缝合牙龈，等它长好，再打开，装个螺丝进去，再缝合，再等它长好。等牙龈愈合，把那些金属的东西和新牙齿的底部都慢慢包起来，跟天生的几乎无异。

　　厉害了，原来人的骨头上是可以打螺丝的！

　　我妈几年前做了一个手术，要在耳朵后面的颅骨上开一个小洞，然后把手术器材探进去进行一些精细操作，在颅腔内部的某条血管和神经之间垫个东西。手术完成后，颅骨上盖一个金属片，用钉子锁住，再把打开在一边的头皮重新盖回去，缝合。一年多以后，疤痕几乎看不到了。当时，医生指着视频向我说明手术过程，我吓坏了，立刻回病房收拾行李，跟我妈说："不做了吧，咱们跑吧。"我妈一听也坐起来："走，走，走。"

　　主任医生、主治医生、麻醉医生、护士长、护士们都傻眼了，一个接一个过来问："真的不做了？"我也暗暗纳闷：莫非术前说明从来没吓到过别人？

　　总之，人居然可以被这样粗暴地打开又合上，根本就不是什么精密巧妙的东西。在医生，尤其是外科医生的眼中，人类完全就是一种物质的存在吧。破了就打个补丁，坏了就切掉让它重新长。用的工具，也是些刀子、钻头、镊子。人跟冰箱，好像差得也不太多。刚出厂的一般更好修，使用时间长的，磨损老化得厉害，就会难修一些。人类和冰箱最大的不同，大概在于人类可以完全降解！

　　每次正畸调压力，医生总说不能冒进，既要移动也要让牙齿稳固。而我总是跟医生说："再紧一些，再收一格橡皮筋吧！我不怕痛的！"

　　我不怕痛的，我只怕不够痛。不够痛，是不是说明我没有在变化？

　　现在回想起小时候看到街上的阿飞打架，一会儿断手断脚，一会儿削掉半个耳朵，第二天就若无其事了。以前看《搏击俱乐部》是很费解的，这些人把彼此揍到要碎掉，怎么还能爬起来？现在我知道了，身体的这点儿痛，意味着自己不过是纯物质的存在，已经不能算作可以龇牙咧嘴的事了。

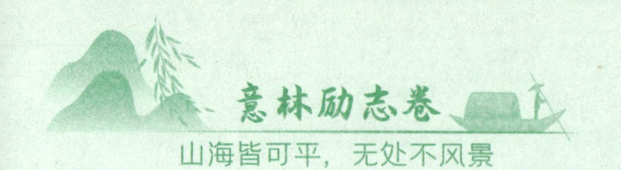

登山前：拉爆向导！
登山后：拉爆向导的冲锋衣

□鲨鱼辣椒

最近，我发现相当一部分人追逐旷野的方法是爬雪山。尤其喜爱爬攀爬周期短、冰雪体验好的入门级雪山——哈巴雪山。

不过据我所知，爬山除了要做体能训练，还需要购买专业的登山工具以及请一个靠谱的向导，而花钱请来的向导大概率还会让你"社死"。

如你所见，如果你在登山的过程中走不动了，向导出于职业素养和对自己百分之百登顶率的名声的考虑，他会掏出一个法宝——"牵引绳"。是的，像"遛狗"一样牵着你走。

值得一提的是，向导深谙激励式教学的精髓。当你快要结束这段旅程时，他还会贴心准备一块奖牌，用这个诱惑登山者，激发登山者最后的潜力，甚至榨干他们所剩无几的体力。

若你的身体素质实在堪忧，牵引绳和诱惑都不起作用的话，也没关系。因为向导大哥还有最终的撒手锏——背着你上山！我把这个环节称为"无痛无知觉代登顶"。完事了，还能美美发个朋友圈："可是妈妈，人生是旷野！"

不过，玩笑归玩笑，虽然哈巴雪山被称为"初级""入门级"雪山，但这是相比于其他更高更难的雪山而言。

首先，它的雪线非常高，通常都是在4900米以上，只是冰雪地形在攀登过程中所占比例不大而已；其次，海拔5396米的哈巴雪山，有着2700余米的海拔落差，甚至超过了许多6000米级别的山峰，山脚与山顶的气温差达22.8℃；最后，哈巴雪山也曾发生过数次遇难及其他安全事故，香格里拉市人民政府也发布过关于规范管理哈巴雪山登山活动的通告，其中对登山活动更是有着严格的要求。所以，登顶哈巴雪山也不是一件轻松就能完成的事情。

借用登山者最喜欢的一句话："Because it is there（山就在那儿）."但我想说的是，山就在那儿，真有想法，请踏实锻炼、攒钱，万事俱备再去征服雪山也不迟。

安全、周全，才是我们追求旷野人生的出发点，也是最好的落脚点。

好一个"雅贼"！
意大利小偷沉迷读书忘了逃走

□佚 名

先来讲个偷盗者的故事吧。

意大利首都在2024年8月发生了一起未遂的盗窃案，并迅速传遍全世界。

趁着夜色，38岁的小偷拿着一个袋子，翻过阳台，进入一户人家。偷窃还未开始，他的目光就被房主床头柜上的一本书吸引。这本书名叫《六点钟的众神》，从众神的角度，诠释了古希腊诗人荷马的著作《伊利亚特》，差不多可以理解成一本读后感。或许是书的诱惑力太大，小偷竟忘了自己在盗窃，径直拿了把椅子坐下，专心致志地看起来。直到房主从睡梦中醒来大喊一声，小偷这才赶忙抱头鼠窜，不过最终还是被捕。

这堪称世界上最好的一篇书评！书的作者听后高兴坏了："我想找到那个被抓的人，把书送给他，因为他刚读了一半就被逮捕了，我希望他能读完。"巧合的是，作者最喜欢的希腊神祇是盗贼之神赫尔墨斯，他也是文学之神。

不错，巧合与命运，最令人着迷。

想起那天在社交媒体上看到一个女孩，长得很像中国乒乓球运动员孙颖莎。这让我想起摄影师弗朗索瓦·布鲁内尔的一个摄影系列《我们不是双胞胎》。他专门拍摄世界上"撞脸"的男女，这些人并非双胞胎，却拥有复刻般的脸庞。有位西班牙遗传学家研究这种现象后发现，这些长相相似的人，拥有相似的基因片段，无论有没有血缘关系，他们不仅长得像，身高、体重、受教育程度等也高度相似。随着地球上人类越来越多，人们出现相似基因的概率正在升高。

这是捉摸不透且狡黠的世界，利用偶然性给我们带来的小彩蛋、小插曲——正如那个盗贼的故事。有时候看厌了大人物们的冲突、权谋、战争，这些小新闻也能让人在秋日的午后，生出一丝淡淡的笑意。

不过，"文艺小偷"下次想读书的时候，请直接去图书馆吧！那里书多，而且免费，还不会有被逮捕的风险。谁知道下一页会不会藏着一个改变人生的故事呢？

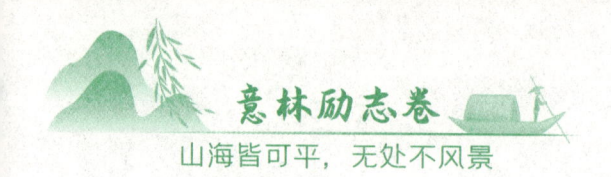

请陌生人吃的 492750 顿饭

□斯小乐

汕头老城的三元饭堂，门面上叫"三元"，实际上来这家菜品丰富的小饭堂吃饭，一分钱不用付。只要你表示生活上遇到困难，他们就会给你提供一份免费盒饭——盒饭由饭堂发起人出三元，身边的朋友出三元。实际领到的饭往往远超这个价值，有人甚至吃到过鲍鱼、大虾、烧鹅等各式"硬菜"。

这是三元饭堂坚持帮助生活困难邻里街坊的第9年。有热心网友算过，如果按照平均每天分发150份饭，9年来风雨无阻，三元饭堂约等于请大家吃了492750顿饭。相关视频"火"了以后，四面八方赶来三元饭堂做志愿者的人多了很多，留下东西匆忙离去的人有，捐完物资拉着孩子在门口拍照留念的也有。很多时候，饭堂老板肖毅甚至不知道这些人的名字，他说不清楚为什么这么多素不相识的人，会愿意来这里做义工，就像他说不清楚，自己为什么坚持了9年。

用"坚持"这个词或许不准确。潮汕一带向来有给需要的人施粥派米的习惯，比如离三元饭堂50米不到，就有家"杏花伯古庙"，庙里灯火长明，门口一台24小时提供免费饮品的冰柜，欢迎来往的人自取解渴。

这样的环境下，肖毅也不觉得自己在做一件特别不寻常的事，可能唯一的区别就是他把别人常走的路，多走了一步：把食材做成可口的饭菜，帮助真正饿肚子的人。

这源自他的一次观察：很多领油和米的老人视力不好，施赠食物放久了，发霉了也看不见，到头来吃不健康的米油，身体反而更差。他跟朋友聊天的时候就说，想要帮助他们，不如直接做好盒饭送过去。

"潮汕人见面就有递根烟给对方的习惯，一根烟也不过三元的价格，给有需要的人送去一盒饭，也是你一根烟我一根烟的事情。"于是有了三元饭堂：留下三元钱，就可以为有需要的人送去一盒饭。"而且做饭本来就是件开心的事啊！"

他说自己作为潮汕孩子，骨子里相信环境再难，也要吃顿好饭；他也说，做饭本来就不累，看到人人都吃上一口好吃的热饭，那更是开心的事。最开始捐助资源不多，他们就保证每天都能给领饭者提供一份青菜和一个鸡蛋；现在物资充足了，隔几天就换着口味变着花样做菜。

当然有网友质疑，比如没必要把慈善盒饭做得这么高标准，甚至有人说提供素菜就足够了，但肖毅坚持，给别人的，应该是别人想要的，他明白越是在困难无助情况下的人，越是希望能够吃上肉。

肖毅说，9年了，他早就领悟到无论做什么事情，都会有人不满意。"就像我有我的帮助方法，网友眼中也有自己的正确答案。如果我能通过自己的行为，鼓励他们在自己所在的地方也行动起来，这才是最好的结果。"

三元，一根烟，一顿饭，仅此而已。

扛花送与谁

□章铜胜

我一直喜欢老树的画与话。

老树有一幅画，画的应该是早春。画中一位戴着礼帽，穿着白色长衫的男人，立在草色淡黄浅绿的江边，江水茫茫，彼岸渺远。男人的肩上横扛着一枝花，长枝上红花点点。是桃花，还是杏花？看不出来。世上哪里就有那样的一枝花，可以扛在肩上，依然是又娇媚又纯洁的呢？

那枝花也许只是老树心中的一枝春花，被人那么扛着，就突兀得很。我喜欢这样日常经验中不常见到的形象，这种形象渗透着一点尚未泯灭的天真和浪漫。

男人肩上扛着的那枝花是艳丽的，于艳丽中还透着一丝难以参悟的禅意。美好到极致的东西，似乎总是藏着一点禅意的。那样点点的芬芳，也是禅意深深。谁都可以肩扛一枝花，立在江边，望着浩荡江水，凝思静想，谁都可以把自己想象成那个扛花而立的人。

老树在画下题着："待到春风吹起，我扛花去看你。"我想，老树心中的那个你，也可能是不确定的。或许，老树只是想说，我在春天里，肩扛着一枝花，想把花送给你，而此刻，你呢？

老树肩上的花，也许只是开在心中的花，他说过："春天里的花，夏日里的花，秋风里的花，开不过心中的花。"那枝花，不一定要明确送给谁，也不一定就有合适的人去送，他只是希望我们每一个人，都可以扛一枝心中的花在肩上，立在春风里。

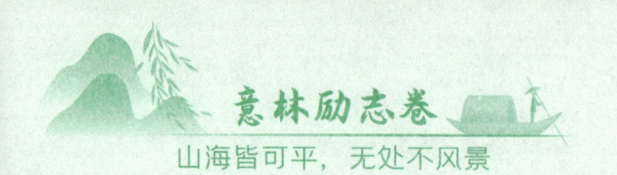

去闻一朵水仙花的香味

□宋 麒

结构主义人类学宗师克洛德·列维－斯特劳斯最负盛名的作品是一部游记——《忧郁的热带》，他在其中记述了自己1934年至1939年间在巴西亲访原住民部落的见闻。

列维在《忧郁的热带》中写道，一个人此生总该经历一次壮游，其中务必包括日晒、风吹、虫咬和饥饿，包括跨越整个大洋的航行，包括海上的月圆之夜，包括在见所未见的植被中行走，包括吃烤蜂鸟、烤鹦鹉和烤鳄鱼尾……而在这一切经历当中，最强烈的冲击莫过于站在甲板上望着一整片从未踏足的大陆，而你心中知道，那里存在着全然异质的文明。

但热带究竟因何而忧郁？与普通探险家不同，人类学家的目的不是跑去某个人迹罕至的部落拍摄一堆照片和影像，然后回到欧美都市播放给公众看。

人类学家首先是反思性的，这也恰恰是其忧郁的源头，他不仅应当看到西方文明对原住民文化的侵扰乃至湮灭，更应当正视原始文明正在悄然散失的事实。

事实上，热带的忧郁恰是人类学的忧郁。人类学家似乎除了见证异质文明的式微与衰落，除了目击那独特而富有魅力的一切沉落于历史的深渊，做不了其他更有价值的工作。"这个世界开始的时候，人类并不存在；这个世界结束的时候，人类也不会存在。"这是列维为我们指出的残酷事实。而即便如此，他也勇敢地走向田野，走向那个注定带来伤痛与忧思的真实世界。

列维说过："去闻一朵水仙花的深处所散发出来的味道，其香味所隐藏的学问比我们所有书本中的知识全部加起来还多。"

去吧，去真实的世界！

在山西，不午睡会被"开除"省籍吗

□佚 名

第一次进入山西境内的外地人，通常会先产生一种恍如隔世的感觉。

"跟朋友去太原玩，中午出来买东西，感觉整个城市都静悄悄的，当时我们还说，这地方人口流失这么严重吗？都没人了。"

告诉你吧，能让山西这个常住人口超过三千万人的省份，每天中午成为一座"空城"的终极原因是睡午觉，勿扰。

没错，午睡，是从小就被刻在每个山西人DNA里的原始冲动。

从小学开始，住校的同学，学校会安排和监督午睡；回家睡的同学，下午上课时则需要带回有家长签字确认的午休条。所以，如果你看到一个山西学生利用午休时间复习，不用问，一定是为这场考试奉献了最真挚的诚意。

不只是学生，到了中午，山西的打工人也照睡不误。有条件的，办公桌下就塞着折叠床；没条件的，公园里的大草坪无异于"天然席梦思床垫"；就连工地上的脚手架也能成为工人们完美的午睡床；甚至在开往山西的大巴、火车、高铁上，一到下午两点都会变得格外安静，连最爱闹腾的孩子都不敢造次。

所谓近朱者赤，近墨者黑，而"进晋者，困"。所有在山西的物种都逃不过这个区域性的生物钟。山西省文化和旅游厅在社交平台上发布的旅游指南就幽默地写道："猫猫狗狗，也有午睡时间，请勿撩猫逗狗。鸟在中午，也不叽叽喳喳，世界'万籁俱寂'。动物园的老虎，也睡得很酣。"如果大家不小心中午去了山西的动物园，那大概会收获观看动物们睡得四仰八叉的神奇体验。

而在对午觉的追求上，山西人也是极致讲究——拉上窗帘，换好睡衣，定好闹钟，盖上肚子，一步也不能少。也难怪有人说："这世界上如果只剩最后一片叶子，大概会被盖在山西人的'肚么起（肚脐眼的方言说法）'上。"

也不怪网友羡慕山西午睡的氛围，犹记得小时候，那是一个寻常的午后，窗外蝉鸣不歇，风扇呼呼作响。仿佛全世界都安静下来，只剩均匀呼吸的声音，好一个"此时情绪此时天，无事小神仙"。

在一天的中间，慢下来，停一下，睡一会儿，休息休息，没什么大不了。不管在不在山西，都愿你我能拥有"一切暂停"的勇气和每一个不被打扰的午觉。

仰面花，低头卉

□草 予

楼下，出门就是一株红李，不高不矮，枝条都横到了路上。花开时，人从花下过，叶茂时，人从叶底穿。

这几日，我知道它就要开花了。春风吹得遍地都是，它不会没收到。虽然，它还耐着性子，可是，我已知它蠢蠢欲动。早出晚归，每每走在树下，我都会仰头去看。它的叶，先不再潜伏了，已经发在枝头，提前结束了这场时间的捉迷藏游戏。花，也已开了三五朵，大队人马也近在咫尺了。

我是站在树下，仰着头，去看那些花儿的。如此高度，没有太为难我这个看花人，瞅得清花貌，闻得见花香。先发的几朵，像雀跃地栖在枝上的鸟，可它们不飞走，乖巧地任你打量痴看。也许还会掩嘴一笑偷乐："快瞧，树下有个呆子哩！"高处开的花，并不迁就人的目光。它们一树一树的，是一团升腾的雾，是一艘停泊的船，是一片往天上飞的云，是一阵向空中刮的风。它们只有一颗向上的心，它们不管地上的目光。

只有抬头仰面的人，才能与它们四目相对。

当然，所有的花都不会迁就人的目光。匍匐在地的花，它们贴着地，贴着尘埃，贴着人的脚边开放。它们长不大，好像也没打算长大。它们萍踪浪迹到天涯，向朴实宽广的大地献花，它们更加愿意赞美微小、平凡，赞美谦逊、朴实。它们自己也多是小小的，不起眼的。只有低头躬身的人，才能与它们促膝长谈。

另一个春天初来乍到的时候，在水库的一面坡上，衰草接水连天，仿佛还停在秋冬的管辖之下。正当自己遗憾来错了地方，却发现草丛之中，星星点点，无数明艳艳黄色的小花，铺天盖地。量变带来质变，我被这春天灿烂而庞大的版图震撼了。那些花儿就藏匿在衰草之中，几乎毫无破绽。低头的一瞬，藏匿者被揭晓，原来是蒲公英。

哦，是蒲公英呀。这种一提起，就关于闯荡，关于流浪，关于勇敢的植物，跟风一样向往远方。它的花，却少人问津。可是，只要蹲下来，就会知道，它也有那样好看的花，小小的，似一朵迷你焰火。

一面书架，最先被看到的，总是与目齐平的地方。高处与低处，往往冷清。按照这个逻辑，大胆想象，以花代书，又该如何？想来，开得太高或太低的花，怕也是吃亏的。

是不是可以为它们分门别类呢：仰面花与低头卉？花在高处，若去拜会，必须仰望它，也只能仰望它，仰到脖子都开始发酸，它扑哧一笑，彼此就算相识了。花在低处，想去造访，最好低头端详，也只能低头端详，终于直不起腰来，它被你的这副模样，逗得前仰后合，忍俊不禁，双方就这样结交。

与其说，是花让人仰面让人低头，不如说，仰面与低头，都是审美应该有的姿态。

春天正从我脚下升起

□铁 凝

一场场黄风卷走了北方的严寒，送来了山野的春天。

这里的春天不像南方的那样明媚、秀丽，融融的阳光只把重重叠叠的灰黄色山峦，把镶嵌在山峦的屋宇、树木，把排列在山脚的丘陵、沟壑一股脑地融合起来，甚至连行人、牲畜也融合了进去。放眼四望，一切都显得迷离，仅仅像一张张错落有致、反差极小的彩色照片。但是寻找春天的人，还是能从这迷离的世界里感受到春天的气息。

你看，山涧里、岩石下，三两树桃花，四五株杏花，像点燃的火炬，不正在召唤着你、引逗着你，使你不愿收住脚步，继续去寻找吗？再往前走，还能看见那欢笑着的涓涓流水。它们放散着碎银般的光华，奔跑着给人送来了春意。我愿意在溪边停留，静听溪水那热烈的、悄悄的絮语。

这时我觉得，春天正从我脚下升起。

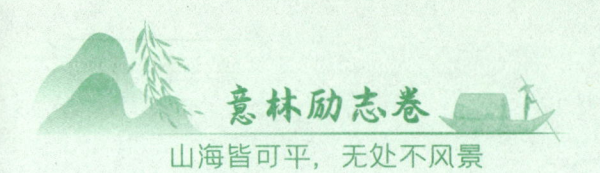

无事就是最好的事

□林清玄

朋友来喝茶聊天，问我："你觉得什么样的生活最好？"

我说："无事最可贵。"朋友不明其意，说："既然无事最可贵，又何必忙着写文章、读书、讲演呢？"

这倒使我沉思了，无事并不是不做事、不生活，而是做事与生活都没有牵挂，也不会变生肘腋，令人措手不及。

一刻无事一刻清，一日无事一日好。可叹的是，我们总是花时间去找事来烦，一清早，找份报纸来烦恼；上了班，在人事里烦恼；晚上，找个电视剧来烦恼；躺在床上思前想后，思念十年前的旧人旧事，猜测明年公司的方针。

饭吃得没有滋味，是没有全心地吃饭；工作做得没有力气，是没有欢喜地工作；睡眠不能安枕，是没有无心地睡眠。

吃饭无事，工作无事，睡眠无事。真的，无事最可贵。

我刚学说话时，唱过一首台湾童谣："食饭也未？食饱也未？食饱紧去做工作。做工作也未？做好也未？做好紧去困棉被。困好也未？困饱也未？困饱紧去食碗粿。"

我把这首童谣唱给朋友听，唱歌配茶，觉得茶的味道真好。吃饭是重要的，但吃饱饭就应该去工作，工作做好就去睡觉，我喜欢这首童谣那种无心的态度，所以无事人并不是闲杂的人，反而是专心的无杂之人。

我端起一杯茶来对朋友说："现在，让我们全心地来品味这杯茶，过去的烦扰已经过去了，未来的烦恼尚未发生，仅此一念，又有什么事呢？"

依照我的经验，只有在无事时泡出的茶最甘美，也唯有无事时喝的茶最有味。可惜的是，大部分人泡茶时是那么焦渴，在生命里也一样焦渴呀！

无事的人去除了生命的焦渴，像秋天的潭水，那样澄明幽静，清澈无染，明白没有挂碍。"无事不是小言哉！"无事是伟大的事。唯有活在当下的人才可以无事，每一刻都尽情地、充满地、没有挂虑地去生活，活活泼泼、欢欢喜喜、全心全意。

一片吃心，在贵阳

□谁最中国

关于季节的更替，人的食欲似乎是比气温更为敏锐的。不然，为什么天气刚一转凉，厚衣裳还没换上两件，胃倒是先按捺不住了——它说，它想念酸得畅快淋漓的酸汤锅，想念糯糯绵绵的洋芋粑粑……简直就在变着法儿地告诉我，它想念贵阳了。

贵阳是一座嵌在云贵高原斜坡上的城，起伏的山势将它"东拉西扯"出无数"咔咔角角"，也滋养出许多特立独行的滋味。可以说，贵阳的路有多少道弯弯，这片土地上就有多少种小吃。

一块土豆煮到绵软，压成泥捏成饼，放铁锅里用热油两面一煎，撒上辣椒面，趁热咬一口，外层焦脆，内里软糯——这是洋芋粑粑，是一颗普普通通的土豆在贵阳的经典做法。

当然，还有味觉层次更丰富的怪噜洋芋。怪噜是贵阳人对多种味道碰撞融合的表达，调料和食材统统下入，不拘一格，猛火一烹，淅淅沥沥的酱汁在洋芋块上一挂，酸辣咸鲜齐备，入口的瞬间只觉得又奇妙又和谐。

贵阳味道，带也是带不走的。因为它太特别，以至于只能亲自跑过来，才能吃个痛快，出了这座山，离了这座城，就再难寻到一模一样的味道了。

就单拿贵阳人早餐常吃的老素粉来说吧，其所用的米粉是早籼米用酵母菌丰沛的泡米水浸泡、发酵后，挤压而成的，嗅之酸香馥郁，嚼之粉糯柔软，不管配以怎样的汤料，它明快的酸味都是贵阳饭碗里的定海神针。可这鲜粉的保质期只有十个小时，于是酸粉，便成为贵阳游子独有的乡愁。

叫贵阳人念念不忘的，又岂止酸呢？

贵阳有一道小吃，叫丝娃娃。吃法简单，就是用薄饼裹着各色蔬菜丝，舀几颗猪油做的脆哨增添油脂的鲜香，卷好后灌一勺蘸水，一口入肚。重点，就在于那一碗蘸水。这里面是务必要加入折耳根与木姜子油的。这蘸水之诱惑，是不食则已，一食便勾住心魄，从此再吃什么火锅饭菜，总觉得要搭配那一口清凉乡野的味道才算爽快。没办法，人是做不了舌头的主的，只要味觉体验过更细腻、更新鲜的滋味，就再也忘不掉了。

好一个面面玲珑诱人的贵阳！就这样，凭着那一股动人的异香，一瓢沁人的酸，一腔乡野的清苦，这般不费力气，用七滋八味留住人的一见倾心、一片吃心。

在"华莱士文学"里，我真正读懂了生活

□格 子

前几天，我偶然看到网上这样一个提问：为什么很多人说吃了华莱士就闹肚子？

问题上方的分类仅标着"投诉"，暗示这是个严肃的食品安全话题。可万万没想到，在2400多个回答里被顶到首位的，是这样一则文字——我们家小孩多。在华莱士，10块钱能买3个汉堡。我以前和爷爷奶奶一起住，每到周四特价的这一天，妈妈就会来接我放学，我可以吃到香辣鸡腿堡。晚上还可以和妈妈一起睡觉，可以一直抱着妈妈。

华莱士作为其中不可忽视的文学线索，一路起承转合，具有浓厚的文学气息。

有华莱士版本的《人世间》，充满庞麦郎式的野望——以前见县城的小伙伴吃过，现在口袋里有点儿钱了，也想尝尝味道；有《我不是"堡神"》的戏谑与忧伤——领导，别再追查华莱士了，行吗？我饿了一年，那汉堡才十块钱三个，汉堡贩子根本没赚钱……

从华莱士中，的确生长出了文学。就像人类历史上许多伟大的文学作品一样，想起妈妈，似乎是"华莱士文学"中的一个母题。在一些年轻人的脑海中，华莱士的门店就像自行车的后座，承载着关于母爱的独家记忆；而有时，华莱士又成了一个大大的遗憾，出现在每一个与母亲多年未见的梦里——昨晚梦见已故多年的妈妈，她在我生日时带我去吃了华莱士的蜜汁烤鸡，还一直对着我笑。我问她为什么还像哄小孩子一样，妈妈说你不是一直都很想吃这些吗？我竟然没发现你已经不再是小孩子了。

有网友感慨华莱士"一头连着肠子，一头连着脐带"。但当父亲们的形象出现在"华莱士文学"里，不像朱自清沉重的《背影》，更像是一个《从百草园到三味书屋》的孩子。有人记录带爸爸去检查身体时，爸爸第一次吃到华莱士，会先问这个贵不贵，听到可乐和汉堡都是送的，才放心地一手一个拿了起来。

有的人吃着吃着就笑了，有的人吃着吃着就哭了——我总嫌弃外公做饭难吃，经常点外卖，他就把我外卖袋上的地址记下。中午12点多，他顶着太阳走了4公里去给我买。我哭了，泪水滑过我的脖子，外公还以为是汗，就把风扇对着我一个人吹。

是的，"华莱士文学"真正的张力，不是来自某种精巧的遣词构句，而是源于一种我们感到熟悉却又开始陌生的真实生活。

近几年，虽然有人在社交平台上调侃"吃完华莱士会拉肚子"，但实际上，在更早的年代，华莱士可能是许多人吃到的第一份洋快餐。那时，我们还分不清华莱士和肯德基、麦当劳、必胜客，只知道那里一样有用两片面包夹着肉和菜的汉堡、有从柜台上递出来的冒着热气的薯条、有炸鸡表面泛着温暖的油光。走在放学的路上，华莱士门口贴着花花绿绿的传单，就像通向更大世界的船票。

后来，我们走出了小地方，299元的自助餐稀松平常，1000元以内吃不饱的Omakase（一种依靠当天食材和厨师即兴发挥上菜的日料）见怪不怪。一切似乎都向着更精致、体面的方向跑去。可值得庆幸的是，爱与真情仍然是公平的。在这片土地上的许多地方，依然继续着我们曾经的故事——那天我刷到"深漂"的一家四口在孩子3岁生日那天，一起去吃了96元的华莱士套餐。

妈妈问："你开心吗？"

孩子露出了甜甜的笑，嘴角还沾着番茄酱："开心啊！"

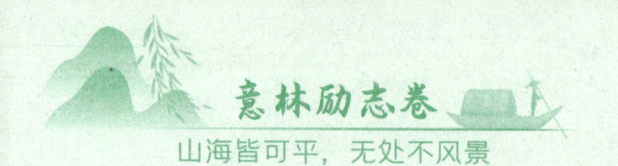

买手机，就去"李琳烧鸡店"

□佚 名

曝光一家"黑店"！江苏省徐州市铜山区吴邵村的"李琳手机店"，店主李琳修手机单靠一门骗人的"纳米技术"就可以"秒赚十块钱"，人生经验再丰富的大爷大妈，都在这里"栽了坑"……

正常情况下，这家"黑店"应该离"关门大吉"不远了，但打开他家的视频主页，怪了，不光他的生意越做越好，而且几乎每位上门被"骗"的顾客，竟都笑盈盈地离开——只见大爷大妈带着"奇奇怪怪"的问题手机前来，电话不响的，充不上电的，屏幕不亮的……小小的屏幕背后，是他们搞不懂的电子世界，以至于一个个都面露焦灼，要请李琳帮忙"治一治"。

其实，电话不响是启动了静音模式，充不上电是因为充电口脏了，屏幕不亮则是因为手机亮度调到了最低。"问题手机"中有相当数量的老人机，久经"机"场的李琳，一眼就能看穿这些小问题，但他往往先选择"皮"一下——甩上一句"能治，但要花大钱，用纳米技术"。没等大爷大妈想明白这村级店能有什么高深的弯弯绕，也没等他们心疼维修费，李琳就三下五除二把手机"抢救"好了。

"行骗"到了最后一步，大爷大妈准备掏钱的手，却被按住了。原来，李琳不收钱，只要打一句广告，就能抵账——"买手机到哪儿去？""李琳手机店！"

有趣的是，因为口音问题，大爷大妈们喊的"李琳手机店"很容易被旁人听成"李琳烧鸡店"，于是，"空耳"的网友们快速出动，一度把地图上的店名"改"成了"李琳烧鸡店"。又因为李琳热心地拓展了许多新业务，诸如量血压、查工资卡、个人所得税退税申请、订火车票……因此，现在店名又有了新的变化：李琳烧鸡店（民办服务大厅）。

面对泼天的流量，李琳十分清醒，开好自己的手机维修小店，依旧是他的第一目标。"流量这个东西来去如风，但是我后面不论做什么、做成什么样子，都会去帮助需要帮助的人。"

光风霁月，暗室不欺。这谁看了不说一声：谢谢，漂亮！

这里有一份应对内耗焦虑的"电子中药"

□吴 竹

作为一个高敏感的人，我每天的生活就像坐过山车，有开心、嫉妒、焦虑、内耗……随着时间和经验的累积，虽然情绪处理速度和效果在不断提升，可是有的时候，我经常会在同一个坑里摔好几次。为避免在同一个问题上不停反刍，将一些好的思考结果固化下来，作为组织资产为以后所用，我给自己写了一份个人使用说明书。

试想，如果把一个人想象成一台电脑，很多状况都可以理解，比如内存得定期清理，出厂设置不由我们决定，不定期地升级打补丁，蓝屏得重启，等等。一份使用说明书，不仅能让这台电脑更好地运转，还能让电脑的使用者，也就是我，用得省心，过得开心。

STEP1·如何建立

1.把一些思考的结论，或者你希望自己相信的东西列出来。比如，我为什么来到这个世界上？我的撒手锏是什么？我的愿望清单有哪些？好好生活的标准是什么？

2.把最常困扰你的情绪或者情况，以及解决办法列上去。

STEP2·如何使用

1.当出现情绪问题时，对号入座，找到处理该问题的清单，一样一样去做。

2.不断填充，把思考的结果，遇到挫折时处理的方法，都列上去，让这份说明书更加丰满和有效；剔除不好的、过时的方法。

使用感受

我使用了这份说明书有大半年的时间，它救了我好几次。比如，经常出现的普通程度的"负面情绪"，我现在已经可以非常熟练地运用自己列出来的方法来解决，几乎形成肌肉记忆了。

在说明书的指导下，我这台机器运转得更良好、更自洽、更丝滑了。我觉得最完美的情况是，一个人能够兵来将挡、水来土掩地应对生活中的各种场景，不拖泥带水，不为所动，不管发生什么，都不耽误他做好自己认为最重要的事情。

就像飞行员清单一样，个人使用说明书给了我这样的引领和底气。

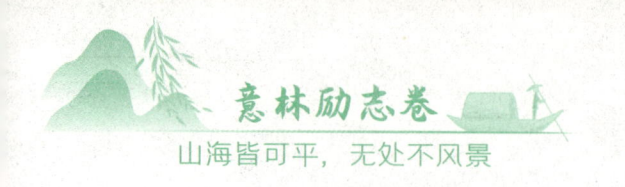

钱塘江边的喊潮声

□凌 云

　　心情不好的时候，我喜欢驱车到钱塘江边，吹吹江风，烦恼也一扫而光。如果赶上潮汛，还能感受一番江潮——汹涌的潮水滚滚而来，惊涛拍岸，何等壮观和快意！

　　认识楼大伯那天，我正一个人静坐江边想着心事。猛听到江堤上有人大喊："潮水来哉！猛如虎哉！年轻人，快点上来！"回头看，岸上一个老头边比画边用一口浓重的萧山普通话大喊着。怪他多事，扰了我的心境，便不理他。见我并没有上岸的意思，老头急了，竟然用蒲扇对着我的爱车一顿乱拍。这老头疯了！我爬起来向岸上奔去。甫一上岸，便听身后"哗哗"作响，原来潮水不知何时已悄悄追了过来。

　　我惊魂未定，老头说："大兄弟，这是暗潮，一般人不识，一不小心被它捉了去，当真危险呢。"我不好意思地笑笑，看着潮水滚滚而去。

　　他就是楼大伯。后来，又有几次在江边遇到他。"潮水来哉！猛如虎哉！"这是典型的楼大伯式喊潮，听见这个声音，知道他一定就在附近。

　　楼大伯自小在钱塘江边长大，他的爱人却是北方人。那天，爱人一个人跑去江边看潮却再没回来，直到几天后才被人在几里外的上游找到。"她哪里知道钱江潮是会吃人的呢！"楼大伯的眼里充满深深的哀伤。

　　从那以后，每月潮汛来时，楼大伯都会上江堤喊潮。"潮水来哉！猛如虎哉！"一声声呼唤，是对江边玩耍的人的提醒，也是对自己远逝的爱人的呼唤。这一喊，就是四十多年。

　　楼大伯说："我这把年纪还月月喊潮，就是不想看到人命被潮水卷走啊！可就算喊破了嗓门，有些人还是不肯听。有一次，老老少少七八个人站在丁字坝上等着看潮，听口音就是外地人，像是一大家子。潮水来的时候，丁字坝是最危险的地方，我就喊他们上来。可是，怎么喊，怎么劝，他们就是不听，嫌我这个老头子多嘴。潮水已经过来了，远远地看着像条白线，可再有几分钟就会扑过来，这一家子怕是要灭门了。我一急，就想了个歪招。我一把将那个最小的女娃抱起来就往岸上跑，那家人把我当成了强盗，全跟着追过来。就这样跑上了岸，我气也喘不过来，赶紧将女娃还给他们。一家人正准备冲我吹胡子瞪眼呢，潮水就过来了，一下淹没了整个丁字坝……他们才明白，我这个老头救了他们一家子。"

我乐了："楼大伯你可真行啊，难怪那天你会拼命拍打我的车子。"

楼大伯笑了："现在喊潮的人多了，是政府组织的呢。"楼大伯拍拍身上背着的电喇叭，说："还给我们喊潮人配了装备，这玩意比我嗓门大，喊的是普通话，比我的萧山普通话好听。"

"潮水又快过来了。虽然现在江堤加装了护栏，但大潮来的时候，即使站在护栏里，也是有危险的。我得去喊潮了。"楼大伯向江堤走去。他的背影渐渐远了。偶尔，楼大伯式的喊潮声在江边飘荡："潮水来哉！猛如虎哉！"混杂在电喇叭清脆的声音中，激越，苍茫，那是对生命的呼唤，和壮观的钱江潮一样汹涌澎湃。

候 月

□ 杨福成

古人行九雅：焚香、品茗、听雨、赏雪、候月、酌酒、莳花、寻幽、抚琴，其中，候月最为动人。

月初，月扁月弯，升时也晚，端凳品茶，候着自是惬意至极。春有小草发，夏有凉风来，秋有菊花开，冬有雪披身。静坐，只等那弯月，慢慢爬上来。来与不来，都有月映湖，月照心。

月中，月圆月明，升时也早，端凳品茶，候一会儿，便醉其中。春有百花香，夏有小虫唱，秋有红石榴，冬有棉衣裳。静坐，只等那圆月，悠悠爬上来。来与不来，都有那圆月，高悬半空上，摇树弄婆娑。

月亮是美人，月亮是君子，月亮是千年万年的故交。月光是霓裳，月光是袈裟，月光是今夕往昔的绢帛。

候月，是一个人静静地在那里等，一个人静静地在那里盼，一个人静静地在那里忘——忘掉自己，忘掉月亮。

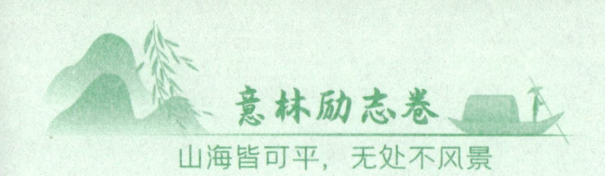

我的排球叫威尔逊

□雷炳新

很多人喜欢给自己的物品取名字，比如行李箱叫"小滑"，因为它很好推；钱包叫"小扁"或者"空空"，自嘲自己的收入；电脑叫"嗖嗖"，希望它可以运转神速……生活中，给小猫、小狗等宠物取名字是再常见不过的事。可是，对那些没有生命的物品，人们为什么也喜欢给它们取名字呢？

行为科学领域有个词叫"拟人化"，给无生命的物品命名，正是拟人化的表现之一。人类拥有强大的社会认知能力，这种能力让我们能够思考、判断并理解其他个体的情绪和人格特征。而人的这种能力也会蔓延到对待无生命的个体上——我们能够从各种各样无生命的物品上，感知到符合人类生活、成长、喜好的人格化特征，于是本能地把它们拟人化，并给它们取一个名字。

给无生命物品取名有很多原因，其中一个原因是，我们希望强化自己和它的关系。芝加哥大学行为科学教授尼古拉斯·埃普利曾对热门广播节目"车迷天下"中近900位听众做过一个调查。结果显示，一个人给车取名字，对车的热爱是最重要的原因。车主越喜欢一辆车，越有可能把它想象成一个有思想、有个性的存在，便会给它取名字。正是出于对车的超级喜欢，某明星给他的爱车取名"小野兽"。

社会心理学上认为，人的社交属性让人有和喜欢的对象建立思想或情感连接的冲动。也就是说，人们越喜欢什么，就越倾向于与其产生交流。给没有生命的物品取一个专属名字，正是在实践这种冲动。当然，对很多人来说，通过取名字强化与物品的关系，也是表达所有权的方式。

除了强化关系，人们给物品取名字有时还包含寄予期望的意味。在《荷马史诗》中，可以读到一些给船取名字的情节。对与水打交道的船夫来说，船可以说是最重要的伙伴，他们希望能通过赋予一个名字来加强船的稳定性，让其更好地保护自己。研究还发现，当一个人越感到孤独，他给无生命物品取名字的动力就越强。这是因为缺乏社交关系的人，可能会尝试与动物及其他无生命物品建立联系，以弥补社交生活的缺乏。电影《荒岛余生》中，汤姆·汉克斯饰演的查克，就给在荒岛上唯一陪伴他的排球画了一张脸，并且一直叫它"威尔逊"。

世界上最好的工作

□陶立夏

说到最向往的职业，我能想到的前三名是宇航员、珍珠分类员、调香师。

宇航员是极少数人可以胜任的艰苦工作，要釜底抽薪，才能触碰星云的边际。珍珠分类员则是一份特别安静的工作，四周只有轻微的波浪声，翠绿色的岛屿懒洋洋地卧在宝蓝色的海上，珍珠正在温暖的洋流间生长。而调香师，则在一只小小的瓶子里构建花园、海洋、异域的黄昏，甚至一座凝固一段珍贵记忆的宫殿。如果无法成为调香师，或许我会成为一名香水销售员。他们是调香师最佳的执行人，向顾客分析藏在第一印象下的各种微妙香味，扶着顾客走进漆黑的花园，指认沿途每一朵花，并向着顾客最心仪的那一朵走去。

我至今记得那个女孩。那天，她的顾客里有带着孩子来给妻子选礼物的男人，一大一小茫然地站在摆满玻璃瓶与鲜花的货架前。

"两位先生，需要帮忙吗？"

"我想给我太太买个礼物。"

"她最喜欢什么花或者最喜欢哪个季节呢？"她若有所思地问。

"妈妈喜欢玫瑰，白色的，还有兰花。"小男孩兴奋地说，"我最喜欢夏天，有暑假，我们可以出去旅行。"

"你们喜欢去的度假地是哪里呢？"

"我们曾经去巴黎度蜜月。"男人说。

女孩毫不犹豫地取过一瓶香水，像个利落的图书管理员找到了客人需要借阅的那本书。男人闻一下说："很像是……巴黎清晨的花市，也像某个天气很好的清晨，我太太留在客厅里的香气。"

后来，我结束了朝九晚五的工作开始写书，找到故事的脉络时，总会想起这个香水销售员从众多香水中选出一瓶递给顾客时的笃定。

"其实每个人都知道自己要什么，我的工作就是帮他们找到。"故事早就存在了，写作者的职责就是如实把它们写出来。这样说来，写作和卖香水也是十分相像的工作。

虽然没能成为调香师、珍珠分类员或宇航员，但从此书桌、文字与稿纸就是我的花园、珍珠和宇宙。就让宇航员在茫茫的太空，珍珠分类员在蔚蓝的海上，调香师在玫瑰园中，而我，就安安静静地坐在书桌前。

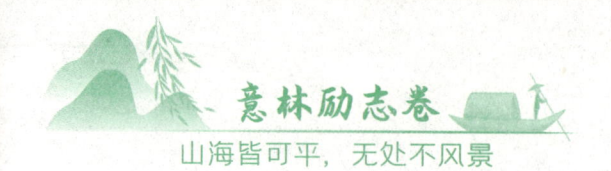

"电工福尔摩斯"王建省：
一次维修，救了一栋楼

□佚 名

从"在村里穷得有名"到成为拥有千万粉丝的"网红"，如此"逆风翻盘"的故事，真的存在吗？存在！小电工王建省，因为在网上发了几条视频，一跃成了有1000万订阅者的"红人"，仅在抖音平台就有769万粉丝。其中一个视频的播放量超过了1000万，且有2万多条评论，热度甚至超过了一些明星。他的粉丝里甚至有四岁的小孩，那些"连零地火线都搞不明白""根本看不懂"的人，不惜熬夜也要看他修电路。

王建省的账号下，没有精致的画面、流行的热梗，只有普普通通的电器、电路以及它们背后的各种费解谜题。电无处不在，夏天时，仅广州的城市电网一天就要传输几亿千瓦时的电量。但因为没有触觉、没有声音、没有味道，所以它就像生活中的隐形背景，只要不出问题，就很少有人会关注。只有在王建省的视频里，人们才会直观地感受到："这也可以？"——洗手池的水是可以一边流动一边带电的；看似普通的墙壁是可以悄悄发热的；还有家庭阴差阳错地"无偿"为楼下路灯、邻居空调供电了好多年。

与其他人直来直去的"接到单子—维修—走人"不同，王建省的"荒谬"视频更像是"探案"，很多网友喜欢叫他"电工福尔摩斯"。不管什么故障只要被他遇到，都要等着被"宣判死刑"；有时他自己解决不了，还会发到网上，拉着全国的电工师傅一起解决。这样的性格融入他的维修视频里，有一种自带的奇特的故事性，也造就了很多经典的案例。

2023年10月，一个客户家里的热水器一接通电源就跳闸，于是找到王建省进行维修。为了不漏掉最细微的故障，王建省先测试了热水器的插座，然后打开有不同房间总线路开关的配电箱，一组一组地测试零线、地线、火线，随后又一个个拔掉插头，发现是一条被塞入插排插孔的项链导致了厨房电路短路。按理说，维修工作此时已经可以结束，但王建省觉得，房间主地线接地不良也可能是原因之一，而现在的情况不能排除这一点。于是他又去电控室检查，最终发现，这栋楼里竟有好多家的地线都被掐掉了，这才使得与热水器相连的燃气管道被迫充当地线。如果没有王建省，整栋楼将不自知地靠燃气管道放电，直到漏气和电火花相遇，引起一场火灾。

还有一次，王建省在一条非常偏僻的公路上维修路灯。通过仪器排查，他发现公路的线路存在短路情况，但仪器并不能告诉他究竟是近百盏路灯里哪一盏的问题。一向不辞辛苦的王建省就那么一盏一盏地拆开路灯，一根一根地拉出并查看排线腔中的电线，直到他镜头中的路面，已经从和地平线平齐变成高于地平线，能够看到远处的山了，他才坐下来休息一会儿，而后继续上路排查，最后从角落里找出几百米线路上几毫米的破损处。

不是所有的电工师傅都能做到王建省这般执着，用他自己的话说，是因为他"把电当成生命问题"。而这样看似傻傻的坚持，也逐渐产生了回响。曾经的他，5元学费都要找人借，因为不愿多收钱而没人给他转单；现在的他，在全网坐拥千万粉丝，大家都很愿意找他下单，他也逐渐被人看到、被人尊重。

虽然王建省有时对新身份还不太适应，但"就像一只冰凉的手慢慢有热乎劲儿了"，现在的他，已经脱离了那个无人问津的寒冬。

期　待

□马　德

看一本书期待它让我变着深刻，锻炼一下身体期待它让我瘦下来，发一条消息期待它被回复，对人好期待他的回应也是友好的，写一个故事、说一个心情期待它被关注、被安慰，参加一个活动期待可以换来充实丰富的经历。这些预设的期待如果实现了，长舒一口气，如果没实现呢？只会自怨自艾。

可是小时候也是同一个我，用一个下午的时间看蚂蚁搬家，等石头开花，小时候不期待结果，小时候哭笑都不打折。

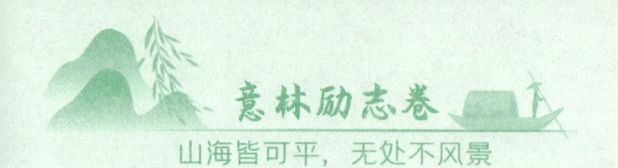

供"穷神"

□肖春荣

小时候,听外公讲过一个故事。过去有个穷人叫张三,推着小车走街串巷卖砂锅。大年三十,家家户户备好香烛供品供财神,张三没钱,用家里仅剩的半瓢黑面蒸了两个馒头。他心想,财神肯定看不上黑面馒头,但穷神或许喜欢,于是张三把黑面馒头摆在桌子上,念叨着"请穷神来吃"。穷神这天转了很多家,看到家家户户都供财神、扫穷神,正伤心时看到张三供穷神,让他感激不尽。

穷神虽然没有钱财,但有力气。张三再推着砂锅叫卖时,他便悄悄在后面助力,张三的力气一下大了起来,跑多少路也不觉得累,生意也一天天好了起来。有了钱的张三,到了除夕早早买了香烛供品,不再供穷神了。这一年,没有穷神助力,张三没力气走那么远的路卖砂锅了,日子又变穷了。外公讲完故事说:"世上没有鬼神,所以咱家年三十不供财神,也不供穷神。"

在过去生活困难的年代,有些人家会婉拒上门的乞讨者,但外公从不让乞讨者空着手走。他说,别小瞧乞讨者,他们都是"穷神"。外公对穷乡邻、穷亲戚、穷朋友,也会高看一眼,对他们格外热情。外公常说:"宁给饥人一口,不送富人一斗,这和不供财神供穷神是一个道理。"

从小受外公影响,我长大后也爱同情弱者,但有些朋友变强后,别说滴水之恩,涌泉相报,连滴水之恩,滴水相报也做不到。对此,外公笑着解释,这种人毕竟是少数,遇到了也不必后悔,因为帮助他们时并不是以日后获得回报为目的,是为了对得起自己的良心。而且尊重不如自己的人,并尽己所能帮助他们,外人看在眼里,也会认可你的行为,从而提高自己的威信,这也是一种收获。

外公说得对,谁都希望遇到内心柔软的"神",与其希望遇到,不如把自己修炼成一个内心柔软的人。

为何很多人爱看"修驴蹄子"

□ 佚 名

"科比见过洛杉矶早上4点钟的太阳，北京时间早上4点钟我却还在小破站（视频网站哔哩哔哩的昵称）看修驴蹄子。"

修驴蹄子，是门充满乡土气息的手艺活。为了让驴正常行走劳作，修蹄师傅需要定期对蹄壳进行修剪，使其保持结构稳定，避免肢蹄疾病。剪、切、削、磨，一套固定的流程下来，一次对驴蹄的"修复"就完成了。有人觉得新奇，把这个过程上传到了短视频平台，没想到成了许多年轻人的深夜"精神食粮"。

看修驴蹄，是如何解压的？

首先，你会看到一头食欲缺乏、蹄子畸形、一瘸一拐的驴被主人牵到修蹄师傅跟前。蹄子之所以长得夸张，是家养的驴因为缺乏户外运动，无法在自然界自行磨蹄子，就像人类的指甲一样，蹄壳不断生长、变形，影响正常行走，严重的可能让驴站不稳。

看到这样的蹄子，谁不难受？想不想上手给它铲一下？于是，修蹄师傅小凳一摆，小手套一戴，铲子一架。一只弯翘开裂的烂蹄子在师傅的手里三下五除二，伴着切蹄的清脆悦耳声变得整洁干净，原本走路都不利索的驴子，修理后又变得活蹦乱跳。而目睹全程的年轻人会自行代入——"每看一条修蹄子的视频，就有一头小驴重获双腿，身轻如燕，四舍五入我又救了一头驴！"

阅驴无数后，网友们就成了半个行家，不同修蹄师傅的操作风格和手法习惯，都能聊上一宿——"老驴蹄粉"也会给那些刚被"种草"的新人科普，甚至一看驴蹄，就知道它到底是长了血泡还是卷蹄或漏蹄。

也有人在评论区抖机灵——"有很多人问这马疼不疼啊，我可以负责任地告诉大家是不疼的，就算把它的一整条腿剪下来，马儿也不会疼，因为这是头驴。"

都说一万小时法则之后就会变成专家，那么看一万个修蹄子视频后的高阶玩家们也经历了从"噫，好怪"，到"怎么回事，有点儿爽"，再到"你们修的都是什么啊，不行我来"的心路历程，甚至觉得自己可以直接上岗修驴蹄，比老师傅还要专业。

更可怕的是，但凡你把一个视频从头刷到尾，大数据就会在每一个失眠的深夜，将一个又一个修驴蹄视频精准推送给你。

怎么说呢？只要开始了，就真的很难拒绝这样的快乐吧。

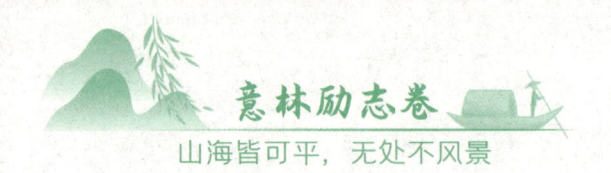

高考落榜生颜业岸，带300多个农村娃"舞动奇迹"

□佚 名

颜业岸怎么也没想到，有朝一日，他和他教出来的学生，会成为海南基层舞蹈教育领域的一段"传奇"。

指针拨回到1991年，颜业岸高考落榜，以4分之差和大学擦肩而过。他至今都还记得别人兴高采烈拿到录取通知书、自己却什么也没有的那个暑假。心灰意冷的他并没有放弃自己的"艺术梦"，而是在几年后靠自学考取了北京舞蹈学院舞蹈史论专业，还拿到了大专文凭。1999年，他又进入嘉积中学做舞蹈老师，次年，嘉积中学男子舞蹈团成立。

很长一段时间里，学校舞蹈团的排练厅就是一个铁皮棚，不遮阳不避雨，白天太阳暴晒之后，连地板都是热的，学生在这种环境下训练，几分钟衣服就会湿透；下雨天屋顶又会哗哗漏水。训练把杆是废弃水管加工的，地板也不符合标准，播放音乐用的是老掉牙的卡式录音机……

可是再艰苦的环境，也没能阻挡颜业岸的热情。他深知，农村学校中舞蹈、美术等美育类学科的教学一直是短板，但孩子们对这些科目十分渴望；并且，对这些农村孩子而言，考大学几乎是唯一可以改变命运的方式，而舞蹈或许就是一个"捷径"。

颜业岸执教嘉积中学舞蹈团后，渐渐出现一个传闻：只要进了这个舞蹈团，就能考上大学。确实，自2000年来，颜业岸带领的舞蹈特长生高考升学率近乎百分百，那些学生往往是村里的第一位大学生。2004年，靠着每天下午放学后在舞蹈团学习的内容，黄田运在艺考中考了海南省第二名，进入华南理工大学，鞭炮声响彻整个村庄；2013年，庞冠宇考上解放军艺术学院，后成为广州歌舞剧院的首席舞者，也成了师弟们心中的"神"；2017年夏天，舞蹈类顶尖专业院校中国人民解放军艺术学院在全国招收8名男生，其中4名出自嘉积中学舞蹈团……

学习舞蹈很苦，但有颜业岸在，学生们就不敢懈怠分毫，因为他们早已熟悉颜老师的脾气。

排练时，颜业岸有时会拿着绳子定下高度，并在地上画线，每个人都必须干净利落地将动作摆在规定的位置上；一个舞姿持续十分钟也要咬牙坚持，谁动一下，就要全体加练十分钟。他害怕学生们沾染社会不良习气，便严查抽烟、喝酒、早恋、文身……还组织老师们早上查迟到、旷课，晚上查寝，甚至去网吧里巡查。

这些年，颜业岸编排并指导学生们表演的《边关沉月》《一片羽毛》《南海潮》《甲午海魂》等舞蹈作品，荣获国家级、省级、市级各重大舞蹈比赛金奖等奖项近百次。这些来自农村的孩子跳着舞，登上央视春晚的舞台，也一路"舞"进了人民大会堂、联合国总部、维也纳金色大厅……颜业岸的起点不高，只是个非专业舞蹈老师；他的世界也不大，30年来只坚守在一所县城中学里。但是他为300多名农村娃浇灌的梦想之花，如同万千老师浇灌的一样盛大、珍贵。

回首这30年，他认为自己只是"始于热爱，终于付出"。从业前10年，他没有机会去专业院校学习，就买来各种舞蹈书籍、录像带，反复观看、琢磨、领悟，再将一个个舞蹈动作分解并画出图样，根据初中生的身体特点重新改编、设计动作……随着国家越来越重视美育，颜业岸又给自己增加了新任务。他开始将教学对象延伸到基层舞蹈教师，力争培养更多优秀人才，让更多中小学生接受高水平的舞蹈艺术教育。

因为他始终记得自己高考落榜的那个夏天，所以他想让更多的学生圆大学梦。他觉得，能够用舞蹈帮助越来越多的农村孩子改变命运，点燃他们的梦想，让他们有人生出彩的机会，"这是一件很光荣和幸福的事"。

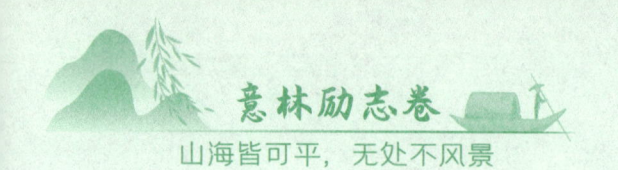

废土上，有母亲的故土

□晚 乌

下班到家已过十二点，母亲等我进屋再炒最后一道蔬菜。午饭，通常只有我俩在家吃。食物简单，米饭、汤，一点儿蔬菜。吃完，我放下碗筷离开。

母亲带给我这日常生活的微妙幸福。它细微，却来得突然。菜，是母亲种的。昨天，她打开一个小布袋，美滋滋，"不太多，但让人喜欢"。我瞥过去，那里装着青绿的豆荚，颗粒饱满。

几年前，楼下不远的棚户区拆迁，高耸的绿铁皮包围着废墟，那片废土一直空到现在。后来孩子入园读书，母亲有了闲暇，决定拓宽活动区域，去废墟上种菜。母亲从碎石渣里清理出厨房大小的一块领地。她的逻辑是，这样的地盘引起纷争的概率低，不惹麻烦。

母亲第一次割生菜回来，把它们竖着靠在墙边。我问她还有吗？她说还有二十多棵。第二次，她摘回豌豆和生菜，对比超市价格，给菜称重，最后得出结论：买种子的本钱已经收回。她的言语里，平静中带着付出终有回报的自豪。

母亲的算计，听起来格外世俗，但我并不嫌弃。在家乡，母亲做的农活粗放豪迈，她早出晚归，常忘记时间，汗流浃背而又不知疲倦。在城里，母亲对这里的生活缺少掌控感，必须在日常事务中学会平衡，精准到每个时刻。她也必须习得界限感，她要学的东西太多。因此，种地好像也变得精致起来。

母亲是众多种菜者中的一员，他们来自乡下，住在这整体功能颇为完善的小区里，帮着带孙辈。他们此生也许未曾想到会住在洁净明亮的高楼里，把心神分给不同的地方，一面记挂着老家的房子、院落、老伴甚至一条狗，一面在城里过着逼仄但又无法摆脱的生活。

他们经常会把自己种的菜拿来分享，一把豌豆、两棵生菜或几根蒜苗，这或许能让彼此产生回到乡下的短暂错觉。黑夜漫长，来自菜地的那点儿荣光——用汗水省出的几块买菜钱，好像可以帮他们驱散远离故乡的寂寥与不安。

如果你恰好遇到梁实秋

□ Summer

  我小时候实在是个老实孩子，不喜欢玩儿玩具，也不喜欢下楼玩儿，只喜欢一个人趴在窗台上发呆。或许很多乖孩子都像我一样，到中学时，突然像风似的叛逆起来，喜欢跟父母对着干，好像只有这样才能彰显自己的成长。于是，叛逆的我蓄起了长刘海，即使到深冬也坚决不穿秋裤，上课的时候总是分心走神，老师也不喜欢我，我便找个借口逃学回家。

  那天，我读到梁实秋的《雅舍小品》，说来好笑，读前竟以为是《故事新编》那一类的。

  梁实秋的书是很容易吸引青少年的，他的幽默里总是带着一股子犀利，于温柔间挫伤对手的锐气，正对叛逆少年的胃口。我记得他有一篇描写脸谱的文章格外有趣："遇到这样的人，我就觉得惶惑：这个人是不是昨天赌了一夜以致睡眠不足，或是接连着腹泻了三天，或是新近遭遇了什么冥凶，否则何以乖戾至此，连一张脸的常态都不能维持了呢？"细细一读，这通篇的幽默讽刺，让人不禁发笑。但他的文章末尾鲜有结论，更多的是反思。归根到底，他是一位忧国忧民的知识分子。他想犀利幽默地挖苦这个世界，可终究还是不忍心。

  他是赤子，深入这个浮华世界的每一隅；他是诗人，吟唱被世人忽视的混乱秩序；他是文人，嬉笑怒骂里总是隐藏着对社会的种种忧思。他的文字有种让人安静的力量。所以，在阅读他的文章时，我会慢慢地平静下来。

  梁实秋翻译《莎士比亚全集》用了三十年。《莎士比亚全集》，多么浩大的工程，多么大的贡献。所有人都恭喜他，赞颂他，他却在朋友为他举行的庆功会上淡淡地说："要翻译《莎士比亚全集》只需要三个条件。第一，他必须没学问。如果有学问，他就去做研究、考证的工作了。第二，他必须没有天才。如果有天才，他就去做研究，写小说、诗歌和戏剧等创作型工作了。第三，他必须能活得相当久，否则就无法翻译完。很侥幸，这三个条件我都具备，所以我才完成了这部巨作的翻译工作。"

  考学的时候，我远离家乡，我带上的书中有一本便是《雅舍小品》。少年常常乖张凌厉，稚嫩的脸庞下充满躁动与喧嚣。我们渴望拥抱这个世界，可世界却在等待我们长大成人的那天。幸好遇到了梁实秋先生，我顺利地找到了自己。

  无论去哪儿，我的包里都安放着这本书。是这本书的主人告诉我，温柔没什么不好，犀利未必是少年的标签。

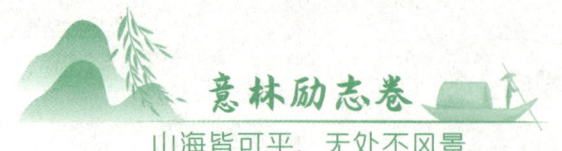

冰箱咏叹

□梁　爽

若要了解一个人，除了去看他的书柜，就是去看他的冰箱。前者，是精神世界；后者，还是精神世界。因为冰箱里面装什么，装多少，怎么装，大半是由精神世界决定的。有的人，常常忍不住买一堆新鲜蔬菜，并不考虑什么时候吃，放烂了再扔掉，往复循环，比如我妈。正如有的人，常常忍不住买书，也没计划什么时候读。好在书是放不坏的，只能翻烂、翻坏。果真谁有一两本翻烂的书，真正幸福。

于我，有一台容量很大的冰箱，也是很重要的一种幸福。最完美的，是只存三两天内想吃的东西。这首先需要明确知道自己想吃什么；其次是确保三两天内能吃上、吃完；最重要的，是口腹的欲念相对稳定，上一秒想吃青椒、香菜、八爪鱼，到了饭点儿不会变。以上都不是容易的事。

我妈就是常常不知道想吃什么，看见什么就买，买完了没空吃，等有空了又突然想吃别的。所以每逢前来视察，打开我的冰箱，总有一种想把它塞满的生理冲动，觉得我这过得不像日子。我也总是严词拒绝，好不容易吃空了些，真不能再装了。等一盒酸豆角、两罐炸酱放进去，招待我的除了一桌好饭，还有一句"早知你这么浪费，不如买台小冰箱"。

浪费吗？不浪费，小了就挤了，大的才有空间感。就比如画画吧，总得有点儿留白。就比如写东西吧，总得起来喝口水，上一回洗手间，再回来坐下。就算不画不写，只以肉身行走坐卧，也难以想象七窍壅塞，内脏之间没有空隙。冰箱亦不过是一个巨大的腔体。缝隙，很重要。流通，很重要。它是消除一切焦虑的前提。

"彼节者有间，而刀刃者无厚；以无厚入有间，恢恢乎其于游刃必有余地矣。"庄周的智慧，流传下来，常常被误解。费这么多笔墨讲一个故事，真不是为了教人解牛，多数人一辈子也没机会解牛。那是干吗呢？当然是传授养生之道，消除内心焦虑，为了一辈子活得自在顺畅。

旧时北方寒冷的冬季，大人们常把需要冷藏的吃食直接挂在窗外。大自然成了天然的冰箱。只要窗把手还受得住，只要窗檐还有一丝空地儿，都会被榨干用净——一日比一日薄得透亮的塑料袋，显出里面支棱的排骨或带鱼尖尖的嘴，或者奶油冰棍儿包装纸的锯齿边缘。

时至今日，冰箱依然保留了某种展示的属性。就像有人喜欢收集世界各地的冰箱贴，有些人干脆拿冰箱当留言板，上面磁吸着新学的食谱、总也勾不完的待办事项，便条上写着"我爱你"或者"交电费"，或是一首诗，比如"尝试赞美这残缺的世界。想想六月漫长的白天，还有野草莓、一滴滴红葡萄酒"。这大概是一种把书柜搬到冰箱上的行为。当然，如果这么写了，这几样东西最好开门就有，否则存在诱骗之嫌。

机器按程序工作，唯有人类的想法每每不循常理，偶尔妙不可言。1948年，美国记者阿特·布赫瓦尔德前往巴黎拜访海明威，同行的一位朋友认真请教："如果想成为作家，需要做什么？"海明威的回答是："首先，你得给冰箱除霜。"这真正是一个好活计，冷静，治愈。写不出来别硬写，读不下去就放下，且松松快快过一过生活。

"譬之烟云之过眼，百鸟之感耳"，什么好吃的、好看的、梦寐不忘的，也不必尽数收入囊中。人间不是宝绘堂，还是掂量着办，负担最小，而满足感放大。尤其当我想到，仅仅是打开冰箱门，我召唤出的光就比18世纪大多数家庭享受到的总量还多，快乐也随之亮了几瓦。

气 度

□鲁先圣

欧阳修的《与梅圣俞书》中有一段话："读（苏）轼书，不觉汗出，快哉快哉！老夫当避路，放他出一头地也。"当时的欧阳修是文坛领袖，发现了年轻的苏轼，竟然有这样的胸襟！当时，还有王安石、曾巩等一批年轻才俊，在欧阳修的举荐之下，纷纷走上文坛，宋代一时人文繁荣。

一批年轻人在欧阳修的引领下走出来了，他们取代欧阳修了吗？没有，欧阳修与他们一起，组成了宋代最璀璨的文学星空，相互辉映。而欧阳修，因为容人容物的气度，得到了更高的尊敬与声望。

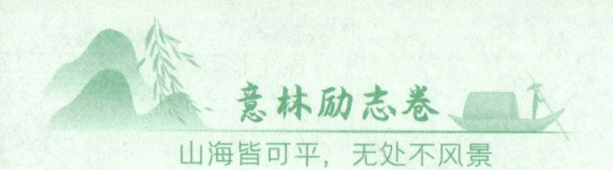

澡堂大合唱，敲开陌生的墙

□李 娟

洗澡应该是一件快乐的事情。要不然怎么会有那么多人喜欢在澡堂子里放声歌唱呢？——开始只是一个人在哼，后来另一个人随着调子唱出声来。

就这样，一个接一个地，就开始了大合唱。再后来，隔壁男澡堂也开始热烈地回应。异样的欢乐氛围在哗哗流水中一鼓一鼓地颤动，颤动，颤动，幅度越来越大，周期越来越短……这样的欢乐竟不知该如何收场。哪怕已经结束了，事后也想不起是怎样结束的。

有的时候自始至终只有一个人在唱，而且自始至终只唱一首歌，还只唱那首歌中高潮部分的最后两句。不停地重复啊，重复啊，像是刀尖在玻璃上重复刮刻……幸好这"重复"顶多只有洗完一次澡的时间那么长。要是如此重复一整天的话，肯定会令听者产生幻觉。而且幸好这是在澡堂子里。澡堂微妙的氛围似乎可以包容一切神经质的行为。

回音总是很大。水在身体外流，久了，便像是在身体内流。很热。水汽浓重……不知道唱歌的那人有着怎样一副爱美的身躯……她反复哼唱的那句歌词，始终分辨不清内容，声调却尖锐明亮——尖锐明亮而难以分辨内容，真是一种奇妙的感触。

更多的时候是大家都在无意地、悠闲地哼着不成调的曲子。相互认识的人一边搓澡一边聊着无边无际的话题。这话题不停地分叉，越走越远，几乎自己都快要在自己庞大复杂的分支迷宫中走失了。它们影影绰绰飘浮在澡堂中，忽浓忽淡，往排气扇方向集体移动，消失于外面干爽凉快的空气中。

旅游一天盖800个章，唐僧的通关文牒都没这么夸张

□加 号

听说"特种兵式旅游"已经进化到四处盖章了？

古有唐僧师徒西天取经，手握通关文牒，每到一国都需要加盖该国印玺方可通行；今有我与朋友手握"盖章护照"，每到一地先直奔盖文旅章的小店，排队两小时盖完50个章再走。

也许在别人眼里，我们认真盖章的样子像极了天桥上贴膜的。但在我们眼里，是在向乾隆皇帝致敬，毕竟王羲之28个字的《快雪时晴帖》上，被乾隆盖了172个章。我花50元买的"盖章护照"，盖它50个章又怎么了？而爱上"盖章式旅行"的年轻人，在经过旅途中的各个景区、博物馆、机场火车站乃至商业街区的小店时，纷纷化身唐僧，将盖章当作必完成项。

各大景区博物馆也深谙"有一个好章"对年轻人的诱捕力有多大，纷纷使出吃奶的劲儿：从盖章体验到印章美观度，甚至发展至盖章收藏价值，无一不另辟蹊径——寒山寺的套印"卷"难度，要盖六次才能凑成一个完整的章，"一盖拙政园、二盖荷风四面亭、三盖评弹昆曲猫、四盖非遗纸鸢⋯⋯"；故宫的解说式印章"卷"价值——只要在故宫文创店花196元买本书，就可以收获60枚故宫专属印章，而且要店内员工亲自动手："这是康熙皇帝写的福字，这是雍正皇帝写的福字⋯⋯这是慈禧太后一笔写的福禄寿⋯⋯这是故宫的御茶膳房，原址在⋯⋯"店员一边盖章，一边娓娓道来进行讲解。你花196元买的书，可能一半是给盖章讲解员的知识付费。

这还不算完，盖章还"卷"起了美观度——重庆的渐变印章因为有"视觉立体感"而出名；北京世纪坛还有紫外线灯照才能看出的"隐形章"；洛阳干脆连章都做成了传国玉玺的样子。

但光会盖章远远不够，想成为一个合格的"旅游盖章家"，盖章的纸和手法也是一门学问。

盖章的纸质要讲究三要素：干得快、显色、不晕染。大家普遍推荐100克以上、A5为最佳的"道林纸"，或是干得很快的荷兰白卡。盖章手法更是考究，橡皮章、亚克力章、木头章、铜章等需要用印泥的印章要大力按；而回墨章和光敏章需要轻按，不然会喜提黑乎乎一片。

但随着盖章逐渐"疯魔化"，很多网友纷纷表示"盖章的最初感觉变了"。最开始只是旅游时习惯性地留下一个记忆，后来逐渐有"想集满"的心情，明明是一场看风景的放松之旅，最后却把时间花费在马不停蹄地盖章上。

倒也不必太过较真，为了盖章也没错，这种反向"打卡"，又何尝不是一种解压方式呢？

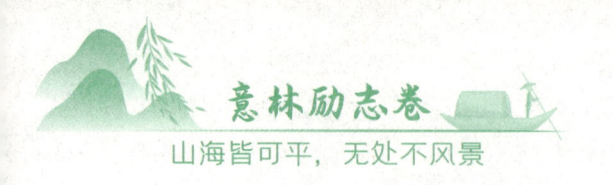

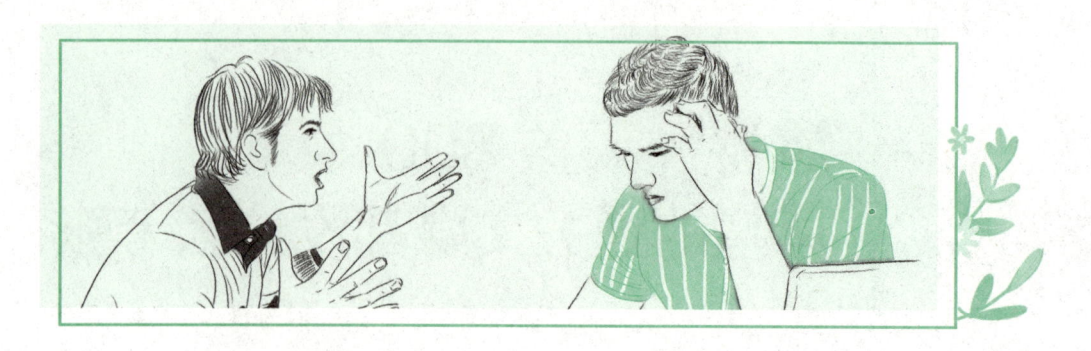

不是吃素的

□乔凯凯

一日在一家小面馆吃面，邻座的两名男子不知因何吵了起来，一名男子大叫："我可不是吃素的！"另外一位不甘示弱："我也不是吃素的！"一时剑拔弩张、互不相让，像两个赌气的孩童。

我忍不住偷笑，恍惚间竟分了神：不是吃素的，那吃什么呢？肯定是吃荤，那就是食肉动物了。食肉动物大多凶猛，不是好欺负的，一旦面对挑衅，必然一战到底。

古代皇帝在举行祭祀大典时，会供奉上好的牛羊猪肉，祭礼结束后，将沾带了祖宗庇佑和福气的肉拿出来分食，叫"散福"。宋朝陆游的《入蜀记》中就有记载："招头盖三老之长，顾直差厚，每祭神，得胙肉倍众人。"得到胙肉的人往往是皇帝身边的大臣、侍卫以及皇子们。地位越尊贵，分到的肉越多。

其实，胙肉的味道一言难尽，只是把肉块用白水煮了一下，没有放任何调料，可能也没有煮熟，分到胙肉的臣子们既喜又悲。说到胙肉，不得不提孔子。传闻孔子之所以云游诸国，广收弟子，并因此名扬天下，就与胙肉有关。有一次，鲁定公举行祭典，孔子参加祭典归来，一直等到晚上，也没有等到鲁定公赏赐的胙肉。孔子很生气，觉得自己没有受到应有的尊重，"遂束装去鲁"。

由此看来，胙肉的味道好坏倒在其次，因为它不单是一块肉，还是一种身份的象征。从这方面来说，"不是吃素的"也意味着地位尊贵，有身份，有背景，是"不好惹"的主儿。

说完了"不是吃素的"，来说说"吃素的"。说到吃素，很容易想到青菜、白粥之类的餐食，但很多宣扬"吃素"的人眼里的素食不是这样的。好些素菜用了荤菜名：笋做的"素虾"，豆腐做的"素鸡"，油豆皮做的"素鸭"，把土豆切条穿在油条段中间，油炸后裹上糖醋汁，叫"素排骨"……虽然食材不见荤腥，但为了做出荤菜的口感，不免重油重盐，算不得真"素"。

《红楼梦》里的贾府一贯讲究排场，饮食极其奢华，其中也有几道素菜，例如茄鲞、豆腐皮包子、油盐炒枸杞芽儿、燕窝粥等，要么食材珍贵，要么做法烦琐，终究与"素"字违和。

倒是我邻居家二奶奶，从未刻意吃斋，偶尔也食荤腥，但素来饮食清淡、简洁，尤其偏爱"糊涂面"——以玉米面汤为汤底，加入芝麻叶或者晒干的菠菜，再放入杂面条煮熟，最后加一点儿盐调味。就这么一碗"糊涂面"，二奶奶吃了一辈子都没吃腻。这可能才是真正的"素"，就像二奶奶的为人，善良、厚道，活得从容透彻。

说回小面馆里的两名男子，僵持片刻后，其中一人忽然笑了，另外一人也跟着笑，接着各自坐下，继续吃面。幸好面还未坨，依然根根分明，大块的牛肉连着筋，泛着诱人的光泽，大口送入嘴里，整个人都满足了——咱都不是吃素的，吃饱喝足，还有什么值得生气的事呢？

日记就是一日的旅行

□［美］苏珊·M. 蒂贝尔吉安　译／李　琳

我的日记是一些零星拾遗：我从一天当中拾获的遗珠，就相当于那些我在瑞士酒庄漫步时捡到的采摘后遗下的葡萄粒。法语把"一天"称为jour，准确指出了日记的含义：一天的工作，一天的发现，日记将其一一记下。英文中的"日记"（journey）也有这个词根，在字典里解释成"一天的旅行"。所以，日记就是一日的旅行。

我并不会刻意地、绝对地在日记里写下每一天的生活。但我总是把日记本带在身边，时不时地记下我沿途的收获。我记录梦境（甚至只是一个闪回），记录刚刚割过的青草的味道，记录与孩子们的对话，记录黄昏时天光变幻出的一抹晚霞，记录精彩的书摘。我收集沿途散落的果实——既包括那些被遗弃的烂果子，也包括那些尝起来味道欠佳的果实。我也拾取花朵，拾取压扁的梅花，或夏末秋初变得金黄的树叶。我的日记本就像我的书桌一样，满是各种笔记和纪念物。

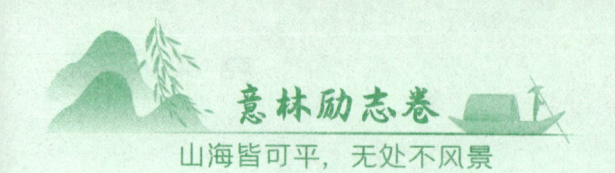

冷漠的"热闹"

□曾 卓

在我们的校园里，有两座猴笼。一座里装着一只老猴，另一座里装着两只小猴。老猴的笼外比较冷清，人们从那旁边走过，偶尔停脚站一站，向里面张望一下，也就走过去了。老猴静静地坐在里边，有时也跳跃几下，显得很寂寞。

那两只小猴的笼外就热闹多了，人们的手上大都拿着一点儿饼、一包花生，或其他什么食物。两只猴都蹲坐在笼边，伸手接取人们递过来的食物，随即就吞下。为了逗弄它们，那些小孩就有意将食物丢在两只猴子中间，看它们争抢；或者只将食物递给一只猴子，激起另一只的妒忌和愤怒，看它在铁栏上迅速地攀跳着，发出哀鸣，后来，就和那只猴子厮打起来了。笼外的人们于是鼓掌，高声大笑。

我有时也在笼外站着看一会儿。我是常常在人群中感到寂寞的，有人的寂寞比孤独更可怕。眼前正是可爱的秋天，学校上课还不知要拖到什么时候，我就有了许多独自在阳光下散步的闲暇，因而也就常常成了猴笼外的观众之一。看那孤独的老猴的寂寞，它是在怀念着什么：古老的森林、深谷、月光下饮水的溪流，或者是旧日的同伴们吗？我想，在这个狭窄的笼内，它大概是会怀念旷野的，它静静地坐着的姿态，以及向远方凝视的眼睛，也正昭示着它的寂寞；那另外的笼中的那两只小猴大概还太年幼，它们只是为一点点食物向游客们敬礼、献媚，或者是彼此争闹着。

有一次，我看见它们打得很是厉害。其中较大的一只得到了一个女孩儿送过去的很多食物，那较小的一只却一点儿也没有得到，就在铁栏上翻跳着，最后，那小女孩儿也就递了一点儿面包给它，不幸又被另一只抢去，于是，它们就打起来了。它们相互撕咬，在人们的哗笑中发出惨痛的叫声。那较小的一只倒在地上，处于明显的劣势，无法还手。它哀切地惨叫，声声刺人的心。那较大的一只就松开了手，突然坐起，静静地看着它，看着它腿上的血渍，相视好久后，又将手伸了过去，这一次是为它抚摸伤痕，接着，又在它身上探索起来，是在捉蚤子了。

人们对打闹和流血有很大的兴趣，但当那紧张的场面突然转换为温柔的爱抚之后，他们虽然感到一点儿惊异，却终于变为冷淡，渐渐地走散了。后来就只剩我一个人，在那里还站了很久。

可爱为何轻松统治世界

□ [美] 约书亚·保罗·戴尔　译 / Jacky He

看到一只小猫爬来爬去,你会觉得,天哪,多么可爱的东西!

你可能想抚摸它柔软的皮毛,亲吻它的小脑袋。但你也可能感到有一种矛盾的冲动,想揉捏或压扁小猫,甚至把它塞进你的嘴里!当然,你没有这样做。但你对自己有这样的冲动感到震惊。这种被心理学家称为"可爱攻击"的冲动,是一种非常普遍的冲动,影响了大约一半的成年人。为了更好地理解这种奇怪的现象,我们先从什么是可爱说起。

1943年,一位科学家创建了一张婴儿图式,它标出了与可爱相关的关键特征,如胖嘟嘟的脸颊、大眼睛、短小的四肢。许多幼小的动物也有这样的特征,而那些具有相反特征的动物则被认为不可爱。此后数十年的研究表明,这种婴儿图式确实主导了人们如何看待可爱。当实验参与者看到图片包含更多婴儿图式所定义的可爱特征时,他们往往会更长久、更频繁地看这些图片。

可爱也会影响行为。一项研究的结果表明,当垃圾回收箱上有可爱的图像时,人们会更多地使用回收箱。可爱操控了我们的情感。

但为什么可爱对我们有这样的支配力呢?这没有肯定的答案。但有一种理论认为,可爱的东西会让我们想养育它们。因为人类的婴儿本身是相对无助的,所以有人假设,进化有利于那些被认为是可爱的婴儿,并激发更多的关怀和互动。

而且,由于对可爱十分敏感,我们对其他物种的类似特征也会很敏感。一些科学家注意到一种被称为"驯化综合征"的现象,即某些动物似乎随着它们变得更加驯服而逐渐具有更多幼年的特征。随着人类繁殖和驯养出温驯的狗,我们似乎会让一些品种看起来更像婴儿。

一些科学家推测,我们甚至已经驯化了自己。这个观点是,随着古人类形成更大、更合作的群体,他们会选择更友好的个体。这可能导致了一些将我们与我们最亲近的进化表亲区分开来的身体特征,比如更小、更圆的头骨和更细的眉脊。但如果可爱与培养和减少攻击性有关,为什么会有人想要揉捏和咬可爱的东西?

其实,可爱的攻击性与实际的伤害意图无关。相反,它似乎是情绪过载的结果。不和谐的想法可能是大脑抑制和调节这些强烈情绪的方式——而不是让你真的去吃掉一只小猫。

可爱也许给人一种无关紧要、天真的感觉,它却拥有惊人的巨大能量,不费吹灰之力,就统治了世界。

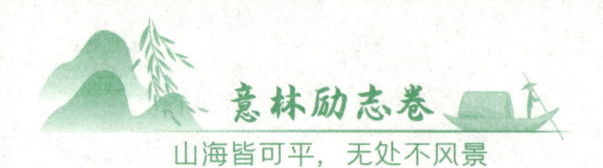

黄桃罐头会保佑生病的孩子

□槽值小妹

一个东北人,就算从南走到北,从白走到黑;就算看过极光出现的村落,见过有人深夜放烟火;但只要你问他们,身上有点不舒服,吃啥?他们的答案里,永远有黄桃罐头的一席之地。

作为东北美食与医学中最神秘的符号,每个被东北老铁盛情款待过的人,都会得到一次生猛却迷惑的体验:桌上有12个菜,11荤,1素,唯一的素菜,就是黄桃罐头。属于餐后水果的它,却堂而皇之地出现在猪蹄、排骨和大鹅中间,让人在摸不着头脑之余,生出几分敬畏和惶恐。

"上罐头的意思,就是已经把能做的菜都做了,还是觉得不够,只能上罐头了"——真正的最高礼节,是餐桌上那一抹闪着光泽的甜蜜明黄色。

黄桃罐头不仅在东北餐桌法则里的金字塔尖,还代表了让华佗惭愧、让扁鹊自卑的现代医学奇迹简史——"从小到大的感冒发烧都是吃了黄桃罐头痊愈的,我一直以为罐头是到医院挂号才能开的"。这种科学无法解释的医学疗效,甚至打败了人参、海参、冬虫夏草。

其实,生产黄桃罐头原本只是战时的无奈之举,是为了解决士兵吃不上新鲜蔬果的问题,它却在和平年代,完成了一次身份跃迁。

起初,罐头出现在中国,因为工艺制造成本高,属于昂贵的消费品。另一边,辽宁大连,是闻名遐迩的黄桃产地。光听黄桃的品种,就让人眼花缭乱、垂涎欲滴,"黄露""丰黄""露香""橙香""橙艳"……黄桃不易储存,但好在有罐头技术的加持,就有了软中带韧、酸少甜多的黄桃罐头。

这份经过排气、杀菌、冷却后被玻璃容器封存起来的亮黄色果肉,为常年被肉食和碳水化合物霸占的北方餐桌,带来一丝清爽。更让原本单调乏味的冬日餐桌,多了一份来自夏日的甜蜜。

不管是什么牌子，当黄桃在口腔里爆开的刹那，体验到的都是满足和幸福。前提是，你得先顺利打开罐头盖子。

作为横亘在你与美食之间最后一道鸿沟，商家早就懂了饥饿营销和延迟满足这一套。在盖子上用刀开十字、用改锥撬开、用钳子撕开……但最经典的开盖方法，依然是先用手掌用力拍打玻璃罐底部，然后轻敲盖子边缘放放气，最后上手再拧。打不开盖子的结果，并不是就此放弃，而是和着玻璃也要吃下去——"看似每一罐黄桃都没差，但你开盖时为之流过汗的那一罐，才最甜"。

在那个物质相对匮乏，吃点甜就能倍感愉悦的年代，黄桃罐头给了人们一种极其珍贵的乐观精神。每个东北人，不论是在病床上忍受痛苦，还是在他乡咀嚼孤独，这罐金黄色的甜蜜，都是他们聊以慰藉的故乡记忆。

我们当然知道黄桃罐头没什么"药效"，但有胃口吃罐头，首先说明病没啥大碍；吃一口甜丝丝的桃，心里也踏实、幸福许多。

沙丁鱼会过期，凤梨罐头会过期，黄桃罐头会过期。但甜蜜、希望和回忆，永远不会过期。

拉长时间去看

□侯小强

最终站在领奖台上的人，是付出非凡努力的人。

我所认识的那些最优秀、最成功的人，没有一个抱怨命运不公，没有一个不拼尽全力。

命运的诡异之处就在于，你只要稍微努力一下，就可以跑赢绝大多数人。但绝大多数人依然过着平庸的一生而不愿意付出格外的努力。如果一个人努力一下不能马上获得回报，他就一定会怀疑勤勉的意义。他不知道质变的人生需要量变的积累。他也不知道，有一些回报，需要拉长时间去看待。